文庫 42

# 三島由紀夫

新学社

装幀　友成　修

カバー画
パウル・クレー『死と浄火』一九四〇年
パウル・クレー財団蔵
協力　日本パウル・クレー協会

河井寛次郎　作画

目次

十五歳詩集　5
花ざかりの森　26
橋づくし　72
憂国　97
三熊野詣　129
卒塔婆小町　197
太陽と鉄　220
文化防衛論　317

# 十五歳詩集

## 凶《まが》ごと

わたくしは夕な夕な
窓に立ち椿事を待つた、
凶変のだう悪な砂塵が
夜の虹のやうに町並の
むかうからおしよせてくるのを。

枯木かれ木の
海綿めいた

乾きの間には
薔薇輝石色に
夕空がうかんできた……

濃沃度丁幾を混ぜたる、
夕焼の凶《まが》ごとの色みれば
わが胸は支那繻子の扉を閉ざし
空には悲惨きはまる
黒奴たちあらはれきて
夜もすがら争《いさか》ひ合ひ
星の血を滴《したた》らしつゝ
夜の犇《ひしめ》きで閨《ねや》にひゞいた。

わたしは凶ごとを待つてゐる
吉報は凶報だつた
けふも轢死人の額《ぬか》は黒く
わが血はどす赤く凍結した……。

——1940. 1——

## 悲壮調

やはらかい春先の空は、塵芥《ほこり》にまぶされてゐた、
街々にきいろい霧は立ちこめ……
砂に息をつまらせて、くるしい声で鳩がなく
翼《はね》もなゝめに。

——1940. 3——

## 日輪礼讃

われら太陽の前に出れば
はぢらひ多い乙女となる
一度もお顔をよう見ずに
御前《ごぜん》にその身を投げ出《い》だす

悔恨も一つの休息《やすらひ》だが
安々と陽《ひ》はそれをゆるさぬ
悔《くい》の前にあらたな崖を
いくたびとなく投げ出《い》だす

これは余計なお節介だ
わたしはいつもさう思つた
そして愚暗な労役を
死骸のやうに投げ出《い》だす

それでも光りは照つてくる
ひと〴〵は日を讃美する
わたしは暗い坑のなか
陽をさけ魂《たま》を投げ出《い》だす。

——1940. 3——

## 颪と辛夷《こぶし》

大枝小枝の先々に、
白い小さな
約束のハンカチを
結びつけたやうなこぶしの花。

かきたてて
またきえかゝる燠《おき》のやうに、
颪のひざしのおぼつかなさ。

——1940. 4——

## 別荘地の雨

色鉛筆でかいたやうな
淡白な樺色の小道

気紛れしぐれ、町へ出る道
うつら〳〵してもたれかゝってくる雨雲
傘もなく一本の杖をかざして
とある門前のでこぼこな甃に立つ
芒は曇り、勝手口に犬がめざめて
煉瓦造そしてまた　ヱッチングのやうな精緻な樫
おどろくばかり華やいで
流れでる煉瓦の紅《べに》
　　街のうしろに……
街のうしろに

——1940. 4——

煙突はゐる
ベンチレエタアはゐる
非常階段はゐる

緩慢な生を喰ひつめてゐる
ショオ・ウインドオの裏側の
物干を見知つてゐる
錆びた鋼鉄の午後にゐる

ああ　光りはあかるい
ああ　闇はくらい
これが真理論法だ
しかしまたわれら言ひ得る

闇にゐるもの悲しみに麻痺され
光りを光りと感じぬゆゑ
闇は闇の区切りに切られ

憂が憎悪の型紙となり……
都会のうしろに空がゐる
煙にむせて、やゝあをざめて。

——1940.4——

## 甃のむかうの家

わたしの歩いてゆく甃《いしだたみ》には
ひつきりなしに木蔭が時雨れた
ものおもひのやうなさゞめきで

ストォヴの煙突口に貼つた古新聞が
日に焼けて、文字と言葉を失つて
なつかしげな色をして
なほも日の光りを吸ひつゞけてゐたその家

けばだつた瀝青《ペンキ》の鎧窗たちよ
一つの交響楽のやうに整つた巨《おほ》樫よ

思ひ出をわたしは見失ふ
思ひ出をわたしは踏む
それは道ばたの透とほつた礫《こいし》だから
思ひ出はわたしを撃つ
それは道ばたの透とほつた礫だから
葉の光りのきらゝかな笑ひにまぎれて
あなたの笑ひばかりが鮮《あた》らしい。

——1940.4——

## 建築存在

開け放たれた窗に合はせて
日向は四角く置かれてあつた
床《ゆか》に密着して、ものうく窄く。

風景の一角を遠い電車が
みえない人生のやうにとほりすぎた
汽笛をひゞかせて、鉄橋を轟ろかせて、
家々のむかうに風の音がしてゐたが……
家は
在つた
一つの無為にして永遠な存在を主張した。

——1940. 5——

港町の夜と夕べの歌

沖の汽船の窗が一どきに燈《とも》るとき、船腹はなやめる額のやうに明るむ。わたしはホテルの露台からぼんやり瞰下す。されかうべの目のやうな巷《ちまた》のうつろを。そこに沈んだ砂金の灯を。そしてまた黄金《わうごん》と死の重みを……。
お客が出たあとの汽船《ふね》のホォルで、一人ぼつちのボォイが後片附だ。椅子たちは折かさなり、天井に足をむけて眠つてゐて……、ボォイは自分が灯《ひ》のなかにゐるのに気附かない。町の灯ばかりを灯だと思ふ。——クリィム色の壁の映えに、きえのこる昨晩《ゆうべ》の宴の姿をみる。小さな扇をひろふ。

船乗りは各々《めいめい》の歌を船にわすれて下りる、錨と共に旅をして海の色に青く染まつた貝たちのやうなその歌を。防波堤に来て潮騒をきゝ、その歌をおもひだす。港町いつぱいに歌はみちる。……窓辺で女はランプをともし光りで青ずんだ油のなかに、歌のかけらときらめきをきく。女は、真赤なジャケツを編んでゐる。

——1940. 5——

## つれづれの散漫歌

あまり扁たいので壁は切なく光つた

ひゞきれた手の汚れのやうに
そのくせ鏡の真似をするやうに

疲れた目であつた故
室内の景色は脈打つた
なまあたゝかい胆汁質の血液を

光りによろけてのぼつた階段の
窓からふとみつめたりする
葉の裏にしがみついてゐる小さい風

検温器の色と熱の色とは
生得、あまりにちがふのだが……
機械はこの悲劇を御存知ない

ステンド・グラスをとほつてくるやうな
重々しい光りのせゐか

熱つぽい額も明るく澄む
硝子とブリキをこする音で
もつとわたしをいぢめて貰ひたいものだ
わたしの心はすでに硝子質に生れかはつた。

——1940.5——

## 遺物

夜の充満を支へかねて　家具たちの密度は干われ
さうした風景のなかで　鸚鵡は死んだ
美の残骸であり、且つは出発であつたその死を。
水呑につつこんだ片翼《はね》は
苦悩よりももつと苛酷な
華やかさを水に瀰《ひろ》げた　色染めた
それは堪へられぬ人の　冷厳な姿に似てゐた

歓喜そのもの、やうな一枚の羽毛《はね》を
朝の光りに澱む鳥籠の
まうへに虹なして遺して行つた。

――1940. 5――

## 石切場

A

悲しい勾配を上り下りして
薊の紅《べに》はのけぞり
苔蔭はみにくいあへぎ。
天の圧迫にひしやげてゐる
それらの石群《せきぐん》だ。
呆けた午後が
石塁《せきるい》の間から覗いた。

B

雨の気配はそれらの草蔭に零《ふ》り積まない
冷たい女の背のやうな石の貌《かほ》

C

断層を天は悪《にく》む
そこには絶望がある
石のぎら〳〵
酸模は雲母にまみれ……。

D

殿堂といふものを人は見たゞらうか。
生きた墓地《はかち》といふものを
人は見たゞらうか。
天に向き　陽《ひ》をおそれず

ぎり〳〵な　いやらしい生を噛み
わたしは厭悪する
わたしは避ける
わなゝいて立ち止る
石切場　石群のその前に。

――1940. 7――

## 熱　帯

暗く広い室《へや》の一隅のクッションたち。
それはしどけない女の寝姿に似てゐる
あらはな脈を打つてゐる　ああこの疲れよ
彼の女たちの上へちら〳〵零《ふ》つてくる夕日に
そんな日々、わたしは燦然たる熱帯を空想する。

――1940. 7――

## 鶴

朝の蚊は、半ば影絵の
ものさびた更紗のやうな松葉の高み
あの暁闇の薄青に群れてゐた。
仏間は冷や丶かであつた。
さうしたたゆたげな気の遠い風景のなかにあつて
陋巷の庭からは、高い病院の煙突が見えた。
尊大悲壮な煙突の立ち姿は
夏あけがたの曇天に煙を吐き
遠い電車の響きに揺れた。
夜《よる》の間《ま》に碧桐の黄の花は　みにく丶散り敷いた。
椿は病み

わたしはこの悲しい因循に
ふと風の加減で匂つてくる

心の歌のやうな羽音を感じ
わが陋巷へ、一羽の鶴が
干《ひ》われた祝寿のやうな声を落して
幽かにひそやかにとんでくることを想像《おも》つた。

——1940. 7——

幸福の胆汁

きのふまで僕は幸福を追つてゐた
あやふくそれにとりすがり
僕は歓喜をにがしてゐた
今こそは幸福のうちにゐるのだと
心は僕にいひきかせる。
追はれないもの、追はないもの
幸福と僕とが停止する。
かなしい言葉をさゝやかうとし
しかも口はにぎやかな笑ひとなり

愁嘆も絵空事にすぎなくなり
疑ふことを知らなくなり
「他」をすべて贋《にせ》と思ふやうに自分をする。
僕はあらゆる不幸を踏み
幸福をさへのりこえる。
僕のうちに
幸福の胆汁が瀰漫して……
ああいつか心の突端に立つてゐることに涙する。

――1940.10――

## 冬の哀感

冬の季節への移りは
何にもまして快い
焰《ほむら》の匂ひの、窓辺の匂ひの
はじめて雪ふる晩の毛布の匂ひの

つめたい艶《つや》がしみいる、これら柱の匂ひの。

なにものか僕によびかけようとし
やさしく思ひとゞまり。
「あ」僕はあやふく声をあげようとし
灰のくづれにき丶いり。
すべてが身動《みじ》ろがうとして　あるがま丶に
静かにやすらうてゐるかうした夜の
僕がとほくよびさます物語は。……

とばりの蔭にまぎれ
窗重たく夜を積み
冷えた町々を
失はれた憧憬の街燈《ともしび》で浮彫し
しばしこの
澱みがちの空気のうちに花ひらく。

ぼくらはこれらについて語らない
ふとひらいた昔の頁《ペエヂ》の押花のやうな物語と
心にふれないざれごとのふしぶしに
さうして……
僕はずつとだまつたまゝであつたことに気附く
雪の匂ひの　去年のカアペットの匂ひの
炉のそばだけでにほふ絵本の表紙の匂ひの。……

——1940. 11——

# 花ざかりの森

かの女は森の花ざかりに死んで行つた
かの女は余所《よそ》にもつと青い森のある事を知つてゐた
シャルル・クロス散人

## 序の巻

　この土地へきてからといふもの、わたしの気持には隠遁ともなづけたいやうな、そんな、ふしぎに老いづいた心がほのみえてきた。もともとこの土地はわたし自身とも、またわたしの血すぢのうへにも、なんのゆかりもない土地にすぎないのに、いつかはわたし自身、さうしてわたし以後の血すぢに、なにか深い聯関をもたぬものでもあるまい。さうした気持をいだいたまま、家の裏手の、せまい苔むした石段をあがり、物見のほかにはこれといつて使ひ途のない五坪ほどの草がいちめんに生ひしげつてゐる高台に立つと、わたしはいつも静かなうつけた心地といつしよに、来し方へのもえるやうな郷愁をおぼえた。この真下の町をふところに抱いてゐる山脈にむかつて、おしせまつてゐる湾《いりうみ》が、こゝからは一目にみえた。朝と夕刻に、町のはづれにあたつてゐる船着場から、ある大都会とを連絡する汽船がでてゆくのだが、その汽笛の音は、ここからも苛だたしいくらゐはつきりきこえた。夜など、灯をいつぱいつけた指貫《ゆびぬき》ほどな船が、けんめいに沖をめざしてゐた。それだのにそんな線香ほどに小さな灯のずれやうは、みてゐて遅さにもどかしくならずにはゐられなかつた。

いくたびもわたしは、追憶などはつまらぬものだとおもひかへしてゐた。それはほんの一、二年まへまでのことである。わたしはある偏見からこんなふうに考へてゐた。追憶はありし日の生活のぬけがらにすぎぬではないか、よしそれが未来への果実のやくめをする場合があつたにせよ、それはもう現在をうしなつたおとろへた人のためのものだけではないか、なぞと。熱病のやうな若さは、ああした考へに、むやみと肯定をみいだしたりしがちのものである。けれどもしばらくたつうちに、わたしはそれとは別なかんがへのはうへ楽に移つていつた。追憶は「現在」のもつとも清純な証《あかし》なのだ。愛だとかそれから献身だとか、そんな現実におくためにはあまりに清純すぎるやうな感情は、追憶なしにはそれを占つたり、それに正しい意味を索《もと》めたりすることはできはしないのだ。それは落葉をかきわけてさがした泉が、はじめて青空をうつすやうなものである。泉のうへにおちちらばつてゐたところで、落葉たちは決して空を映すことはできないのだから。

わたしたちには実におほぜいの祖先がゐる。かれらはちやうど美しい憬れのやうにわたしたちのなかに住まふこともあれば、歯がゆく、きびしい距離のむかうに立つてゐることもすくなくない。

祖先はしばしば、ふしぎな方法でわれわれと邂逅する。ひとはそれを疑ふかもしれない。だがそれは真実なのだ。

木洩れ日のうつくしい日なぞ、われわれは杖を曳いて、公園の柵に近よつたりするであらう。門をはひると、それがごく閑散な時間かなにかで、人かげのみえぬひろい場所が、たぐひない懐しいものに思はれたりするであらう。ふだんは杖なんぞ持つことのないくせに、なんの気なしに携へてきたそれは、遠い昔、やつとのことで、一秒か二秒のあひだ触《さは》らせてもらつた家宝の兜《かぶと》の感触なんかを、ふつと、おもひださせてくれたりするだらう。そんなときだ。

遠くの池のほとりのベンチで、（それは池の反射や木洩れ日のために、たぶんまばゆく光つてゐるのだが）だれかが行儀よく身じろぎもせずに憩《やす》んでゐる。ふとその人がこちらをむく。するとなぜか非常に快活な様子で立ち上つて、ほとんど走り出さんばかりに、木洩れ日をぬつてこちらへ近づいてくる。われわれは子供つぽいまでの熱心さで、あたかも予期してゐた絵のやうにその人をみつめてゐるにも不拘《かかはらず》、ある距離までくると魚が水の青みに溶け入つて了ふやうに、急激にその親しい人は木洩れ日に融けてしまふ。――しかしおそらく、このわたしの告白から、ひとは紋付と袴をつけた大まかな老人を想像するかもしれぬ。いや、する方が本当かもしれない。が、さうした場合は、却つてすこぶる稀なことだと申してよい。なぜなら「その人」は、度々、背広をきた青年であつたり、若い女であつたりするからだ。と云つて思ひ過ぎてはいけない。かれらはみな申し合はせたやうに、地味な、目立たない、整つた様子をしてゐる、たいへん遠くからわれわれに微笑をつたへてくる、まるでわれわれのなかにさうした微笑だけをひきつけてみせる磁石でもあるかのやうに。その微笑は、だが切ない、憧れにも近いやうなひたむきさを見せてゐる。……

祖先がほんたうにわたしたちのなかに住んだのは、一体どれだけの昔であつたらう。今日《こんにち》、祖先たちはわたしどもの心臓があまりにさまざまのもので囲まれてゐるので、そのなかに住ひを索めることができない。かれらはかなしさうに、そはそはと時計のやうにそのままはりをまはつてゐる。こんなにも厳しいものと美しいものとが離ればなれになつてしまつた時代を、かれらは夢みることさへできなかつた。いま、かれらは、天と地がはじめて別れあつた日のやうなこの別離を、心から哀しがつてゐる。厳しいものはもう粗鬆《そしよう》な雑ぱくな岩石の性質をそなへてゐるにすぎない。それからまた、美は秀麗な奔馬である。かつて霧ふりそそぐ朝のそらにむかつて、たけだけしく嘶《いなな》くまゝに、それはじつと制せられ抑へられてゐた。そんな時だけ、馬は無垢でたぐひなくやさしかつた。しかし今、厳しさは手綱をはなした。馬はなんどもつまづき、さうして何度もたち上りながらまつすぐに走つていつた。もう無垢ではない。ぬかるみが肌をきたなく染め上げてしまつてゐた。ほんたうに稀なことではあるが、今もなほ、人はけがれない白馬の幻をみることがないではない。祖先はそんな人を索めてゐる。徐々に、祖先はその人のなかに住まふやうになるだらう。こゝにいみじくも高貴な、共同生活がいとぐちを有《も》つのである。

それ以来祖先は、その人のなかの真実と壁を接して住むやうになる。このめまぐるしい世界にあつては、たゞ弁証の手段でしかなかつた真実が、それ本来の衣裳を身につけるだらう。いままで、怠惰であり引つこみ思案であつたそれが、うつくしい果敢さをとりもどすだらう。祖先はじつと、そのあらたな真実によつて、はぐくまれることを待つだらう。まことに祖先は、世にもやさしい糧で、やしなはれることを希つてゐる。その姿ははたらきかけるものゝ姿ではない。かれらは恒に受動の姿勢をくづすことがない。もののきはまりの、――たとへば夕映えが、夜の侵入を予感するかのやうに、おそれと緊張のさなかに、ひときはきはやかに耀く刹那――、あるがままのかたちに自分を留《とど》め、一秒でもながく「完全」をたもち、いささかの瑕瑾《かきん》もうけまいとする、——消極がきはまつた水に似た緊張のうつくしい一瞬であり久遠《くをん》の時間である。

## その一

うまれた家では、夜おそくよく汽車の汽笛がひびいてきた。天井板のこみいつた木目《もくめ》におびえて、ねつかれない子どもの耳に、それが騒音といふにはあまりにかぼそい、何かやさしい未知の華やかさのやうにきこえてきた。ちやうどそれは、おもひがけないとほくでさゞめいてゐる都の夜のやうなものである。秋霧が一団の白いけもののやうに背戸をとほりぬけてゆくのがきこえた。それは音のない花火のやうに、はうばうではじけてひろがつて行つた。そのうすい霧のむかうで、桔梗は麻蒲団の模様のやうにさびしく白ばんでゐた……。

子どもはひとり寝の夢の隙間に、けんめいにはひりこまうとした。そこでは現実の音がゆめの姿をしてゐるのであつた。すると汽笛は、——花野のひとひを笛のやうな音を立て丶のがれてゆく秋嵐のやうに思はれた。雪のふりはじめた北国の小駅を、——たくさんの青い林檎の箱やもつととほい海からはこんできた鮭なぞを載せて、その小駅を出、（客席のあひだにコンロをおき、襟巻をした娘や耳覆つきのラッコ帽子をかぶつた老爺などをのせて）——早咲きの山茶花《さざんくわ》の村や、煙りまれな、さびれた工場町やを、哀しみにも目をむけず、自分勝手にはしつてゆく冷淡な汽車のありさまを、すぐさま心にうかべた。それに重つて、黒い焼木《やいぎ》の埒《らち》のむかう……霧のなかで、線路の一部がうす白く光つてゐる上を、巨きな機関車がなんども喘息の発作をつゞけながら発車するところが見えるのであつた。その霧は、線香のやうな匂ひがした。……父は町へつれて行つてくれるごとに子供ののぞみどほりにしばらく線路のそばの柵に立つてくれた。線路のむかうでは赤い夕日の残りのやうなあまたのネオンが、黒い背景のなかでわがまゝな星のやうにまはつてゐた。

　象がとほるたびに歓呼する南国の人のやうに、不愛想に電車がゆきちがふたびに、子どもは父の腕のなかで跳ねてわらひながらめちやくちやに手を叩いた。……

　そのころ子どもはよく電車のゆめをみた。ひろい甃《たたき》とおほきな鉄門と煉瓦塀との、家構は大きかつたが、門前には黒つぽい細道がかよつてゐた。ゆめのなかではその路を電車がとほるのだ。どこともしれない前《さき》の世の都のやうなあかるい大通り……（バケツでぶちまけたやうな光があふれてゐる）……から、お客も運転手もゐないその電車は闇の小路《こうぢ》へましぐらにすゝんできたのだ。子どもはあきらかに、病人の歯ぎしりのやうなレエルのきしりをきいた。闇はテントのやうにふくれ、窓にむなしい灯をあかあかとつけた電車のまはりには、ぐるぐるまはすと色のついた火花の出る、あのブレッキ製のおもちやの火花のやうな、赤やみどりの星がゆれてゐた。おもちやの汽車そつくりのその古い市内電車は、（電車がとほる由もない細路の）門のまへを、すてきな響きをあげて走りすぎてしまつた。……子どもは耳をすました。もうきこえない。夜汽車の、またとほい汽笛がする。だがいましがたすばらしい勢ひでかけていつた市内電車は、家《うち》の左の坂を若い流星のやうにかけおりて、その反動で今ごろは、夜は灯《ひとも》したきいろい油障子《さうじ》を閉してゐる火の見小屋の角を、まつしぐらに曲つてしまつたのであらう。子供はいつか目をさましてゐる。柱時計の秒針が吃つたさゞなみのやうな音を立ててゐる。しばらくの間へやのなかの置物が、みしらぬ高貴なもの、やうにみえてゐる。時計がなる。その音への注意が、また子どもを夢のなかへとり戻してしまふ。……

この丈たかい鉄門のまへに立つとき、そのなかに営まれてゐる生活を想像することに、だれしもはげしい反撥をかんじずにはゐまい。唐草紋様の鉄門はきつちりくぎられた前庭と鬼瓦のやうな玄関だけをのぞかせてゐた。その玄関の一棟が門に立つ人にむかつて、威丈高な、ほとんど宿命的なあらがひをいどんでゐた。煉瓦塀はやしきの内部のすべてを人の目からさへぎり、花の匂ひだの、こわだかな笑ひごゑなどまで、その湿つぽさのなかに吸収した。

父は母屋にはふだんはゐなかつた。ひろい三棟の温室のわきへ、いほりのやうなものをたて、そこにゐた。母屋とそのいほりとの間には、海原のやうにお花ばたけだの菜園だの、葡萄や梨をうゑた果樹園だのがひろがつてゐた。夏になると葡萄園のうへには蜂が雲のやうにむらがつてゐた。ちかよつても或る蜂はじつと葡萄のひろい葉にやすんでゐた。わたしは庭のあちらにまばゆい夏の雲がたちあがり、そのために蜂の羽や毛がするどい黄金《きん》の針のやうに光るのを、それからやはり金いろをした巨きな目のなかに、かはいらしい夏雲が瀰《ひろが》つてゆくのをみた。……

母屋には祖母と母がすまつてゐた。わたしは幼な心にも父と母との別居をいぶかつたが、夜、祖母が痛みつかれてねいり、わたしもすつかり寝息をたてゝゐるとき、(ほんたうはちらちらと目をひらいては母の動静をさぐつてゐるのだが)母が庭下駄をはいて、あかるい果樹園の月夜を、ずつとこちらまで長い影をひきずりながら、父のいほりへといそぐのを見た。そんなとき——これはわるい神経だらうか——わたしはむしろよろこばしいやうな愉しいやうな気持で、きづかない母のうしろ姿を眺めやつたのみならず、しひておとなしくしてゐようといふ殊勝な気持のほかには何も抱かなかつた。祖母は神経痛をやみ、痙攣をしじゆうおこした。ものに憑かれたやうに、そのさけがたい痙攣がはじまるのである。かの女のしづんだうめきがきこえだすと、病室の小さな調度、煙草盆や薬だんすや香炉や、さうしたものゝうへを、見えない波動のやうにその痙攣が漲つてゆく。するとほんの一瞬間、へや全体が麻痺《ちゆう》したやうな緊張にとざされ、それが山霧のやうにすばやく退くと、こんどは、へや中が、香炉や小筥《こばこ》や薬罎なぞが、一様に、あの沈痛な一本でうしな呻吟にみたされた。かうした部屋それ自身といふものの、うめきやうなりは、おそらく余人には見当のつかぬことであるにちがひない。しかし痙攣が、まる一日、ばあひによつては幾夜さもつゞくと、もつと顕著なきざしがあらはれてきた。それは「病気」がわがものがほに家ぢゆうにはびこることである。

「薬を注いでおくれでないか、坊や」寝覚めのこゑで祖母がさういつた。それは老いたのどからだけ出る、柔和な、たとへばかすれ勝ちの墨の筆跡のやうな、郷愁的なまでの発音である。だが、無理な姿勢をしようとしかけたので、またそのあとにうめきがつづいた。祖母は脚のついたワイン・グラスでいつも水薬をのんだ。わたしはきちんと膝をそろへて、この大役にほんのすこしばかり緊張しながら、水薬の罎をあけた。いまだにわたしは、コルクの栓が、その役目から放たれた——束縛から解放された瞬間の、へんに間が抜けた乾いた、おもへばどことはなしになにかの兆《きざし》が感じられる底《てい》の、ふしぎな音を立てたのをおぼえてゐる。栓を抜くと、わたしは濃い葡萄酒色の薬液がはひつてゐる罎をかたむけて、そーつとグラスのはうへよせて行つた。グラスがきはめてすこしの分量しかうけいれぬことを知つてゐる経験から、さういふ徐ろな動作は、なにげなくほとんど無意識にされるべきはずなのにこの時わたしはめうなぎこちなさを感じたのを今もおぼえてゐる。——まだ液がながれてこない、まるで全く同色の障害物でもあるやうに。わたしは日に透かしてしづかに鑷をゆすつた。なんにもはひつてはゐない。もう一度かたむけた。やつぱり流れてこない。ふとわたしは気がついた。ある一定のあやふい角度までくると、わたしの手頸の骨が器械のやうに固定してしまふのだ、ちやうどそれ以上ひらかない戸の蝶番《てふつがひ》がかつきりくひちがふやうに。わたしはそれを一つの迷信のやうにおもふ。ばかばかしくかんじる。けれど、それとは反対にふいに抑へきれぬほどどきどきしはじめた。こんどは手のふるへるのがあぶなくて、容易に鑷をかたむけることができなくなつてしまつた。そのとき、わたしはありありと鑷のなかに一匹の「病気」をみたのである。彼はごく矮《ちひ》さく、そろへた膝にあごをのせてねむつてゐた、自分のからだを洗つてゐる薬の海にはからきし気づかぬかのやうに。

母屋の果てのふるい部屋々々へ、わたしは兜やよろひや黒い毛ずねのやうな太刀なぞをみにいつた。その帰り。婢《ひ》はくりやへゆくはうの廊下でわたしと別れて、もうこゝからさきはおこはくはいらつしやいますまい、と言ひながらむかうへ行つて了ふ。ほんたうはこれからがわたしにいちばんこはいのだ。しかしそれをいふのがわたしははづかしくて、哀訴ともなんともつかぬやうなおもひをこめた目つきを投げるのがつねだつた。それなのに婢はふりむいてくれない。三、四間《ま》さきの祖母のへやまでのあひだ。わたり廊下がひとつ。曲りかどが三つ。――こはさにふるへながら、昼間のよく光つた風がとほりすぎる暗い廊下を、ちやうどその風とおんなじにわたしが走つてゆく。と、角々《かどかど》で（ひとりは必ず）「病気」にであつた。それもあたふたといそいでゐる。わたしよりずつと長身だ。顔のないのもあれば、顔のあるのもあつた。顔のあるもの丶ひとり、——それはつみもなくわらつてゐた。彼はまだ「死」と近しくない「病気」にちがひない。彼はきつともつと「死」に近しい「病気」のところへ、なにかたよりをもたらしにゆくにちがひない。ある日わたしの右の小指がほんのすこしばかりそのぬらりとした見えぬものにさはつて了つた。わたしはその日、ひまさへあればその小指をあらつてゐた。あんまりあらつてゐると指のさきがいたいたしくふやけて、つひぞ注意したことのない指紋が、へんに清潔に、はつきりとみえてきた。その指紋が、わたしにねむられぬ部屋の天井の木目だの、それから「病気」が常用する、象形文字だのをおもはせた。

母は固い人となりの女だつた。かの女はじぶんの言動に反省をもとめたことがなかつた。あたかも蜜蜂がじぶんのとんできたみちを反りみないやうに。だが蜜蜂はけつして巣へもどるみちをあやまたない。母はしばしば、傍目《はため》にはおろかしくさへおもはれるほど、それを間違へた。だからかの女には真の意味での追憶がなかつた。かの女の想ひがむかしにさかのぼるためにはあまりにおほくの言ひわけが入用だつた。——

かの女は母の性《さが》には欠くるところなかつたであらう。だがかの女は「当世」の女である。かの女も亦、あの、美と厳しさとのかなしい別離、みおや達のむねせまる挽歌をきかなかつた。

母にわたしは、たつといもの、末の、うらがれではない、人造の葉を鮮やかにとりつけた――衰頽でありながらまだせん方ない意欲にあふれてゐる、そんないくらかアメリカナイズされた典型をよんだのである。それはどのみち、衰頽のひとつには相違なかつたであらう。しかしもつとしぶとい、いきいきとした繁栄の仮面にあまりにもよく似合つた。かの女はじぶんのなかにあふれてくる、真《しん》の矜恃の発露をしらなかつた。もはや貴族の瞳を母はすてたのである。それをば借りもの、ブウルジョアの眼鏡でわづかにまさぐつた。が、この眼鏡はあくまでも借りものだ。母はその発露に、「虚栄心」といふ三字をしかよまなかつた。虚栄心――ひと昔まへまで日本にこのやうないやしい文字はなかつた。わたしはそれをアメリカ語だとかんがへてゐる……。扨て母は、それ以来すべてに「虚栄」といふ幻をみた。この幻は、いとも高貴なものを、もつとも卑劣な、にくむべき残忍なやり方で抹殺した。母は虚栄にきびしい目をむけたのではなく、さいごまで虚栄の摘出にきびしい目をむけたのであつた。虚栄みづからは甘い目しかもたない。しかもその図太さがすべての高貴のきびしい目に優《いう》にはむかつた。

「正しいこと――あたりまへなことをやつてゐるのを、だれにみられようが、なんといはれようがかまひはせぬ」……母はこんなことばを口癖にしてゐたけれども、まことの矜持はどうしてこんなことを言ひ得よう。このやうな暴露主義や独断が、いつから「正当な」位置をもちはじめたのであらう。いふまでもなくそれは、あの別離の日――挽歌の日からである。真の矜持はたけだけしくない。それは若笹のやうに小心だ。そんな自信や確信のなさを、またしてもひとびとは非難するかもしれぬ。しかしいとも高貴なものはいとも強いものから、すなはちこの世にある限りにおいて小さく、いうに美くしいものから生れてくる。確信や自信などといふ不純なものがそこに含まれようといはれは決してありはせぬ。

母は父に勝つた。

父は――（彼は種々の植物の品種改良やたぐひまれな生物の飼育に生涯をさゝげ、さまざまな閑人の協会を組織してゐた）――母に不満も怒りもかんじなかつた。かれは敗けたからだ。

秋のひと日、わたしはこんな父の姿をみたことがある。父は数人の園丁をしたがへ、黄ばんだ、はなだ色の畠のなかに、じつと空をあふいで立つてゐた。父の姿は、それはひよわで貧弱でさへあつたが、豊醇な酒のやうな秋の日光のしたで、年旧《ふ》りた、飛鳥《あすか》時代の仏像かなにかのやうに望まれた。その時、紫の幔幕のやうにうつくしい秋空いつぱいに、わたしはわたしの家のおほどかな紋章をちらと見たのである。

## その二

わたしはわたしの憧れの在処《ありか》を知つてゐる。憧れはちやうど川のやうなものだ。川のどの部分が川なのではない。なぜなら川はながれるから。きのふ川であつたものはけふ川ではない、だが川は永遠に在る。ひとはそれを指呼することができる。それについて語ることはできない。わたしの憧れもちやうどこのやうなものだ、そして祖先たちのそれも。珍らしいことにわたしは武家と公家《くげ》の祖先をもつてゐる。そのどちらのふるさとへ赴《ゆ》くときも、わたしたちの列車にそうて、美くしい河がみえかくれする、わたしたちの旅をこの上もなく雅《みや》びに、守りつゞけてくれるやうに。ああ、あの川。わたしにはそれが解る。祖先たちからわたしにつづいたこのひとつの黙契。その憧れはあるところでひそみ或るところで隠れてゐる、だが死んでゐるのではない、古い籬《まがき》の薔薇が、けふ尚生きてゐるやうに。祖母と母において、川は地下をながれた。父において、それはせせらぎになつた。わたしにおいて、——ああそれが滔々とした大川にならないでなにになろう、綾織るもの、やうに、神の祝唄《ほぎうた》のやうに。

祖母の死後、ふるびた唐びつから熙明《ひろあき》夫人の日記《にき》数帖と、古い家蔵本の聖書とがみいだされた。聖書は螺鈿《らでん》入りの漆の文庫にをさめられ、錦でおほはれてゐた。日記は都合五帖。小松と銀砂子の見返し。とびらに、某上人の筆になる二、三行の聖句がかきつけてある。上人はスペインにうまれ南方のとある植民地にそだつた人である。その異国のことばは、わたしには判読することができない。しかしその発音が、あの古風なびいどろをこすり合はせたやうな、そんな透きとほつたひゞきを持つものゝやうにおもはれてならぬ。

夫人自身はわたしたちのとほい祖先だ。かの女はもえるやうな主《しゆ》の御弟子《みでし》であつた。さうしてかの女の夫も。夫の城は南国のあるいりうみの近くにあつた、わたしの今すまつてゐるこのわびしい住居のやうに。

夫人の日記《にき》は日づけがたしかではない。五月がふいに八月にとんでゐる。また八月十日のつゞきにかゝれた十六日が、十一月の十六日であつたりする。いふまでもなく日づけのない場所さへある。かの女の夫は病弱で、その介抱に寧日ないありさまだつたから。またどこの城にもたゞよつてゐる、萌黄の、紫金の、灰色の、さまざまな光りをもつた空気が、かの女の従順な時間を磨滅せずにはゐなかつたから。

ある夏のひとひの、かの女の日記にはこんなふうにしるされてゐる。

その日、昼に一《いつ》ときちかく間《ま》のあるころ、かの女の夫はやすらかにねむつてゐた。しづかな病室ではすべてがまどろんだ、屏風の寒山拾得や、漆と蒔絵の調度や、あざやかな畳縁《たたみべり》や、それから城主のしとねのわきに、おぼろげに彼を見戍《みまも》つてゐた彼の「病気」までも。……夫人はさうしたほんのひととき、おもくるしい哀しみふかい介抱からときはなたれた。かの女はそばづかへに侍つてゐるやうにいひつけ、暗くひやゝかな廊下をぬけ、その上方から来るひかりが廊下の一部分をほのかにあかるませ、その上方をみ上げるとき天上か何かのやうな明るい光がのぞかれる階段を、つめたい音をきしませてのぼつた。

櫓の手摺に倚るとはじめて、季節のすがたと季節の温度がみえた。しじゆうつかはないため埃のしみた柱や壁を、日は烈しく、そんなものにまでも新鮮なあぢはひを与へるくらゐ、ほがらかに照らしてゐた。城のはるか下方に城門がかすかにみえ、そこからなだらかな傾斜をみせて町が、――洪水のとき、さまざまの破片が一しよくたになり窄《せま》い路にあふれにあふれて、どこかへ狂奔してゆくやうに――黒く低い折り重なつた屋根をならべて、おなじ傾斜のまゝずつと海まで下りてゐた。屋根のあるものは烈日に漆器のやうにかゞやき、町のはづれには黝《くろ》ばんだ松林がうちつらなつてゐた。そのむかうにくすんだおだやかな海が見られた。海のあたりはひどく曇つてゐて水平線は見えなかつた。そのあたりだけ、湿つた砂地のやうな層になつて、雨雲がじつとかさなつてゐた。空耳であつたかもしれないけれど、夫人にはそこから、遠雷のとゞろきさへきこえてくるやうにおもはれたのである。じぶんの沈んだうれはしい気持が、その雨雲にそつくり映つてでもゐさうな思ひと、雨雲のひろがりと一しよにそのうれひのひろがる心配とが、夫人の目をその風景からそむけさせたのかもしれぬ。かの女はその手摺からのいて、はんたいがはの手摺の方へあゆみよつた。城はひろやかな山ぶところのやうな位置にあたつてゐたので、その手すりの正面は柔和な山へとむかつてゐた。正面の山はやゝ遠かつたが、右手には丘のやうなゆるやかな山が、親しいものによりそふやうに迫つてきてゐた。

目の下には幾重にも白い塀やなまこ塀が、きはやかに繞《めぐ》つてゐた。樹々は火《も》えたち、葉桜いつぱいに蟬のこゑがこもりがちにひびいてゐた。山いちめんの緑が、くすんだ色あひと葉のかゞやきとの、微妙な調和をみせた。山のいたゞきあたりには、風がさわいでゐるとみえて、樹々の光りがさわがしく崩れて行つた。いりこんだ棚のやうなぐあひに凹みになつた中腹の一部は樹木がすくなく、そのせゐで、草や木の幹までもまばゆく光つた。光つた草のあひだにちらほらきよらかな白に、みえてゐるのは百合であるらしい。微醺の風がふいていつた。光つたものは光つたままに、まるで天上の一瞬のやうにうごかなかつた。空気はすみきつてこんなときにこそ見しらぬ遠さに煙つてゐる山々や、うすら青い海のとほくまで、手がとゞきさうにおもはれた。あらゆるものに触れられさうなふしぎな香りの懐《おも》ひ、それがしづけさのなかにほのぼのともえ立つてきた。夫人の、やつれた仄白い顔が、つねにないはればれしい怡《よろこ》びの色をこのときうかべてゐたことはうたがはれない。その羽二重のしとねのやうにふつくらした右手が、胸にさげたいぶし銀の十字架にそつとふれてゐたかもしれない。そんな動作が、あるひはかの女自身にああした超自然なよろこびを与へたのであるかもしれない。

かの女は思ひ起してゐた。あれはまだ夫がすこやかであつた去年の春の日のこと、侍女たちとあの凹みのほとりまで若菜摘にいつたことを。若草はもえだしたばかりで、かぼそい葉脈のうきでた草の葉がたとしへもなくやさしく柔らかかつたことを。若菜をつみつみあの凹みの下まで来ると、そこには瀧といふにはあまりに小さな細い垂水《たるみ》がながれ凹みの上にはうつくしい花なぞみえ、こんこんとあふれてくる泉がそこにあることさへたしかだつたのに、道の危ふさから本意なくひきかへしたあの日のこと。——さうした思ひ出がいつそうつよく、かの女に凹みをみつめさせた。凹みはちやうど龕《づし》のやうなぐあひになつてゐた。

さうした凝視は、いつしか無意識のうちにせつない冀《ねが》ひを含んでくるものである。ききよらかな、つかのまにかききえて了ひさうなねがひは必らずしもよわいものではない、よしその人にすらきづかれぬ願ひであつたにしても。そんなたぐひの冀ひは、神の意志をなにかのはずみに動かすことがないとはいへぬ。願ひはうつくしい羽搏きと一しよに、その目的へと翔《と》んでゆく、それによつておこり得るある奇蹟を用意するために。

そんな時だつた。夫人はそのくぼみの百合の叢のあひだに、きらきらとおなじく光つたなにかまつ白なものをみた。木の幹のやうではあつたが、なよやかになびいてゐた。じつと目をこらしてゐると、（あの冀ひの作用で）それはずつと近づいてみえるやうにおもはれた。夏の日はすこしもかはらずにあまねかつた。蟬がなきしきりむんむんして居さうにおもはれる青い谿間から陵《をか》のいただきの木深《こぶか》い森まで、すべてがきらきらとあたたかくかゞやいてゐた。かの女はもつとよくみようとして、まばたきながらあの光つたものをみた。ぼやけてはゐるが、どうもそれは丈なすつややかな髪をもつた女人《にょにん》であるらしく思はれる。裾ながい白衣《びゃくえ》をきてゐるやうである。そのまばゆい白さとわづかにはなれて、おなじ白い光りが点になつて見えるのは、もしかその女人が一りんの百合を手にしてゐるのではあるまいか。このきんぺんはおろか、都へいつてもこんな異様な、さうしてけだかい装ひをした女人は、見ようにも見られぬであらうものを、夫人はまだその姿に気をとられて装束《さうぞく》の異な点にはおもひが行かない。

……

いぶかしくかの女は思ふ。みしらぬひとのやうでもあり親しい人のやうでもあり、たしかに一度みたおもかげのやうにおもはれてならぬ。むろん貌《かほ》はさだかでない。きらめきわたつてゐるだけなので。

ふと光りの加減でその女人《によにん》の胸にもつともつと煌《かがや》きのするどいものがちらと見られた。ある直感が夫人をうつた。そのとき夫人はその女人のかほが、ほのかに笑みひろごり、またとないまなざしでこちらをみつめたやうにおもつたのである。

めまひのやうなものを夫人は感じた。次の瞬間、もう夫人はあの凹みのうへに、なにものも見なかつた。うづくやうな悔いが、しづかにかの女の心に散つていつた。あゝ、あれは十字架だ。おほん母《はは》のお胸にひかつたものは十字架だ。夫人はじぶんの胸の十字に手をふれてみた。あたりにちらばふ日光《ひかり》のおびたゞしさをみた。そしてあんな場所からこゝをのぞんだ人の目に映るじぶんの姿を想像してみた。それにあの婦人のみ姿がかさなつた。心のおごりにかの女はみぶるひした。かの女はひざまづきたかつた。それだのに、なにかゞまださうさせまいと支へてゐる。すべては夢のやうである。いまのかの女の胸には天のみさかえも、よき「こんしゑんしや」の悦びもすべてなかつた。感動が身ぐるみかの女を包んでゐる。感動自身には歓喜もなげきもない。それは生命力のたぐひである。かの女は考へた、人間はひとときにあんなにまですべてのものを看てとつて了ふ。それは畏ろしいことだ、またありがたくも美しいことだと。すべてをみてしまつてもその意味はひとつもその瞬間《たまゆら》にはうけとれぬ。やがて心に醸されたものが、きはめておもむろに、「見たもの」のおもてに意味をにじませてくるだらう。だが夫人はおそれる、もしやその意味は真の意味とはもはやかけはなれた縁《えにし》ない意味ではないのか。次第にかの女は見ることにひたすらであつたあの一瞬を悔いはじめる。ああ、はじめからわたしは瞑《つぶ》つてひざまづいて祈つてゐればよかつた。そのときほんたうの意味がけがれない姿ですみずみまで映つたことであらうに。怡びがまたその悔いにいれかはる。さうしたいれかはりのたびに、かの女のからだはさまざまなおもひのためにふくらむ、風をいつぱいに孕《はら》んだ帆のやうに、よろこびのために、悔いのために、また他《ほか》のいろんな懐ひのために。たうとう夫人はひざまづいた。祈りが、やがて鳩のやうに四方《よも》へとんでいつた。禱りは生命力の流露でなくてはならぬ。かの女はもはや人体でなかつた。かの女の生命力はいまかの女自身である。永いいのりのあとで身がかるくなると、めざめぎはの子供のやうに、夫人は怖れおほくあたりをみまはした。すると、あの雨雲が、急な速さでもうやぐらの上までおほひかけてゐた。みるみる薄墨がそめてゆく風景を、かの女は茫然とながめやつた。耳のあたりでちひさな歌をきいたやうに思つたので夫人がふりむくと、そこには一匹の蜂がけだるさうにとんでゐた。むかうの庇《ひさし》に大きな蜂の巣がかゝつてゐて、けぶつた海を背景に蜂がいく匹もその巣のまはりにむらがつてゐるのを、かの女ははじめて知つた。

……

この日の日記《にき》の、夫人の筆はをどつてゐる。あやしくうち乱れてゐる数行もある。その他の日々は調つた、むしろつめたいくらゐな文章がつらねられてゐるのに、この日だけ、文章はかの女自身のものではないほどにおもはれる。この日だけ……その頁にはあの「小さい花」が咲きみだれたやうである。

かの女はこの奇蹟をたゞあの上人にだけ伝へたものであるらしい。上人はそれを伝道の道具につかふやうなことはしなかつた。その点、まことにまれな徳高い人とおもはれるのである。

夫人のみたものははたしてなんであつたか。それは永いあひだ、わたしの課題になつた。おもへばそれは、切羽つまつた場合にだけ、憧れが摂《と》るうつくしい手段であるかもしれない。憧れはそれ以前からずつと夫人のなかに成長してゐた。かの女の祖先がかの女のなかに得がたい憧れのたねをまいたのだ。それは嫩葉《わかば》になり、すくすくと育つていつた。なぜなら夫人は、世にもやさしい世にも高貴な心をもつてゐたから。「おほん母」顕現の一あしまへ、嫩葉の蕾はいのちにみちあふれていまひらかうとするばかりだつた。

花咲くことはいのちの誕生だ。はちすの咲くとき、霧ふかい池には魚がねむり、ひろい円葉《まろは》のうへに青く澄んだなにかの羽虫がやすらうてゐたであらう。はちすの咲いた音はだれもきかなかつたかもしれない。だがその音はゆらゆらとうつろふ葩《はな》をさゝへながら、鐘のやうに幾やまかはかなたの里にひゞいたであらう。人はそれを、とやの鶏の羽音《はおと》ときいたかもしれぬ。また実際、一人のいのちがはじめて青空をのぞいた刹那の、みごもりのすゑの産声であつたかもしれない。人は一生それをうぶごゑであつたと信じ、育つてゆく子供にたゞひとつの確証をみとつてゆくだらう。その子供の父か、あるひは祖父か……あの音をきいた人のいまはに、はじめていのちのほんたうの意味がわかるかもしれない。その時人はふたゝび、幾山河こえたはちすの花の音をきくのである。

夫人はたかどのにのぼつた、ひらかうとする花の力によつて。開花はあのやうにして用意された。

いはば花ひらいた憧れは、あのいと聖い幻にむかつてぶつけられたのである。もしぶつけられなかつたのなら、あの婦人は永遠にあらはれることなく、したがつて永遠にかききえることはなかつただらう。不鮮明なそれともわかぬ彩色《いろどり》のまゝ、永久に夫人のなかに蔵《かく》されてをはつたであらう。だからこそ、あの婦人のほゝゑみには一種あやしい、のつぴきならぬものがあつたのである。危機はしばしば人の唇にあの謎めいた微笑をうかばせるものだ。幻の婦人はひたむきな速度で近づいてきた。さけえぬ深みからのがれるために。が、またゝく間にかの女はほろんだ。——いや！　その危機はかへつて熙明夫人のそれであつたかもしれない。夫人はいにしへの高僧が奈落のありさまをまのあたりみたやうに、天と地のさかひをありありとみたのかもしれない。生命力がまれに冒すこの危険のために、それから半年ほどしてかの女は神の安息《やすらぎ》に皈つて行つたからである。

その三（上）

平安朝におとろへの色きざし、鶴の林も茂ることしばしばとなつた。あまつさへ荘園のおだやかならぬ噂が、下々《しもじも》の耳にもつたはつてきた。この物語はこんな時代につくられた。それはわたしのほのかにとほい祖先のひとり、ある位たかい殿上人にささげられたのである。その一巻は、今もわが家《や》の庫《くら》ふかく蔵されてゐる。これをひもとくとき、わたしは作者の世にまれな熱情と、わたしの血統のひとつの特徴とのあひだに、あるきはめて近よつた類似をば感じるのである。さうしてたゞにこの書《ふみ》が、わたし共一族と住《すま》ひをおなじうして永いとしつきを経てきたこと——それだけで、わたしの血統ともはやたちきれぬえにしをもつものではあるまいか。もとよりこの物語の作者はいとやんごとない女人ではなかつた。わたしの家系とおしまひまでなんの縁故ももたなかつた。けれども件《くだ》んの祖先のひとりと、ひそかな関係をつづけてゐて、男のはうでもある年の夏、いく夜さか忍びすがたで女のもとへかようた。物語はこのころの回想に筆をおこしてゐる。女はもえたち、男は冷えまさつた。愛着のきづなはしかしあやふい処で切れずにゐた。女はかつて宮仕へを——さして目につくほどの役であつたよしもないが——つとめた経験から、しぐさ言葉づかひにどことなしみやびた翳《かげ》があつた。通ふ宵がかさなるにつけなにかと経営《けいめい》して、都びた調度なぞと、のへ閨《ねや》を美々しうしつらへたりするしをらしさにかて、加へて、ほどよい官女のつつましさも、男のいらだちをしづめるに役立つたのであらう。

さてこの女には幼ななじみのさる男があつた。さいつころ剃髪して都ちかい山寺《さんじ》に修行《すぎやう》してゐた。煩悩のほむらはおさへがたくたけりにたけつて、口につくせぬほどのめんだうなてだてもいとはず、しげしげと文《ふみ》をよこした。かの殿上人のつれなさが、をりふし身にしみる秋が立つと、女はしだいに昔なじみの僧形《そうぎやう》のひとに心をかたむけていつた。

ことさらそちらへ心を移した動機には、いくぶん殿上人へのすねた気持やあてつけがあつたのであらう。とはいへいままで素気なくしてゐたをとこへにはかに甘えかゝるのは自負がゆるさなかつた。しかしまた双方ともども手放すやうな結果を、ひたすらおそれる本音もあつた。さうした種々《くさぐさ》なきもちは、古風なまどひとなげきを女にあたへたのであつた。

物語はこのやうないきさつの叙述から、つぎにのべる一段にをはつてゐる。この物語はつかひのものによつてさる尼院からとどけられたのであるが、行状の告白をわざとものがたりの形に編み、もはやおのれを忘れてゐかねない高貴の人にささげ、それを以てざんげや謝罪のよすがにもしようとした女の気もちは、官女のころの文学熱の倣《まね》びとのみ、あながち嗤《わら》ひ去られぬものもあるのではなからうか。

「月の明《あか》い夜、こんな放れわざにはふさはしからぬ顕証《けさう》さであつた。……女は山寺からほどちかい小山《をやま》の、松の根かたでまちわびてゐた。あたりに泉のつきせぬひびきがきこえる。すこやかに清水はあふれてゐた。粉に似たしぶきが、水の花火のやうにちらばつてあたりの夏萩のうへにこぼれた。蛍がその茂みの葉末に光りながらいこうてゐるのを、女はあはれふかく見やつた。あのほうたるは『身を焦がして』ゐるのだとは思へなかつた。外《そと》からしひられるまゝにともした灯をじつと虔《つつま》しくおのれの内に守つてゆく……そんな従順なやさしい一生、さういふものをかすかに感じた。いつか自分がその生涯に似よつてゆくのだとはすこしも知らずに。……

やがてあちらの松の大木に、身をかゞめた人影がけざやかに辷つた。男はこゑをひそめ、よもに気をくばりつつ、わななきがちにたどりついてきた。むしろうるささうなつつぱなした目付で、女は昂りきつたをとこの貌をみてゐる。……しかしのちのちがめんだうな修道僧《すだうそう》の出奔といふいましめををかしたことゆゑ、男のうろたへは是非もなかつた。

ふたりが磧《かはら》にそうてゆくほどに、都をばよほどはなれた。河原におひしげつてゐる、かはらははこやほたる艸などの夏草のひとむらに、露がしとどにおりてゐた。幽かにくさの葉をはなれた蛍は、遠ざかるにしたがつていつしか星にまぎれてゐた。……男は語つた。これから遠縁にあたるもののわかる伯父をたづね、そこで一旦みごしらへをした上で、紀伊のふるさとへ奔るのだと。女はうなづいてゐる。女にはそれが男の身勝手におもはれる。だが今とては男ひとりをたよる身ゆゑ、じつとくちびるをかむより外はない。

河上へさかのぼるにつれて、瀬の音はたかまつた。女はだんだん従順になつた。さきほどとは反対に男はきほひたち、女はしほたれて行つた。

『ああ、なんといふおそろしいあの音。』

『いやいや、海はどうしてあんなものではない……。』男はさうこたへるきりである。

伯父のもとを出一途《いちづ》に紀伊をめざしたころ男と女の位置は、京《みやこ》とはすつかりかはつてゐた。女はやさしくなり、こゝろのそこから男にまかせ男をたよつた。あのつんつんしたいくそたびの返し文《ぶみ》はもうすつかりわすれきつたやうに。

『海？　海つてどんなものなのでせう。わたくし、うまれてよりそのやうなおそろしいものを見たことはありませぬ。』

『海はたゞ海だけのことだ、さうではないか。』さう云つて男は笑つた。

——紀伊のはまの、をとこのふるさとへついたころは、をちこちのたゞずまひに秋の色がふかまりつくした。夜分に着いたその日から二、三日は、女は潮さゐに胸をさわがせてうちふしながら、たえて障子《さうじ》をあけようとしなかつた。

四日目のあさ、女はこゝろをきめた。おどろきにとりみだすさまをみられぬやう、夫のるすにひとりはまをめざした。家をでると海が細い繻子のひものやうにきらゝかにのぞまれた。波のはげしいひびきは、しかし足下《あしもと》までとゞろいた。おもてをおほうて一さんに浜めがけてかけだした。耳もとを潮風がはばたき、波音はぐいぐいとたかまつた。あなうらにかわいたあたたかい砂をかんじたとき、総身はあえかにふるへた。女はおほうてゐたもろ手を除いた。

おほらかな海景は、あたかも当然な場所に当然なものがおかれたやうにひろがつてゐた。空はほがらに晴れ、絵巻の雲のやうにこがねにかがやいた雲がうかんでゐた。まださみどりがかつた長いみさきが、右手を優雅なかひなのやうにかきいだいてゐた。

女ははじめて、いさなとり海のすがたを胸にうつした。はげしいいた手は、すぐさま痛みをともなふことがまれであるやうに、女はそのたまゆら、予期したおそれとにてもにつかぬものをみいだした。はつしと胸にうけたそのきはに、おほわだつみはもはや女のなかに住んでしまつた。殺される一歩手前、殺されると意識しながらおちいるあのふしぎな恍惚、ああした恍惚のなかに女はゐた。そこにはさだかな予感があるけれども予感が現在《いま》におよぼす意味はない。それはうつくしく孤立した現在である。絶縁された世にもきよらかなひとときである。そこではあのたぐひない受動の姿勢がとられる。いままでは能動であり、これからも能動であらうとするもの、、陥没的な受動でなくてなんであらう。陥没にともなふ清純な放心、それはあらゆるものをうけいれ、あらゆるものに染まらない。いはゞ『母』の胸ににたすがたであらうか。ゆゑしれぬゆたかな懐ひ、包まれることの恍惚、さうしたありやうから、しかし女はすぐときはなたれた。

すくひがたい重たさと畏れとがのしかかつてきた。海はおのれのなかであふれゆすぶれだした。缶《ほとぎ》のやうなおほいな甕《かめ》をわれとわが身に据ゑたかのやうに。

家にはしりかへるやいなや、女はわななきながら潮かぜにしめつた衾《ふすま》をかぶつてしまつた。……

その日から女のきもちに変化がおこつた。さいつかたの貧しげな僧形から、けふのたけだけしい男様《をのこざま》に打ちかはつたをとこに、いつたんかんじだしたあのたのもしさや勢ひや信頼が、またしらじらとひえてくるのである。たよりない比丘《びく》すがたへの冷淡や優越であればまだしも、いまは寔《まこと》にめうなぐあひである。をとこは戸まどうた。海がおそろしいとうち臥してゐるのへ声をかければきふに強いやうすになつて口ごたへをしたりした。それほどなおそれならば、しみじみ夫にうちあけてくれればよいものを、『うちあける』などはおろか、たよりにしてゐるやうすもつゆ見えない。さうかとおもふと、ふいに浜に出ていつてぼんやりといさり舟のゆきかひなぞをながめて佇《た》ちつくしてゐた。そのはてが、いつもおもて青ざめてそはそはと帰つてきた。しだいにをつともつまも、言葉や起居にいひしれぬ険をふくんできた。障子《さうじ》をしめきつて海をみまいと蹲《つく》ばうてゐるところへ、いきなり男がはひつてきてあらあらしくひき開けていつたりする。女の袖のかわくいとまない日々が、そんな風にしてだんだんおほくなつていつた。しかも男のはうで折れてなにか言問《ことと》ひかけると、眉さかだてての丶しりの限りをつくした。

ふた丶び春立つころ、女はひとり密かにのがれ出てみやこに赴いた。海のおそれにたへかねたためか。男にいやけがさしての故か。すくなくとも男がこはくなつたためではなかつた。京にはひると剃髪して尼院の人となつた。そこで看経《かんきん》のわづかなあひまに、かきしるした物語がこれである。そのをはりのはうへ、女はこんなふうに感想をしるしてゐる。

『往きの道すがら、たゞならぬまでに男に感じた畏怖《おそれ》と信頼《たより》は、いまにしてみれば前もつて男そのものにわだつみを念《おも》うてゐたのかもしれぬ。男のけしき男のしぐさの一つびとつに、海のすがたを睹《み》てゐたのかもしれぬ。』と。」

さて古への心でかかれた女の物語はこゝでをはつてゐる。だが、わたしはそこに、み祖《おや》たちの系譜からわたし自《みづか》ら読みとつたある黙契によつて、ささやかな解釈をつけくはへたいとおもふ、なんとなればわたしは、『前もつて男にみた』海のすがた、はじめて海をみることによつての其の感情の海への転帰、あるひは海の象徴《しるし》の役わりを失つた男のむなしさ、かうした事どものあひだにひとつの符牒をかんぜずにはゐられなかつたから。

——すなはち……

「つらつら考へてみるのに、海への怖れは憧れの変形ではあるまいか。ながの歳月《としつき》無意識の土ふかく埋れ木になつてかくされ抑へられてきたあこがれといふものは、いつともしれずおそれのかたちを摂つてくる。ちやうどとぢこめられた活潑な子どもがそのうちにはまるで内気な子にかはつてしまふやうに。けれどもさうしたおそれは並一般の粗雑なあらけない『おそれ』とはなじまぬものと思はれる。人のうつそ身をばはげしくゆりうごかしはするが、けつして傷手《いたで》をあたへることがない。むしろきびしい叱咤のあひだに、人の心の何ものかを育くみ成長させてゆくたぐひの怖れではあるまいか。怖れによつて人の心に受動のかたちを与へ、すばやく美くしくたちあがる余地をあたへ、ある量りしれぬ不可見の――『神』――『より高貴なもの』の意図するばしよへ人間をひつぱつてゆかうとするふしぎな『力』のはたらきではあるまいか。もとよりそれは、憧れがするはたらきとまつたく同じものであらう。……

この物語をひもとく方は、さうしたもののきざしをさぐつてごらんになると興ふかいと思ふ。まことのおそれと憧れの仮りのすがたのそれとのちがひは、そこにさやかに現はれてゐる筈だから。

海のおそれにひねもすわななき打ち臥しつゝ、しかも一片のたよりすら夫にみせなかつた女は、そのときいつたい何にたよつてみづから耐へてゐたのであらうか。まことに、女はおそれの対象である海になべての信頼《たより》をささげ、その袖にいつしんに縋つてゐたのである。ふたつの畏れの差はそこに読まれるのだ。」

それから又、海がわたしの家系ともつてゐる縁《えにし》の、もうひとつの例証として……

## その三（下）

ここに一まいの写真がある。かたい厚紙に楕円形に貼られた写真。そのまはりを捺《なつ》金《きん》の唐艸もやうと花文字につゞられた写真屋の屋号とがかこんでゐる。……これは祖母の叔母なるひとのやさしいかたみだ。

写真はおし花のやうにすがれてゐる。日々の緩《ゆる》い移りと、強烈ないくたびかの夏の日がその奥のはうにみえる。……

ひとりの若い夫人。石竹いろとおぼしいたわわな舞踏服。それから花籠のやうにふくよかにひろがつた鯨骨いりの裾着。（それは少しばかり、銀いろの舞踏靴のさきをのぞけてゐる。）……だが……

夫人のやはらかなあしのうらが、（ほのかな沓をとほして）、ためらひがちにふまへてゐるのは、いちめんのたゝみのさなかに敷かれた小さなぺるしや絨氈である。夫人のまはりには押しよせてゐる、光琳風の六双屏風が。竹林七賢図のふすまが。あるひは、永いうすらあかりのなかで、疲れはてた人特有のきびしく光つた目《ま》ざ《な》しのやうな、そんな光沢をえてきた古さびた調度が。……

いふまでもなくこれらさだかならぬもののたたずまひは、写真をみただけではなんともわかりはせぬ。祖母がこの写真を手にとるごとにああそこには何があつた此のあたりはかうだつたと、ありありと追想するのをきいて、わたしにまでその場面が彷彿とするやうにおもはれたからだ。

それはつひぞつかはれぬ祖先の仏間だつたと、祖母はわたしにはなした。……

いはけない日、夫人はわづかに海を垣間《かいま》みたことがあつた。心に湛へられた海はかの女の幼ない情感によつておもむろに醱酵した。いくとせかのち、かの女に海へのあこがれが沸《たぎ》つてきた。それはかの女みづからにも御《とど》めることのできない「いきもの」の一種である。かの女の家は公家であつた。六つ七つのころになつてもかの女は海をのぞむをりがなかつた。海をちらりとみたのは稚いときとはいへ、立ち歩きもおぼつかない年ごろゆゑ、みしらない濃青《こあを》の宝石のやうにそのおもひ出はおぼろにきらめいてゐるばかりである。

「海はどこまでいけばあるの。海はとほいの。海へゆくには何に乗つてゆくの。」

勤王派の兄はそのころ失意のため、若さがかうむりやすい絶望のなかで、暗いきもちをいだきさうして憔《やつ》れきつてゐた。

「海なんて、どこまで行つたつてありはしないのだ。たとひ海へ行つたところでないかもしれぬ……こんなことはおまへにはわかるまいが。……」そんな意味のことをこたへて、兄はなぜかしらさみしさうにわらふだけで、かの女にはその真意をさぐることができない。……

少女になり、一家が東京へひきうつるとき、旅のみちで海のほとりをとほつた。少女はいつまでものこりをしさうに、夕日が熔岩のやうに海いつぱいにながれ、海鳥がかなしいきしりをあげてとび立つてゆくのを、まじまじと眺めてゐた。

そのころから少女は海をみることにしだいに満ちたりた心を感じなくなりかけてゐた。どうかするとあの死んだ兄のふしぎなことばが、耳のそばをとほつてゆくそよ風のかをりの、をちかたの叢にまぎれてしまつてからはじめて匂ひ出すやうに、今はおぼろげながらわかるやうにおもはれた。あこがれはくちなはのやうに衣をぬぎかへてゐるのであらう。そんな間だけ、なにかの病ひにもにたあこがれの重みがとりのぞかれ、水のやうにきよらなやすらかさのなかにとどまつてゐることができた。けれども海をみることによろこびがなくなつたなぞと、さういふことは決してなかつた。

くちなはの更衣《かうい》がをはると、海への希みはそれよりむかうの別なものにかはつた。はかなくやさしい脱けがらのあとには、もつとあらはな、躍動したあこがれがまつてゐた。海のかなたに晴れやかなあやしい島影がうかび、島にはとむねをつくやうな色どりの衣《きぬ》まとうた人が住まひ、硫酸かなんぞの雨のやうにひりひりとした日のひかりが零《しただ》りつづけてゐる、孔雀や鸚鵡があそんでゐる……ひそかな宗教、ひとしれぬ儀式がさかえる王国……そのやうなまぼろしをかの女は胸にいだいた。熱帯にゆくには海へひとまづ行かねばならぬ。海へのあこがれもそれ故にかききえずにゐた。……父ぎみは一時、外交に関係してゐられたので、泰西のひとびとがかの女のいへに出いりすることはめづらしくなかつたが、白麻のととのつた服を身につけ、ヘルメットをいただいてたづねてくる、さういふ異人や、かれらがみやげにもつてくる魁偉な「やし」の実やみなみの国の英文のせつめいをそへた写真帖だのを、かの女はゆゑしらぬなつかしげなまなざし……時にはふるさとの風物をみるやうな……時にはじつとじぶんの内部をみつめるやうな……そんなまなざしで見やるのがつねである。が、なつかしさはその人自らへのものでないことはいふまでもない。装ひやみやげのはこんできたある「気分」……それはその「人」や品物のうへに君臨し、円光のやうなぐあひにそれをとりかこみ、あたりのものをおもむろにそれに似せてゆく、薬品のやうな作用をもつものであるが、……それへのなつかしさにすぎなかつた。――夏のゆふ日が、水の光りのやうにゆたかに零つてくるときなどかの女は熱帯の空想におのれをわすれた。(夕日がふりそそいでゐる。ひとつの窗《まど》からレエスの窗掛をとほして、おほくのゆれさざめいてゐる樹木の葉に濾《こ》されて、泣いてゐるときみえるあの無数のかさなりあつた薄いレンズ――水沫《みなわ》のやうな錯綜した無数の小円となり、北欧趣味なクッションだのアアム・チェアの麻覆だの、すずしげにみえるマンテルピイスの石だのに、めちやくちやにきまぐれな夕日がふりそそいでゐる。焔のゆらめきのやうに、ぱあーつと部屋が一しゆんあかるくなり、またよわまつてしまふ。……）

かうして徐々に、かの女はおのがあこがれをつよめることによつて、かの女みづからをつよめていつた。きらひな夏がこのほどはうつたへに待たれた。なぜといつて、海や熱帯へのあこがれは、主に夏の朝、または夕映えのまへの果実のやうに芳醇な時刻にあらはれたからである。かの女はあこがれに没入した。まことにそれは没我の毅《つよ》さであつたかもしれぬ。そして没我はどのやうなばあひでも、恒に他をしりぞけ、いひかへればあらゆる「他」のなかに存在する「我」を抹消して、おしすすまずにはゐないものだ。我を没し去るとき、そこには又、あの妖しくもたけだけしいいのちが、却つてはげしくわきでてくるのである。

「避暑」といふならはしはほとんど行なはれてゐなかつたころのこと故、いくとせも海をみぬ夏がつづき、夫人はこころ足らはぬおもひをした、じぶんが夫にみちたりたものをかんじられぬのは、たとへば「夏」のやうなじぶんのあこがれの対象が夫のなかに存在せぬからだとはすこしもきづかずに。……

あの花やかな写真がとられたのはそんな夏のひとひである。それは雷雨の宵であつた。きふに石をなげられてわれた甕のわれ目のやうに、いなづまが迅《すばや》くはしつた。石をなげた音はぎやくにそのあとからひびいてきて、夫人の家のひろい客間をとよもした。夫は一から十まで洋風な客間のなかほどに腰をおろして夫人を待つてゐた。ロココ風な彫刻をしたとびらをあけて、さきに陳べたやうな装ひをこらした夫人がはひつてきた。

「おつつけ写真師がくるだらうが、あなたはこの部屋でとるのだらうね。」

「さあ」夫人の目になんだかいたづらつぽいかげがあらはれた。夫人は、この死人のやうにあをざめたひどくやせおとろへた夫をみるにはあまりふさはしくないやうな明るい表情をしてゐた。右手でとき色の絹の扇をくるくるまはしながら、なんにも考へてゐないやうにみえる。それではどこのへやで……と夫がいひかけたとき、婢がとびらをたたいた。一しよに肥つた写真師がはひつてきた。鳴神《なるかみ》はややをさまつてきたやうにおもはれる。ふとつた写真師は夫人のよそほひをやや誇張してそれでもかくすことのできない憑かれたやうなことばでたたへた。夫は、これはけふやつと出来てきたもので、明日の夜会でよごれぬさきに撮らせたかつたからと話してゐる。そのはなしのあひまにちらつと焔のやうに不安なものがはしる。

夫はもう一度こととうてみようとおもふ。夫は口をひらかうとする。それをわかわかしい夫人のこゑがさへぎる。夫人のこゑはやはらかい薄いオレンヂいろの漣《さざなみ》をたてて漲る。……

「この部屋ではつまりません。ねえ。あの部屋へ、お仏間へまゐりませう!」

その言葉を、夫のおとろへた心は敗れたものへの宣告のやうにしてきいた。夫人のこと葉にはどことなし有無をいはせぬところがあつた。夫はたちあがる、夢遊病者のやうに。写真師はあつけにとられてゐる。――あの部屋。婢がいそがしくたちはたらきはじめる。仏壇のかたはらに写真器がすゑられる。あかるい燈《ひ》がともされる。……

夫は小きざみに身をふるはせてゐる。かつてあの部屋は、かれの「場所」であつたへやだ。かれはあそこから出て次第に衰へた。かれはあそこへ帰らなければいけない。ああ、しかしかれはそこへかへれない。そのむかしかれと部屋との「拒み」は頡頏《きつかう》してゐた。へやをでてより、へやの「こばみ」はかれのそれに捷《か》つた。だがそこが空《から》であることが唯一のすくひになつてゐた。空であることはかれの支へでもあつた。――今そこは充たされた。しかもそれにそぐはぬ瑰美な絶対のいのちによつて。それ自身ひとつの息づく花でもあるかのやうに、部屋ぜんたいはかれにむかつて華麗な拒否をなげてゐる。部屋は光りかがやいてゐる。――が、それはやがて、部屋の力づよい滅亡のしるしだ。夫自身の滅亡のしるしだ。

夫はあの美くしい拒否のうらがはに、花やぐいのちにうちひしがれた部屋の苦悶《もだえ》をみた。かれは貌をもろ手でおほうた。部屋はさながら奇蹟のやうに光つてゐる。その中央に花冠のやうな若い夫人のすがたをうかばせながら。

あの写真をうつした日から六日たつて伯爵はみまかつた。夫人はおほぜいの弔ひ客のゐるまへで、むくろの枕べにじつとなみだもみせずすわつてゐた。人々が去ると夫人はやにはにそこにうつぷして、こゑをあげて哭《な》いた。——ながい喪の季節、そこでは百合さへも黒百合だけがさくやうな季節はゆるやかにすぎていつた。

喪あけてのちまもなくさる豪商のもとめをうけて華燭のうたげをはつた。あらたな夫はうまれがいやしかつた。南の海にしごとをすすめて内地にすまひをもたなかつたのではじめのおどろきのあとで世の人はこんどは興ふかげに成行をながめだした。夫人にはあひてのなかにじぶんのあこがれの種子《たね》があることが、いちばんのたのみでもあり、いちばん愛しがひのあるゆゑんでもあつた。あこがれの燠《おき》をかきたてること、——それはこのごろ夫人のなかで今までよりずつとおほきな意味をもちだしてゐた。夫の死によつて諦らめがある場所までかの女をたかめたとき、燠をかきたてるわざは、もはや欲求ではなく、宿世《すくせ》であり使命であらねばならぬやうにおもはれた。それゆゑ新たな夫はむしろみづから東京にすまひをいとなみたくおもつてゐたのだけれど、夫人のはうでたつて南のくにへふたたび赴くことをうながした。

——船が岸壁をはなれると、はりつめてゐたものが失神したやうに、テエプはあへなく切れた。みおくる人々のあまたの色どりが、ちやうどいろんな絵具をつぎつぎとまぜてゆくやうに、遠ざかるにしたがつてだんだん一つのさびしい色のなかにまぎれてしまつた。そこでかはされた哀歓、そんなものはどこをさがしたつて消えさつて二度とみるべくもないものとおもはれた。「ケビンへはひらう」とあらたな夫がいつた。夫人はなみだをうかべてゆつくりあるいていつた。さうしてゐると、なぜかふいにじぶんのうしろ姿を想像した。切なさのために、妻がふとよろめいたのを夫はみのがさなかつた。

——じぶんの家の生活以外にたのしみをもとめえない島の日日。東京から船がつくときまつてさまざまな注文品がこの邸へとどけられた。夫が注文した品は、またアメリカからもしじゆうおくられてきた。このふたつの流行のはなはだたくみな融和が夫人のなかでおこなはれたので、たまたまここをおとづれる米人はあの「陶器の国の女王」の幻をみたかとあやまつた。……こんな年月のあひだ、夫人のくるほしいあこがれはつひにみたされることなく、あこがれとはたいへんはなれた処でをはつたけれども、しかしまつたくの破綻と失意のうちに、その生活がとばりをおろしたとはおもはれない。なぜといつて夫人自ら、都へかへることをかたくなにこばんだから。

だがこの地へきてからといふもの、かの女にあのいのちの泉は涸れ、あこがれの夜鶯はうたふ折すくなくなつた。しづかな「日本の女」のおとろへが、怠惰な「島の女」の像のうへにきざまれていつた。いささかのそぐはなさもなしに。……

かの女のふるい知人のひとりが、ながい南国遍歴のすゑ、ひと日その邸にかの女をおとなうたことがあつた。帰国してから上梓した紀行の一節に……

「伯爵夫人（私はいまだにこの旧称をもつてしか夫人を髣髴することができぬのだが）は私にこんなことを言はれた。

『かうしてをりますとゐながらに海がみえてほんたうにきもちがようございます。一日の愉しみといへば、さあ、あの椰子の森のあちらに夕陽がしづむのを見てゐるときでございませうね。』しかもかう云はれたとき、伯爵夫人のお貌にはさびしさうな翳《かげ》もやつれたいろもなかつた。むしろ昔にかはらぬ、花やかなものさへ見えるやうに思はれた。

夫人はうす暗い純白なへやのなかで、日もすがら籐椅子によこになられたまま、編物をなさつたり、本をよまれたり、奇妙な南国の小禽に餌をやられたり、ときには私にも洋酒の杯をすすめられたりしてすごされた。食事には夫君もでてこられた。永い南の旅のあひだに、私はこんな結構な料理にめぐりあつたのはこの時ただ一回であつた。……」

夫人はまもなくこの夫ともわかれて帰国し、ゐなかのひろい地所に純和風な家をたてて死ぬまでそこにすまつた。そのひとり身の尼のやうなくらしは、つがふ四十年ちかくつづいたわけである。こし方の数奇《さくき》なとし月とうつてかはつて、夫人の純潔さは、世の未亡人たちのかがみともたたへられた。世人はあの苛酷な熱帯との離婚を――夫人みづからあへてとどまつてゐたのだとはつゆ知らなかつたから――むしろ同情のまなざしでみつめ、だまされた女としての、やや不名誉な好意をおくつた。が、夫人はその山荘を訪《と》ふひとに、おもひ出ともぐちともつかず、わかいころの海への熾《さか》んなあこがれを、ものがたることもないではなかつた。……

うらさびしい雑木林のこみちをあゆんで、のぼるにあやふいやうな苔むした坂にかかると、もう黒い冠木《かぶき》門がのぞまれた。船板塀のうへから葉桜や椎がくらいみどりにおひかさなつてゐた。老いた夫人は奥まつた居間でいつも客にあつた。そのへやには気のとほくなるやうにないてゐる蟬しぐれがかすかにきこえ、石の配置のうつくしい庭ぢゆうに、木々の影が更紗のやうにさざめいてゐた。

「どうか例の海のおはなしをなさつていただけませんか。私はそれをうかがひにお邪魔したやうなものですから。」

「いいえとんでもない。――どこへ行つてしまひましたやら。あんなものずきなたのしい気分。……わたくしのどこかにでも、そんなものがのこつてゐるやうにおみえでせうか。」

さうこたへてほのかに頬笑んでみせるばかりである。しかしその後《のち》、なぜか唐突なくらゐに庭をごあんないいたしませう、おみせするやうなところもございませんがといざなつた。

人は、さきにたつて案内《あない》してゆく老夫人の足どりのたしかさとすこやかさに、おそらく喫驚《びつくり》せずにはゐられない。竹林をすぎ涼亭《ちん》をぬけ、裏手にあたるとある高台に立つと、かの女はだまつて後手《うしろで》をくんでむかうをみてゐた。

高台には楡《にれ》や樫がしげり、まはりに紅葉がなにか高貴な液体でものんだもののやうに色づいてゐた。足もとのうづたかい落葉のうへにまたはらはらと落葉がかさなつた。

そこからは旧い町並がひとめにみわたされた。町のあちらに疎らな影絵の松林がみえ、海が、うつくしく盃盤にたたへたやうにしづかに光つてゐた。小手毬《こてまり》の花のやうなものが二つ三つちらばつてゆるやかに移つてゆくとみえたのは白帆であつた。

老婦人は毅然としてゐた。白髪がこころもちたゆたうてゐる。おだやかな銀いろの縁《ふち》をかがつて。じつとだまつてたつたまま、……ああ涙ぐんでゐるのか。祈つてゐるのか。それすらわからない。……

まらうどはふとふりむいて、風にゆれさわぐ樫の高みが、さあーつと退《ひ》いてゆく際《きは》に、眩ゆくのぞかれるまつ白な空をながめた、なぜともしれぬいらだたしい不安に胸がせまつて。「死」にとなりあはせのやうにまらうどは感じたかもしれない、生《いのち》がきはまつて独楽《こま》の澄むやうな静謐、いはば死に似た静謐ととなりあはせに。……

花盛之森大尾　昭和十六年初夏

# 橋づくし

……………元はと問へば分別の
あのいたいけな貝殻に一杯もなき蜆橋《しじみばし》、
短かき物はわれわれが此の世の住居秋の日よ。
——『天の網島』名ごりの橋づくし——

陰暦八月十五日の夜、十一時半にお座敷が引けると、小弓《こゆみ》とかな子は、銀座板甚道《いたじんみち》の分桂家《わけかつらや》へかへつて、いそいで浴衣に着かへた。ほんたうは風呂に行きたいのだが、今夜はその時間がない。

小弓は四十二歳で、五尺そこそこの小肥りした体に、巻きつけるやうに、白地に黒の秋草のちぢみの浴衣を着た。かな子は二十二歳で踊りの筋もいいのに、旦那運がなくて、春秋《はるあき》の恒例の踊りにもいい役がつかない。これは白地に藍の観世水《くわんぜみづ》を染めたちぢみの浴衣を着た。

「満佐子《まさこ》さんは、今夜はどんな柄《がら》かしら」

「萩に決つてるよ。早く子供がほしいんだとさ」

「だつて、もうそこまで行つてるの？」

「行つてやしないよ。それから先の話なんだよ。岡惚れだけで子供が生れたら、とんだマリヤ様だわ」

と小弓が言つた。花柳界では一般に、夏は萩、冬は遠山《とほやま》の衣裳を着ると、妊娠するといふ迷信がある。

いよいよ出ようといふときに、又小弓は腹が空《す》いた。毎度のことであるのに、空腹はまるで事故のやうに、突然天外から降《ふ》つて来る心地がする。それまではそんなに空いてゐない。又便利なことに、お座敷のあひだはどんなに退屈な席でも、腹が空いて困つたことはない。お座敷の前と後とに限つて、それまで腹工合のことなんか忘れてゐるのに、突然発作に襲はれたやうに腹が空くのである。小弓はそれに備へて、程のいい時に、適度に喰べておくといふことができない。たとへば夕刻髪結へ行くと、同じ土地の妓《こ》が、順を待つあひだを、岡半の焼肉丼なんぞを誂へて、旨さうに喰べてゐるのを見ることがある。それを見ても小弓は何とも思はない。旨さうだとも思はない。それだといふのに、ものの一時間もすると、突如として空腹がはじまり、唾液が忽ち小さな丈夫な歯の附根から、温泉のやうに湧いた。

小弓やかな子は、分桂家へ看板料と食費を毎月納めてゐる。小弓の食費は格別多いのである。それは小弓が大食の上に、口が奢つてゐるからだつたが、考へてみると、お座敷の前後に腹の空く奇癖がはじまつてから、食費がだんだんに減り、今では、かな子を下廻るやうになつてゐる。奇癖がはじまつたのは、いつごろからとも知れない。呼ばれた家の台所で、お座敷へ出る前に、小弓が足許に火がついたやうに、「ちよいと何か喰べるものないこと」と要求するやうになつたのは、いつごろからとも知れない。今日では、はじめに呼ばれた家の台所で夕食を喰べ、最後に呼ばれた家の台所で、お座敷の引けたあと、夜食を喰べるのが習慣になつた。そこで、腹もこの習慣に調子を合せ、分桂家へ納める食費も減るやうになつたのである。

すでに寝静まつた銀座を、小弓とかな子が浴衣がけで新橋の米井《よねゐ》へ歩いてゆくとき、かな子は悤々に鎧扉を下ろした銀行のはづれの空を指して、

「晴れてよかつたわね。本当に兎のゐさうな月よ」

と言つたが、小弓は自分の腹工合のことばかり考へてゐた。今夜のお座敷は、最初が米井である。最後が文迺家《ふみのや》である。文迺家で夜食をして来ればよかつたが、時間がないのでまつすぐ着換へにかへつて、又行先が米井では、夕食をした台所で、一晩のうちに又夜食を催促しなければならない。それを考へると大そう気が重い。

……が、米井の勝手口を入つたとき、小弓のこの煩悶は忽ち治つた。すでに予想通り萩のちりめん浴衣を着て、厨口に立つて待つてゐた米井の箱入娘満佐子が、小弓の

姿を見るなり、

「まあ早かつたわね。まだ急ぐことないわ。上つてお夜食でも喰べていらつしやいよ」

と気を利かせて言つたからである。

広い台所はまだ後片付で混雑してゐる。明りの下に、夥しい皿小鉢がまばゆく光つてゐる。満佐子は厨口の柱に片手を支へてゐるので、その体は灯を遮り、その顔は暗い。言はれた小弓の顔にも灯影は届かず、小弓は安心した咄嗟の顔つきを見られなかつたのを喜んだ。


小弓が夜食を喰べてゐるあひだ、満佐子はかな子を自分の部屋へ伴なつた。家へ数多く来る芸者の中でも、満佐子はかな子と一等気が合つた。同い年だといふこともある。小学校が一緒だといふこともある。どちらも器量が頃合だといふこともある。さういふ諸々《もろもろ》の理由を超えて、何だか虫が好くのである。

かな子はそれに大人しくて、風にも耐へぬやうに見えるが、積むべき経験を積んでゐるので、何の気なしに言ふ一言《ひとこと》が満佐子の助けになることもあつて頼もしい。それに比べて勝気な満佐子は、色事については臆病で子供つぽい。満佐子の子供つぽさは評判のたねで、母親もタカを括つてゐて、娘が萩の浴衣なんぞを誂へても気にもとめないのである。

満佐子は早大芸術科に通つてゐる。前から好きだつた映画俳優のRが、一度米井へ来てからは熱を上げて、部屋にはその写真を一杯飾つてゐる。そのときRとお座敷で一緒に撮つた写真を、ボーン・チャイナの白地の花瓶に焼付けさせたのが、花を盛つて、机の上に飾つてある。

「けふ役の発表があつたのよ」

と坐るなり、かな子は貧しい口もとを歪ませて言つた。

「さう？」満佐子は気の毒に思つて知らぬ振りをした。

「又、唐子《からこ》の一役きりだわ。いつまでたつてもワンサで悲観しちまふ。レビューだつたら、万年ラインダンスなのね、私つて」

「来年はきつといい役がつくわよ」

「そのうち年をとつて小弓さんみたいになるのが落ちだわ」

「ばかね。まだ二十年も先の話ぢやないの」

かういふ会話を交はしながら、今夜の願事《ねぎごと》はお互ひに言つてはならないのであるが、満佐子もかな子も、相手の願事が何であるかがもう分つてゐる。満佐子はRと一緒になりたいし、かな子は好い旦那が欲しいのである。そしてこの二人にはよくわかつてゐるが、小弓はお金が欲しいのである。

この三人の願ひは、傍《はた》から見ても、それぞれ筋が通つてゐる。公明正大な望みといふべきである。月が望みを叶へてくれなかつたら、それは月のはうがまちがつてゐる。三人の願ひは簡明で、正直に顔に出てゐて、実に人間らしい願望だから、月下の道を歩く三人を見れば、月はいやでもそれを見抜いて、叶へてやらうといふ気になるにちがひない。

満佐子がかう言つた。

「今夜はもう一人ふえたのよ」

「まあ、誰」

「一ト月ほど前に東北から来た家の女中。みなつていふのよ。私、要らないつていふのに、お母様がどうしてもお供を一人つけなければ心配だつていふんですもの」

「どんな子」

「まあ見てごらんなさい。そりやあ発育がいいんだから」

そのとき葭障子をあけて、当のみなが立つたまま顔を出した。

「障子をあけるときは、坐つてあけなさいつて言つたでせう」

と満佐子が権高《けんだか》な声を出した。

「はい」

答は胴間声で、こちらの感情がまるつきり反映してゐないやうな声である。姿を見ると、かな子は思はず笑ひを抑へた。妙なありあはせの浴衣地で拵へたワンピースを着て、引つかきまはしたやうなパーマネントの髪をして、袖口からあらはれたその腕の太さと云つたらない。顔も真黒なら、腕も真黒である。その顔は思ひきり厚手に仕立てられてゐて、ふくらみ返つた頬の肉に押しひしがれて、目はまるで糸のやうである。口をどんな形にふさいでみても、乱杙歯のどの一本かがはみ出してしまふ。この顔から何かの感情を掘り当てることはむつかしい。

「一寸大した用心棒だわね」

　とかな子は満佐子の耳もとで言つた。

満佐子は力めて厳粛な表情を作つてゐた。

「いいこと？　さつきも言つたけど、もう一度言ふわよ。家を出てから、七つの橋を渡りきるまで、絶対に口をきいちやだめよ。願ひ事がだめになつてしまふんだから。……それから、知つてる人から話しかけられてもだめなんだけれど、これはあんたは心配が要らないわね。……それから同じ道を二度歩いちやいけないんだけど、これは、小弓さんが先達だから、あとについて行けばまちがひがないわ」

満佐子は大学では、プルウストの小説についてレポートを出したりしてゐるのに、かういふことになると、学校でうけた近代教育などは、見事にどこかへ吹き飛んでしまつた。「はい」とみなは答へたが、本当にわかつてゐるのかゐないのか不明である。

「どうせあんたもついて来るんだから、何か願ひ事をしなさいよ。何か考へといた？」

「はい」

とみなはもそもそした笑ひ方をした。

「あら、いつぱしだわね」

と横からかな子が言つた。

するとそこへ博多帯を平手で叩きながら、

「さあ、これで安心して出かけられるわ」

と小弓が顔を出した。

「小弓さん、いい橋を選《よ》つといてくれた？」

「三吉橋《みよしばし》からはじめるのよ。あそこなら、一度に二つ渡れる勘定でせう。それだけ楽ぢやないの。どう？　この頭のいいこと」

これから口を利けなくなるので、三人は、一せいに姦《かしま》しく喋り溜めをした。喋り溜めは厨口までそのままつづいた。厨口の三和土《たたき》に満佐子の下駄が揃へてある。伊勢由の黒塗りの下駄である。そこへさし出した満佐子の足の爪先が、紅くマニキュアされてゐて、暗がりの中でもほのかな光沢を放つて映えるのに、小弓ははじめて気づいた。

「まあ、お嬢さん、粋ねえ。黒塗りの下駄に爪紅《つまべに》なんて、お月さまでもほだされる」

「爪紅だつて！　小弓さんつて時代ねえ」

「知つてるわよ。マネキンとか云ふんでせう、それ」

満佐子とかな子は顔を見合はせて吹き出した。

＊＊

小弓が先達になつて、都合四人は月下の昭和通りへ出た。自動車屋の駐車場に、今日一日の用が済んだ多くのハイヤーが、黒塗りの車体に月光を流してゐる。それらの車体の下から虫の音がきこえてゐる。

昭和通りにはまだ車の往来《ゆきき》が多い。しかし街がもう寝静まつたので、オート三輪のけたたましい響きなどが、街の騒音とまじらない、遊離した、孤独な躁音といふふうにきこえる。

月の下には雲が幾片か浮んでをり、それが地平を包む雲の堆積に接してゐる。月はあきらかである。車のゆききがしばらく途絶えると、四人の下駄の音が、月の硬い青ずんだ空のおもてへ、ぢかに弾《はじ》けて響くやうに思はれる。

小弓は先に立つて歩きながら、自分の前には人通りのないひろい歩道だけのあることに満足してゐる。誰にも頼らずに生きてきたことが小弓の矜りなのである。そしてお腹のいつぱいなことにも満足してゐる。かうして歩いてゐると、何をその上、お金を欲しがつたりしてゐるのかわからない。小弓は自分の願望が、目の前の鋪道の月かげの中へ柔らかく無意味に融け入つてしまふやうな気持がしてゐる。硝子《ガラス》のかけらが、鋪道の石のあひだに光つてゐる。月の中では硝子だつてこんなに光るので、日頃の願望も、この硝子のやうなものではないかと思はれて来る。

小弓の引いてゐる影を踏んで、満佐子とかな子は、小指をからみ合はせて歩いてゐる。夜気は涼しく、八ツ口から入る微風が、出しなの昂奮で汗ばんだ乳房を、しづかに冷やして引締めてゐるのを、二人ながら感じてゐる。お互ひの小指から、お互ひの願望が伝はつてくる。無言なので、一そう鮮明に伝はつてくるのである。

満佐子はRの甘い声や切れ長の目や長い揉上げを心に描いてゐる。そこらのファンとちがつて、新橋の一流の料亭の娘がかうと思ひ込んだことが、叶へられないわけはないと思ふ。Rがものを言つたとき、自分の耳にかかつたその息が、少しも酒くさくはなくて、香《かぐ》はしかつたのを憶えてゐる。夏草のいきれのやうに、若い旺んな息だつたと憶えてゐる。一人でゐるときにそれを思ひ出すと、膝から腿へかけて、肌を漣《さざなみ》が渡るやうな気がする。今もこの世界のどこかにRの体の存在してゐるといふことが、自分の再現する記憶と同じほど確実でもあり、不確かでもあつて、その不安が心をしじゆう苛《さいな》んだ。

かな子は、肥つた金持の中年か初老の男を夢みてゐる。肥つてゐないと金持のやうな気がしない。その男の庇護がひたすら惜しげなく注がれてくるのを、ただ目をつぶつて浴びてゐればよいのだと思ふ。かな子は目をつぶることには馴れてゐる。ただ今までは、さて目をあいてみると、当の相手がもうゐなくなつてゐたのである。

……二人は申し合はせたやうに、うしろを振向いた。みなが黙つてついて来てゐた。頬に両手をあてて、ワンピースの裾を蹴立てて、赤い鼻緒の下駄をだらしなく転がすやうにしてついて来る。その目はあらぬ方を見てゐて、一向真剣味がない。満佐子もかな子も、みなのその姿を、自分たちの願望に対する侮辱のやうに感じた。

四人は東銀座の一丁目と二丁目の堺のところで、昭和通を右に曲つた。ビル街に、街燈のあかりだけが、規則正しく水を撒いたやうに降つてゐる。月光はその細い通りでは、ビルの影に覆はれてゐる。

程なく四人の渡るべき最初の橋、三吉橋がゆくてに高まつて見えた。それは三叉の川筋に架せられた珍らしい三叉の橋で、向う岸の角には中央区役所の陰気なビルがうづくまり、時計台の時計の文字板がしらじらと冴えて、とんちんかんな時刻をさし示してゐる。橋の欄干は低く、その三叉の中央の三角形を形づくる三つの角に、おのおの古雅な鈴蘭燈が立つてゐる。鈴蘭燈のひとつひとつが、四つの燈火を吊してゐるのに、その凡てが灯つてゐるわけではない。月に照らされて灯つてゐない灯の丸い磨硝子の覆ひが、まつ白に見える。そして灯のまはりには、あまたの羽虫が音もなく群がつてゐる。

川水は月のために擾されてゐる。

先達の小弓に従つて、一同はまづこちら岸の橋の袂で、手をあはせて祈願をこめた。近くの小ビルの一つの窓の煙つた灯が消えて、一人きりの残業を終つて帰るらしい男が、ビルを出しなに、鍵をかけようとして、この奇異な光景を見て立ちすくんだ。

女たちはそろそろと橋を渡りだした。下駄を鳴らして歩く同じ鋪道のつづきであるのに、いざ第一の橋を渡るとなると、足取は俄かに重々しく、檜の置舞台の上を歩くやうな心地になる。三叉の橋の中央へ来るまではわづかな間である。わづかな間であるのに、そこまで歩いただけで、何か大事《だいじ》を仕遂げたやうな、ほつとした気持になつた。

小弓は鈴蘭燈の下で、ふりむいて、又手をあはせ、三人がこれに習つた。

小弓の計算では、三叉の二辺を渡ることで、橋を二つ渡つたことになるが、渡るあとさきに祈念を凝らすので、三吉橋で四度手をあはさねばならない。

たまたま通りすぎたタクシーの窓に、びつくりした人の顔が貼りついて、こちらを見てゐるのに満佐子は気づいたが、小弓はそんなことに頓着してゐなかつた。

区役所の前まで来て、区役所へお尻をむけて、四度目に手を合はせたとき、かな子も満佐子も、第一と第二の橋を無事に渡つたといふ安堵と一緒に、今までさほどに思つてゐなかつた願事《ねぎごと》が、この世でかけがへのないほど大切なものに思はれだした。

満佐子はRと添へなければ死んでしまへといふほどの気持になつてゐる。橋を二つ渡つただけで、願望の強さが数倍になつたのである。かな子はいい旦那がつかなければ生きてゐても仕様がないと思ふ迄になつてゐる。手を合はすときに、胸は迫つて、満佐子は忽ち眼頭が熱くなつた。

ふと横を見る。みなが殊勝に、目をとぢて手を合はせてゐる。私と比べて、どうせろくな望みを抱いてゐないと思ふと、みなの心の裡の何もない無感覚な空洞が、軽蔑に値ひするやうにも、又、羨ましいやうにも思はれた。

川ぞひに南下して、四人は築地から桜橋へゆく都電の通りへ出た。もちろん終電車はとうの昔に去つて、昼のあひだはまだ初秋の日光に灼ける線路が、白く涼しげな二条を伸ばしてゐた。

ここへ出る前から、かな子は妙に下腹が痛んできた。何が中《あた》つたのか、食中りに相違ない。はじめは絞るやうな痛みが少し兆して、二、三歩ゆくうちに忘れてしまつたのが、今度は忘れてゐるといふ安心がしじゆう意識にのぼり、この意識の無理に亀裂《ひび》が入つて、忘れてゐると思ふそばから又痛みが兆してくるのである。

第三の橋は築地橋である。ここに来て気づいたのだが、都心の殺風景なかういふ橋にも、袂には忠実に柳が植ゑてある。ふだん車で通つてゐては気のつかないかうした孤独な柳が、コンクリートのあひだのわづかな地面から生ひ立つて、忠実に川風をうけてその葉を揺らしてゐる。深夜になると、まはりの騒がしい建物が死んで、柳だけが生きてゐた。

築地橋を渡るにつけて、小弓がまづ柳の下かげで、桜橋の方向へ手を合はせた。先達といふ役目に気負つてゐるのか、小弓はいつになく、その小肥りの背筋をまつすぐに立ててゐる。事実小弓は、自分の願ひ事をいつしか没却して、大過なく七つの橋を渡ることのはうが、目前の大事のやうに思つてゐるのである。どうしても渡らなければならぬと思ふと、そのこと自体が自分の願事《ねぎごと》であるかのやうな気がしてきた。それはずいぶん変な心境であるけれど、あの突然襲つてくる空腹同様、自分はいつでもこのやうにして人生を渡つてきたといふ思ひが、月下をゆくうちにふしぎな確信に凝り固まり、その背筋はますます正しく、顔は正面を切つて歩いてゐる。

築地橋は風情のない橋である。橋詰の四本の石柱も風情のない形をしてゐる。しかしここを渡るとき、はじめて汐の匂ひに似たものが嗅がれ、汐風に似た風が吹き、南の川下に見える生命保険会社の赤いネオンも、おひおひ近づく海の予告の標識のやうに眺められた。

これを渡つて、手を合はせたとき、かな子は、痛みがいよいよ切迫して、腹を突き上げてくるのを感じた。電車通りを渡つて、S興行の古い黄いろのビルと川との間の道をゆくとき、かな子の足はだんだん遅くなり、満佐子も気づかつて歩みを緩めるが、生憎口をきいて安否をたづねることができない。かな子が両手で下腹を押へ、眉をしかめて見せたので、満佐子にもやうやく納得が行つた。

しかし一種の陶酔状態にゐる先達の小弓は、何も気づかずに昂然と同じ歩度でゆくので、あとの三人との距離はひろがつた。

いい旦那がすぐ目の前にゐて、手をのばせばつかまらうといふときに、その手がどうしても届きさうもない心地がかな子はしてゐる。かな子の顔色は事実血の気を失つて、額から油汗が滲み出てゐる。人の心はよくしたもので、下腹の痛みが募るにつれ、かな子は先程まであれほど熱心に願ひ、それに従つて現実性も色増すやうに思はれたあの願事が、何だか不意に現実性を喪つて、いかにもはじめから非現実的な、夢のやうな、子供じみた願望であつた気がしてきた。そして難儀な歩みを運び、待つたなしで迫つてくる痛みに抗してゐると、そんな他愛ない望みを捨てさへすれば、痛みはたちどころに治るやうな気がした。

いよいよ四番目の橋が目の前まで来たとき、かな子は満佐子の肩にちよつと手をかけ、その手の指で踊りのフリのやうに自分の腹をさして、後れ毛が汗で頬に貼りついた顔をもうだめだといふこなしで振り、忽ち身をひるがへして、電車通りのはうへ駈け戻つた。

満佐子はその後を追はうとしたが、道を戻つては自分の願《ぐわん》が徒《あだ》になるのを思つて、下駄の爪先で踏み止まつて、ただ振向いた。

四番目の橋畔では、はじめて気づいた小弓も振向いてゐた。月かげの下を、観世水を藍に流した白地の浴衣の女が、恥も外聞もない恰好で駈け出してゆき、その下駄の音があたりのビルに反響して散らばると思ふと、一台のタクシーが折よく角のところにひつそりと停るのが眺められた。

第四の橋は入船橋である。それを、さつき築地橋を渡つたのと逆の方向へ渡るのである。

橋詰に三人が集まる。同じやうに拝む。満佐子はかな子を気の毒にも思ふが、その気の毒さが、ふだんのやうに素直に流れ出ない。落伍した者は、これから先自分とはちがふ道を辿るほかはないといふ、冷酷な感懐が浮ぶだけである。願ひ事は自分一人の問題であつて、こんな場合になつても、人の分まで背負ふわけには行かない。山登りの重い荷物を扶けるのとはちがひ、そもそも人を扶けやうのないことをしてゐるのである。

入船橋の名は、橋詰の低い石柱の、緑か黒か夜目《よめ》にわからぬ横長の鉄板に白字で読まれた。橋が明るく浮き上つてみえるのは、向う岸のカルテックスのガソリン・スタンドが、抑揚のない明るい燈火を、ひろいコンクリートいつぱいにぶちまけてゐる反映のためであるらしい。

川の中には、橋の影の及ぶところに小さな灯も見える。桟橋の上に古い錯雑した小屋を建て、植木鉢を置き、

屋　形　船
な　わ　船
つ　り　船
あ　み　船

といふ看板を掲げて住む人が、まだ起きてゐる燈火であるらしい。

ここあたりから、ビルのひしめきは徐々に低くなつて、夜空がひろがるのが感じられる。気がつくと、あれほどあきらかだつた月が雲に隠れて、半透明になつてゐる。総体に雲の嵩が増してゐる。

三人は無事に入船橋を渡つた。

川は入船橋の先でほとんど直角に右折してゐる。第五の橋までは大分道のりがある。広いがらんとした川ぞひの道を、暁橋まで歩かなければならない。

右側は多く料亭である。左側は川端に、何か工事用の石だの、砂利だの、砂だのが、

そこかしこに積んであつて、その暗い堆積が、ところによつては道の半ばまでも侵してゐる。やがて左方に、川むかうの聖路加病院の壮大な建築が見えてくる。

それは半透明の月かげに照らされて、鬱然と見えた。頂きの巨きな金の十字架があかあかと照らし出され、これに侍するやうに、航空標識の赤い燈が、点々と屋上と空とを劃して明滅してゐるのである。病院の背後の会堂は灯を消してゐるが、ゴシック風の薔薇窓の輪郭が、高く明瞭に見える。病院の窓々は、あちこちにまだ暗い燈火をかかげてゐる。

三人は黙つて歩いてゐる。一心に、気が急《せ》いて歩いてゐるあひだは、満佐子もあまり物を思はない。三人の足取はそのうち、体が汗ばむほどに早くなつた。はじめは気のせゐかと思はれたが、まだ月の在処《ありか》のわかる空が怪しくなつて、満佐子のこめかみに、最初の雨滴が感じられたからである。が、幸ひにして、雨はそれ以上激しくなる気配はない。

第五の暁橋の、毒々しいほど白い柱がゆくてに見えた。奇抜な形にコンクリートで築いた柱に、白い塗料が塗つてあるのである。その袂で手を合はせるときに、満佐子は橋の上だけ裸かになつて渡してある鉄管の、道から露はに抜き出た個所につまづいて危ふくころびさうになつた。橋を渡れば、聖路加病院の車廻しの前である。

その橋は長くない。あまつさへ三人とも足が早くなつてゐる。すぐ渡り切つてしまふところを、小弓の身に不運が起つた。

といふのは、むかうから、だらしなく浴衣の衿をはだけて、金盥をかかへた洗ひ髪の女が、いそぎ足で三人の前に来たのである。ちらと見た満佐子は、洗ひ髪の顔がいやに白々と見えたのでぞつとした。

「ちよいと小弓さん、小弓さんぢやないの。まあしばらくね。知らん顔はひどいでせう。ねえ、小弓さん」

橋の上で立ちどまつた女は、異様なふうに首を横へのばしてから、小弓の前に立ちふさがつた。小弓は目を伏せて答へない。

女の声は甲高いのに、風が隙間から抜けてゆくやうに、力の支点の定まらない声である。そして呼びかけが、同じ抑揚のままつづき、小弓を呼んでゐるにもかかはらず、そこにはゐない人を呼ぶかのやうである。

「小田原町のお風呂屋のかへりなのよ。それにしても久しぶりねえ。めづらしいところで会つたわねえ、小弓さん」

小弓は肩に手をかけられて、やうやく目をあげた。そのとき小弓の感じたことがある。いくら返事を渋つてゐても、一度知り人から話しかけられたら、願《ぐわん》はすでに破れたのである。

満佐子は女の顔を見て、一瞬のうちに考へて、小弓を置いてどんどん先へ立つた。

女の顔には満佐子も見おぼえがある。戦後わづかのあひだ新橋に出てゐて頭がをかしくなつて妓籍を退《ひ》いた確か小えんと云つた老妓である。お座敷に出てゐる時分から、異様な若造りで気味わるがられたが、その後このあたりの遠縁の家で養生をしてゐて、大分よくなつたといふ話をきいたことがある。

小えんが親しかつた小弓をおぼえてゐたのは当然だが、満佐子の顔を忘れてゐたことは僥倖である。

第六の橋はすぐ前にある。緑に塗つた鉄板を張つただけの小さな堺橋である。満佐子は橋詰でする礼式もそこそこに、ほとんど駈けるやうにして、堺橋を渡つてほつとした。そして気がつくと、もう小弓の姿は見えず、自分のすぐうしろに、みなのむつつりした顔が附き従つてゐた。

先達がゐなくなつた今では、第七の、最後の橋を満佐子は知らない。しかしこの道をまつすぐ行けば、いづれ暁橋に並行した橋のあることがわかつてゐる。それを渡つていよいよ願が叶ふのである。

まばらな雨滴が、再び満佐子の頰を搏つた。道は小田原町の外れの問屋の倉庫が並んでゐるところで、工事場のバラックが川の眺めを遮つてゐる。大そう暗い。遠い街燈のあかりが鮮明に望まれるので、そこまでの闇が一そう深く思はれる。

いざとなると勝気な満佐子は、深夜の道をかうして行くことが、願掛けといふ目的もあつて、それほど怖ろしいわけではない。しかし自分のうしろに接してくるみなの下駄の音が、行くにつれて、心に重くかぶさつて来るのである。その音は気楽に乱れてきこえるが、満佐子の小刻みな足取に比べて、いかにも悠揚せまらぬ足音が、嘲けるやうに自分をつけてくるといふ心地がする。

かな子が落伍した頃まで、みなの存在は、満佐子の心にほとんど軽侮に似たものを呼び起すだけだつたが、それから何かしら気がかりになつて、二人きりになつた今では、この山出しの少女が一体どんな願ひ事を心に蔵してゐるのか、気にしまいと思つても気にせずにはゐられない。何か見当のつかない願事《ねぎごと》を抱いた岩乗《がんじよう》な女が、自分のうしろに迫つて来るのは、満佐子には気持が悪い。気持が悪いといふよりも、その不安はだんだん強くなつて、恐怖に近くなるまで高じた。

満佐子は他人の願望といふものが、これほど気持のわるいものだとは知らなかつた。いはば黒い塊りがうしろをついて来るかのやうで、かな子や小弓の内に見透かされたあの透明な願望とはちがつてゐる。

……かう思ふと、満佐子は必死になつて、自分の願事を掻き立てたり、大切に守つたりする気になつた。Rの顔を思ふ。声を思ふ。若々しい息を思ふ。しかし忽ちそのイメーヂは四散して、以前のやうに纏つた像を結ばうとしない。

少しも早く第七の橋を渡つてしまはなければならない。それまで何も思はないで急がなければならない。

するうちに、遠くに見える街燈は橋詰の灯らしく思はれ、広い道にまじはるところが見えて、橋の近づく気配がした。

橋詰の小公園の砂場を、点々と黒く雨滴の穿つてゐるのを、さきほどから遠く望んでゐた街燈のあかりが直下に照らしてゐる。果して橋である。

三味線の箱みたいな形のコンクリートの柱に、備前橋と誌され、その柱の頂きに乏しい灯がついてゐる。見ると、川向うの左側は築地本願寺で、青い円屋根が夜空に聳えてゐる。同じ道を戻らぬためには、この最後の橋を渡つてから、築地へ出て、東劇から演舞場の前を通つて、家へかへればよいのである。

満佐子はほつとして、橋の袂で手を合はせ、今までいそいだ埋め合せに、懇切丁寧に祈念を凝らした。しかし横目でうかがふと、みながあひかはらず猿真似をして、分厚い掌を殊勝に合はせてゐるのが忌々しい。祈願はいつしかあらぬ方へ外《そ》れて、満佐子の心のなかでは、しきりにこんな言葉が泡立つた。

『連れて来なきやよかつたんだわ。本当に忌々しい。連れて来るんぢやなかつた。』

……このとき、満佐子は男の声に呼びかけられて、身の凍る思ひがした。パトロールの警官が立つてゐる。若い警官で、頰が緊張して、声が上ずつてゐる。

「何をしてゐるんです。今時分、こんなところで」

満佐子は今口をきいてはおしまひだと思ふので、答へることができない。しかし警官の矢継早の質問の調子と、上ずつた声音で、咄嗟に満佐子の納得の行つたことは、深夜の橋畔で拝んでゐる若い女を、投身自殺とまちがへたらしいのである。

満佐子は答へることができない。そしてこの場合、みなが満佐子に代つて答へるべきだといふことを、みなに知らせてやらなければならない。気の利かないにも程がある。満佐子はみなのワンピースの裾を引張つて、しきりに注意を喚起した。

みながいかに気が利かなくても、それに気のつかぬ筈はないのであるが、みなも頑なに口をつぐみつづけてゐるのを見た満佐子は、最初の言ひつけを守るつもりなのか、それとも自分の願ひ事を守るつもりなのか、みなが口をきかない決意を固めてゐるのを覚つて呆然とした。

「返事をしろ。返事を」

警官の言葉は荒くなつた。

ともあれ橋を大いそぎで渡つてから釈明しようと決めた満佐子は、その手をふり払つて、いきなり駈け出した。緑いろの欄干に守られた備前橋は欄干も抛物線をなして、軽い勾配の太鼓橋になつてゐる。駈け出したとき満佐子の気づいたのは、みなも同時に橋の上へ駈け出したことである。

橋の中ほどで、満佐子は追ひついた警官に腕をつかまれた。

「逃げる気か」

「逃げるなんてひどいわよ。そんなに腕を握つちや痛い！」

満佐子は思はずさう叫んだ。そして自分の願ひ事の破れたのを知つて、橋のむかうを痛恨の目つきで見やると、すでに事なく渡りきつたみなが、十四回目の最終の祈念を凝らしてゐる姿が見えた。

*
**

家へかへつた満佐子が泣いて訴へたので、母親はわけもわからずにみなを叱つた。

「一体おまへは何を願つたのだい」

さうきいても、みなはにやにや笑ふばかりで答へない。

二三日して、いいことがあつて、機嫌を直した満佐子が、又何度目かの質問をして、みなをからかつた。

「一体何を願つたのよ。言ひなさいよ。もういいぢやないの」

みなは不得要領に薄笑ひをうかべるだけである。

「憎らしいわね。みなつて本当に憎らしい」

笑ひながら、満佐子は、マニキュアをした鋭い爪先で、みなの丸い肩をついた。その爪は弾力のある重い肉に弾《はじ》かれ、指先には鬱陶しい触感が残つて、満佐子はその指のもつてゆき場がないやうな気がした。

# 憂国

## 壱

昭和十一年二月二十八日、（すなはち二・二六事件突発第三日目）、近衛歩兵一聯隊勤務武山信二《たけやましんじ》中尉は、事件発生以来親友が叛乱軍に加入せることに対し懊悩を重ね、皇軍相撃の事態必至となりたる情勢に痛憤して、四谷区青葉町六の自宅八畳の間に於て、軍刀を以て割腹自殺を遂げ、麗子《れいこ》夫人も亦夫君に殉じて自刃を遂げたり。中尉の遺書は只一句のみ「皇軍の万歳を祈る」とあり、夫人の遺書は両親に先立つ不孝を詫び、「軍人の妻として来るべき日が参りました」云々と記せり。烈夫烈婦の最期、洵《まこと》に鬼神をして哭かしむの概あり。因みに中尉は享年三十歳、夫人は二十三歳、華燭の典を挙げしより半歳に充たざりき。

弐

武山中尉の結婚式に参列した人はもちろん、新郎新婦の記念写真を見せてもらつただけの人も、この二人の美男美女ぶりに改めて感嘆の声を洩らした。軍服姿の中尉は軍刀を左手に突き右手に脱いだ軍帽を提げて、雄々しく新妻を庇つて立つてゐた。まことに凜々しい顔立ちで、濃い眉も大きくみひらかれた瞳も、青年の潔らかさといさぎよさをよく表はしてゐた。新婦の白い裲襠《うちかけ》姿の美しさは、例へん方もなかつた。やさしい眉の下のつぶらな目にも、ほつそりした形のよい鼻にも、ふくよかな唇にも、艶やかさと高貴とが相映じてゐる。忍びやかに裲襠の袖からあらはれて扇を握つてゐる指先は、繊細に揃へて置かれたのが、夕顔の蕾のやうに見えた。

二人の自刃のあと、人々はよくこの写真をとりだして眺めては、かうした申し分のない美しい男女の結びつきは不吉なものを含んでゐがちなことを嘆いた。事件のあとで見ると、心なしか、金屛風の前の新郎新婦は、そのいづれ劣らぬ澄んだ瞳で、すぐ目近《まぢか》の死を透かし見てゐるやうに思はれるのであつた。

二人は仲人の尾関中将の世話で、四谷青葉町に新居を構へた。新居と云つても、小さな庭を控へた三間《ま》の古い借家で、階下の六畳も四畳半も日当りがわるいので、二階の八畳の寝室を客間に兼ね、女中も置かずに、麗子が一人で留守を守つた。

新婚旅行は非常時だといふので遠慮をした。二人が第一夜を過したのはこの家であつた。床に入る前に、信二は軍刀を膝の前に置き、軍人らしい訓誡を垂れた。軍人の妻たる者は、いつなんどきでも良人の死を覚悟してゐなければならない。それが明日来るかもしれぬ。あさつて来るかもしれぬ。いつ来てもうろたへぬ覚悟があるかと訊いたのである。麗子は立つて簞笥の抽斗《ひきだし》をあけ、もつとも大切な嫁入道具として母からいただいた懐剣を、良人と同じやうに、黙つて自分の膝の前に置いた。これでみごとな黙契が成立ち、中尉は二度と妻の覚悟をためしたりすることがなかつた。

結婚して幾月かたつと、麗子の美しさはいよいよ磨かれて、雨後の月のやうにあきらかになつた。

二人とも実に健康な若い肉体を持つてゐたから、その交情ははげしく、夜ばかりか、演習のかへりの埃だらけの軍服を脱ぐ間ももどかしく、帰宅するなり中尉は新妻をその場に押し倒すことも一再でなかつた。麗子もよくこれに応へた。最初の夜から一ト月をすぎるかすぎぬに、麗子は喜びを知り、中尉もそれを知つて喜んだ。

麗子の体は白く厳そかで、盛り上つた乳房は、いかにも力強い拒否の潔らかさを示しながら、一旦受け容れたあとでは、それが塒《ねぐら》の温かさを湛へた。かれらは床の中でも怖ろしいほど、厳粛なほどまじめだつた。おひおひ烈しくなる狂態のさなかでもまじめだつた。

昼間、中尉は訓練の小休止のあひだにも妻を想ひ、麗子はひねもす良人の面影を追つてゐた。しかし一人でゐるときも、式のときの写真をながめると幸福が確かめられた。麗子はほんの数ヶ月前まで路傍の人にすぎなかつた男が、彼女の全世界の太陽になつたことに、もはや何のふしぎも感じなかつた。

これらのことはすべて道徳的であり、教育勅語の「夫婦相和シ」の訓へにも叶つてゐた。麗子は一度だつて口ごたへはせず、中尉も妻を叱るべき理由を何も見出さなかつた。階下の神棚には皇太神宮の御札と共に、天皇皇后両陛下の御真影が飾られ、朝毎に、出勤前の中尉は妻と共に、神棚の下で深く頭を垂れた。捧げる水は毎朝汲み直され、榊はいつもつややかに新らしかつた。この世はすべて厳粛な神威に守られ、しかもすみずみまで身も慄へるやうな快楽に溢れてゐた。

## 参

斎藤内府の邸は近くであつたのに、二月二十六日の朝、二人は銃声も聞かなかつた。ただ、十分間の惨劇がをはつて、雪の暁闇に吹き鳴らされた集合喇叭《ラッパ》が中尉の眠りを破つた。中尉は跳ね起きて無言で軍服を着、妻のさし出す軍刀を佩して、明けやらぬ雪の朝の道へ駈け出した。そして二十八日の夕刻まで帰らなかつたのである。

麗子はやがてラヂオのニュースでこの突発事件の全貌を知つた。それからの二日間の麗子の一人きりの生活は、まことに静かで、門戸を閉ざして過された。

麗子は雪の朝ものも言はずに駈け出して行つた中尉の顔に、すでに死の決意を読んだのである。良人がこのまま生きて帰らなかつた場合は、跡を追ふ覚悟ができてゐる。彼女はひつそりと身のまはりのものを片づけた。数着の訪問着は学校時代の友達への形見として、それぞれの畳紙《たたう》の上に宛名を書いた。常日頃、明日《あす》を思つてはならぬ、と良人に言はれてゐたので、日記もつけてゐなかつた麗子は、ここ数ヶ月の倖せの記述を丹念に読み返して火に投ずることのたのしみを失つた。ラヂオの横には小さな陶器の犬や兎や栗鼠《りす》や熊や狐がゐた。さらに小さな壺や水瓶があつた。これが麗子の唯一のコレクションだつたが、こんなものを形見に上げてもはじまらない。しかもわざわざ棺に納めてもらふにも当らない。するとそれらの小さな陶器の動物たちは、一そうあてどのない、よるべのない表情を湛へはじめた。

麗子はその一つの栗鼠を手にとつてみて、こんな自分の子供らしい愛着のはるか彼方に、良人が体現してゐる太陽のやうな大義を仰ぎ見た。自分は喜んで、そのかがやく太陽の車に拉し去られて死ぬ身であるが、今の数刻には、ひとりでこの無邪気な愛着にも浸つてゐられる。しかし自分が本当にこれらを愛したのは昔である。今は愛した思ひ出を愛してゐるにすぎないので、心はもつと烈しいもの、もつと狂ほしい幸福に充たされてゐる。……しかも麗子は、思ふだにときめいて来る日夜の肉の悦びを、快楽などといふ名で呼んだことは一度もなかつた。美しい手の指は、二月の寒さの上に、陶器の栗鼠の氷るやうな手ざはりを保つてゐるが、さうしてゐるあひだにも、中尉の逞ましい腕の延びてくる刹那を思ふと、きちんと着た銘仙の裾前の同じ模様のくりかへしの下に、麗子は雪を融かす熱い果肉の潤ひを感じた。

脳裡にうかぶ死はすこしも怖くはなく、良人の今感じてゐること、考へてゐること、その悲嘆、その苦悩、その思考のすべてが、留守居の麗子には、彼の肉体と全く同じやうに、自分を快適な死へ連れ去つてくれるのを固く信じた。その思想のどんな砕片にも、彼女の体はらくらくと溶け込んで行けると思つた。

麗子はさうして、刻々のラヂオのニュースに耳を傾け、良人の親友の名の幾人《いくたり》かが、蹶起の人たちの中に入つてゐるのを知つた。これは死のニュースだつた。そして事態が日ましにのつぴきならぬ形をとるのを、勅命がいつ下るかもしれず、はじめ維新のための蹶起と見られたものが、叛乱の汚名を着せられつつあるのを、つぶさに知つた。聯隊からは何の連絡もなかつた。雪ののこる市内に、いつ戦がはじまるか知れなかつた。

廿八日の日暮れ時、玄関の戸をはげしく叩く音を、麗子はおそろしい思ひできいた。走り寄つて、慄へる手で鍵をあけた。磨硝子のむかうの影は、ものも言はなかつたが、良人にちがひないことがよくわかつた。麗子がその引戸の鍵を、これほどまだるつこしく感じたことはなかつた。そのために鍵はなほ手に逆らひ、引戸はなかなか開かない。

戸があくより早く、カーキいろの外套に包まれた中尉の体が、雪の泥濘に重い長靴を踏み入れて、玄関の三和土《たたき》に立つた。中尉は引戸を閉めると共に、自分の手で又鍵を捩つてかけた。それがどういふ意味でしたことか、麗子にはわからなかつた。

「お帰りあそばせ」

と麗子は深く頭を下げたが、中尉は答へない。軍刀を外し外套を脱ぎかけたので、麗子がうしろに廻つて手つだつた。うけとる外套は冷たく湿つて、それが日向で立てる馬糞くさい匂ひを消して、麗子の腕に重くのしかかつた。これを外套掛にかけ、軍刀を抱いて、彼女は長靴を脱いだ良人に従つて茶の間へ上つた。階下の六畳である。

明るい灯の下で見る良人の顔は、無精髭に覆はれて、別人のやうにやつれてゐる。頬が落ちて、光沢と張りを失つてゐる。機嫌のよいときは帰るなりすぐ普段着に着かへて晩飯の催促をするのに、軍服のまま、卓袱台《ちやぶだい》に向つて、あぐらをかいて、うなだれてゐる。麗子は夕食の仕度をすべきかどうか訊くことを差控へた。

ややあつて、中尉はかう言つた。

「俺は知らなかつた。あいつ等は俺を誘はなかつた。おそらく俺が新婚の身だつたのを、いたはつたのだらう。加納も、本間も、山口もだ」

麗子は良人の親友であり、たびたびこの家へも遊びに来た元気な青年将校の顔を思ひ浮べた。

「おそらく明日にも勅命が下るだらう。奴等は叛乱軍の汚名を着るだらう。俺は部下を指揮して奴らを討たねばならん。……俺にはできん。そんなことはできん」

そして又言つた。

「俺は今警備の交代を命じられて、今夜一晩帰宅を許されたのだ。明日の朝はきつと、奴らを討ちに出かけなければならんのだ。俺にはそんなことはできんぞ、麗子」

麗子は端座して目を伏せてゐた。よくわかるのだが、良人はすでにただ一つの死の言葉を語つてゐる。中尉の心はもう決つてゐる。言葉の一つ一つは死に裏附けられ、この黒い堅固な裏打のために、言葉が動かしがたい力を際立たせてゐる。中尉は悩みを語つてゐるのに、そこにはもう逡巡がないのである。

しかし、かうしてゐるあひだの沈黙の時間には、雪どけの渓流のやうな清冽さがあつた。中尉は二日にわたる永い懊悩の果てに、我家で美しい妻の顔と対座してゐるとき、はじめて心の安らぎを覚えた。言はないでも、妻が言外の覚悟を察してゐることが、すぐわかつたからである。

「いいな」と中尉は重なる不眠にも澄んだ雄々しい目をあけて、はじめて妻の目をまともに見た。「俺は今夜腹を切る」

麗子の目はすこしもたぢろがなかつた。

そのつぶらな目は強い鈴の音《ね》のやうな張りを示してゐた。そしてかう言つた。

「覚悟はしてをりました。お供をさせていただきたうございます」

中尉はほとんどその目の力に圧せられるやうな気がした。言葉は譫言《うはごと》のやうにすらすらと出て、どうしてこんな重大な許諾が、かるがるしい表現をとるのかわからなかつた。

「よし。一緒に行かう。但し、俺の切腹を見届けてもらひたいんだ。いいな」

かう言ひをはると、二人の心には、俄かに解き放たれたやうな油然たる喜びが湧いた。

麗子は良人のこの信頼の大きさに胸を搏たれた。中尉としては、どんなことがあつても死に損つてはならない。そのためには見届けてくれる人がなくてはならぬ。それに妻を選んだといふのが第一の信頼である。共に死ぬことを約束しながら、妻を先に殺さず、妻の死を、もう自分には確かめられない未来に置いたといふことは、第二のさらに大きな信頼である。もし中尉が疑り深い良人であつたら、並の心中のやうに、妻を先に殺すことを選んだであらう。

中尉は麗子が「お供をする」と言つた言葉を、新婚の夜から、自分が麗子を導いて、この場に及んで、それを澱みなく発音させたといふ大きな教育の成果と感じた。これは中尉の自恃を慰め、彼は愛情が自発的に言はせた言葉だと思ふほど、だらけた已惚れた良人ではなかつた。

喜びはあまり自然にお互ひの胸に湧き上つたので、見交はした顔が自然に微笑した。麗子は新婚の夜が再び訪れたやうな気がした。

目の前には苦痛も死もなく、自由な、ひろびろとした野がひろがるやうに思はれた。

「お風呂が湧いてをります。お召しになりますか」

「ああ」

「お食事は？」

この言葉は実に平淡に家庭的に発せられ、中尉は危ふく錯覚に陥らうとした。

「食事は要らんだらう。酒の燗をしといてくれんか」

「はい」

麗子は立つて良人の湯上りの丹前を出すときに、あけた抽斗へ良人の注意を惹いた。中尉は立つて行つて、箪笥の抽斗の中をのぞいた。整理された畳《たとう》紙の上に一つ一つ形見の宛名が読まれた。かうして健気な覚悟を示された中尉は、悲しみが少しもなく、心は甘い情緒に充たされた。若い妻の子供らしい買物を見せられた良人のやうに、中尉はいとしさのあまり、妻をうしろから抱いて首筋に接吻した。

麗子は首筋に中尉の髭のこそばゆさを感じた。この感覚はただ現世的なものである以上に、麗子にとつて現実そのものだつたが、それが間もなく失はれるといふ感じは、この上もなく新鮮だつた。一瞬一瞬がいきいきと力を得、体の隅々までがあらたに目ざめる。麗子は足袋の爪先に力を沁み入らせて、背後からの良人の愛撫を受けた。

「風呂へ入つて、酒を呑んだら……いいか、二階に床をとつておいてくれ……」

中尉は妻の耳もとでかう言つた。麗子は黙つてうなづいた。

中尉は荒々しく軍服を脱ぎ、風呂場へ入つた。その遠い湯のはねかへる音をききながら、麗子は茶の間の火鉢の火加減を見、酒の燗の仕度に立つた。

丹前と帯と下着を持つて風呂場へゆき、湯の加減をきいた。ひろがる湯気の中に、中尉はあぐらをかいて髭を剃つてをり、その濡れた逞ましい背中の肉が、腕の動きにつれて機敏に動くのがおぼろに見えた。

ここには何ら特別の時間はなかつた。麗子はいそがしく立ち働らき、即席の肴を作つてゐた。手も慄へず、ものごとはいつもよりきびきびと小気味よく運んだ。それでもときどき、胸の底をふしぎな鼓動が走る。遠い稲妻のやうに、それがちらりと強烈に走つて消える。そのほかは何一つふだんと変りがない。

風呂場の中尉は髭を剃りながら、一度温ためられた体は、あの遣場のない苦悩の疲労がすつかり癒やされ、死を前にしながら、たのしい期待に充たされてゐるのを感じた。妻の立ち働らく音がほのかにきこえる。すると二日の間忘れてゐた健康な欲望が頭をもたげた。

二人が死を決めたときのあの喜びに、いささかも不純なもののないことに中尉は自信があつた。あのとき二人は、もちろんそれとはつきり意識はしてゐないが、ふたたび余人の知らぬ二人の正当な快楽が、大義と神威に、一分の隙もない完全な道徳に守られたのを感じたのである。二人が目を見交はして、お互ひの目のなかに正当な死を見出したとき、ふたたび彼らは何者も破ることのできない鉄壁に包まれ、他人の一指も触れることのできない美と正義に鎧はれたのを感じたのである。中尉はだから、自分の肉の欲望と憂国の至情のあひだに、何らの矛盾や撞着を見ないばかりか、むしろそれを一つのものと考へることさへできた。

暗いひびわれた、湯気に曇りがちな壁鏡の中に、中尉は顔をさし出して丹念に髭を剃つた。これがそのまま死顔になる。見苦しい剃り残しをしてはならない。剃られた顔はふたたび若々しく輝やき、暗い鏡を明るませるほどになつた。この晴れやかな健康な顔と死との結びつきには、云つてみれば或る瀟洒なものがあつた。

これがそのまま死顔になる！　もうその顔は正確には半ば中尉の所有を離れて、死んだ軍人の記念碑上の顔になつてゐた。彼はためしに目をつぶつてみた。すべては闇に包まれ、もう彼はものを見る人間ではなくなつてゐた。

風呂から上つた中尉は、つややかな頰に青い剃り跡を光らせて、よく熾《おこ》つた火鉢のかたはらにあぐらをかいた。忙しいあひだに麗子が手早く顔を直したのを中尉は知つた。頰は花やぎ、唇は潤ひをまし、悲しみの影もなかつた。若い妻のこんな烈しい性格のしるしを見て、彼は本当に選ぶべき妻を選んだと感じた。

中尉は杯を干すと、それをすぐ麗子に与へた。一度も酒を呑んだことのない麗子が、素直に杯をうけて、おそるおそる口をつけた。

「ここへ来い」

と中尉は言つた。麗子は良人のかたはらへ行つて、斜めに抱かれた。その胸ははげしく波打ち、悲しみの情緒と喜悦とが、強い酒をまぜたやうになつた。中尉は妻の顔を眺め下ろした。これが自分がこの世で見る最後の人の顔、最後の女の顔である。旅人が二度と来ない土地の美しい風光にそそぐ旅立ちの眼差で、中尉は仔細に妻の顔を点検した。いくら見ても見倦かぬ美しい顔は、整つてゐながら冷たさがなく、唇はやはらかい力でほのかに閉ざされてゐた。中尉は思はずその唇に接吻した。やがて気がつくと、顔はすこしも歔欷《きよき》の醜さに歪んではゐないのに、閉ざされた目の長い睫のかげから、涙の滴が次々と溢れ出て眼尻から光つて流れた。

やがて中尉が二階の寝室へ上らうと促すと、妻は風呂に入つてから行くと言つた。そこで中尉は一人で二階へ行き、瓦斯《ガス》ストーヴに温ためられた寝室に入つて、蒲団の上に大の字に寝ころんだ。かうして妻の来るのを待つてゐる時間まで、何一ついつも渝《かは》らなかつた。

彼は頭の下に両手を組み、スタンドの光の届かぬおぼろげに暗い天井の板を眺めた。彼が今待つてゐるのは死なのか、狂ほしい感覚の喜びなのか、そこのところが重複して、あたかも肉の欲望が死に向つてゐるやうにも感じられる。いづれにしろ、中尉はこれほどまでに渾身の自由を味はつたことはなかつた。

窓の外に自動車の音がする。道の片側に残る雪を蹴立てるタイヤのきしみがきこえる。近くの塀にクラクションが反響する。……さういふ音をきいてゐると、あひかはらず忙しく往来してゐる社会の海の中に、ここだけは孤島のやうに屹立して感じられる。自分が憂へる国は、この家のまはりに大きく雑然とひろがつてゐる。自分はそのために身を捧げるのである。しかし自分が身を滅ぼしてまで諫めようとするその巨大な国は、果してこの死に一顧を与へてくれるかどうかわからない。それでいいのである。ここは華々しくない戦場、誰にも勲《いさを》しを示すことのできぬ戦場であり、魂の最前線だつた。

麗子が階段を上つて来る足音がする。古い家の急な階段はよくきしんだ。このきしみは懐しく、何度となく中尉は寝床に待つてゐて、この甘美なきしみを聴いたのである。二度とこれを聴くことがないと思ふと、彼は耳をそこに集中して、貴重な時間の一瞬一瞬を、その柔らかい蹠《あしのうら》が立てるきしみで隈なく充たさうと試みた。さうして時間は燦めきを放ち、宝石のやうになつた。

麗子は浴衣に名古屋帯を締めてゐたが、その帯の紅ゐは薄闇のなかに黒ずんで、中尉がそれに手をかけると、麗子の手の援ける力につれて、帯はゆらめきながら走つて畳に落ちた。まだ着てゐる浴衣のまま、中尉は妻の両脇に手を入れて抱かうとしたが、八ツ口の腋の温かい肌に指が挟まれたとき、中尉はその指先の感触に、全身が燃えるやうな心地がした。

二人はストーヴの火明りの前で、いつのまにか自然に裸かになつた。口には出さなかつたけれど、心も体も、さわぐ胸も、これが最後の営みだといふ思ひに湧き立つてゐた。その「最後の営み」といふ文字は、見えない墨で二人の全身に隈なく書き込まれてゐるやうであつた。

中尉は烈しく若い妻を掻き抱いて接吻した。二人の舌は相手のなめらかな口の中の隅々までたしかめ合ひ、まだどこにも兆してゐない死苦が、感覚を灼けた鉄のやうに真赤に鍛へてくれるのを感じた。まだ感じられない死苦、この遠い死苦は、彼らの快感を精錬したのである。

「お前の体を見るのもこれが最後だ。よく見せてくれ」

と中尉は言つた。そしてスタンドの笠を向うへ傾け、横たはつた麗子の体へ明りが棚引くやうにしつらへた。

麗子は目を閉ぢて横たはつてゐた。低い光りが、この厳そかな白い肉の起伏をよく見せた。中尉はいささか利己的な気持から、この美しい肉体の崩壊の有様を見ないですむ倖せを喜んだ。

中尉は忘れがたい風景をゆつくりと心に刻んだ。片手で髪を弄びながら、片手でしづかに美しい顔を撫で、目の赴くところに一つ一つ接吻した。富士額のしづかな冷たい額から、ほのかな眉の下に長い睫に守られて閉ぢてゐる目、形のよい鼻のたたずまひ、厚みの程のよい端正な唇のあひだからかすかにのぞいてゐる歯のきらめき、やはらかな頬と怜悧な小さい顎、……これらが実に晴れやかな死顔を思はせ、中尉はやがて麗子が自ら刺すだらう白い咽喉元を、何度も強《きつ》く吸つてほの赤くしてしまつた。唇に戻つて、唇を軽く圧し、自分の唇をその唇の上に軽い舟のたゆたひのやうに揺れ動かした。目を閉ぢると、世界が揺籃のやうになつた。

中尉の目の見るとほりを、唇が忠実になぞつて行つた。その高々と息づく乳房は、山桜の花の蕾のやうな乳首を持ち、中尉の唇に含まれて固くなつた。胸の両脇からなだらかに流れ落ちる腕の美しさ、それが帯びてゐる丸みがそのままに手首のはうへ細まつてゆく巧緻なすがた、そしてその先には、かつて結婚式の日に扇を握つてゐた繊細な指があつた。指の一本一本は中尉の唇の前で、羞らふやうにそれぞれの指のかげに隠れた。……胸から腹へと辿る天性の自然な括《くび》れは、柔らかなままに弾んだ力をためてゐて、そこから腰へひろがる豊かな曲線の予兆をなしながら、それなりに些かもだらしなさのない肉体の正しい規律のやうなものを示してゐた。光りから遠く隔つたその腹と腰の白さと豊かさは、大きな鉢に満々と湛へられた乳のやうで、ひときは清らかな凹んだ臍は、そこに今し一粒の雨滴が強く穿《うが》つた新鮮な跡のやうであつた。影の次第に濃く集まる部分に、毛はやさしく敏感に叢《む》れ立ち、香りの高い花の焦げるやうな匂ひは、今は静まつてはゐない体のとめどもない揺動と共に、そのあたりに少しづつ高くなつた。

つひに麗子は定かでない声音でかう言つた。

「見せて……私にもお名残によく見せて」

こんな強い正当な要求は、今まで一度も妻の口から洩れたことがなく、それはいかにも最後まで慎しみが隠してゐたものが迸つたやうに聞かれたので、中尉は素直に横たはつて妻に体を預けた。白い揺蕩してゐた肉体はしなやかに身を起し、良人にされたとほりのことを良人に返さうといふ愛らしい願ひに熱して、じつと彼女を見上げてゐる中尉の目を、二本の白い指で流れるやうに撫でて瞑らせた。

麗子は瞼も赤らむ上気に頰をほてらせて、いとしさに堪へかねて、中尉の五分刈の頭を抱きしめた。乳房には短かい髪の毛が痛くさはり、良人の高い鼻は冷たくめり込み、息は乳房に熱くかかつてゐた。彼女は引き離して、その男らしい顔を眺めた。凜々しい眉、閉ざされた目、秀でた鼻梁、きりりと結んだ美しい唇、……青い剃り跡の頰は灯を映して、なめらかに輝やいてゐた。麗子はそのおのおのに、ついで太い首筋に、強い盛り上つた肩に、二枚の楯を張り合はせたやうな逞ましい胸とその樺色の乳首に接吻した。胸の肉附のよい両脇が濃い影を落してゐる腋窩には、毛の繁りに甘い暗鬱な匂ひが立ち迷ひ、この匂ひの甘さには何かしら青年の死の実感がこもつてゐた。中尉の肌は麦畑のやうな輝やきを持ち、いたるところの筋肉はくつきりとした輪郭を露骨にあらはし、腹筋の筋目の下に、つつましい臍窩を絞つてゐた。麗子は良人のこの若々しく引き締つた腹、さかんな毛におほはれた謙虚な腹を見てゐるうちに、ここがやがてむごたらしく切り裂かれるのを思つて、いとしさの余りそこに泣き伏して接吻を浴びせた。

横たはつた中尉は自分の腹にそそがれる妻の涙を感じて、どんな劇烈な切腹の苦痛にも堪へようといふ勇気を固めた。

かうした経緯を経て二人がどれほどの至上の歓びを味はつたかは言ふまでもあるまい。中尉は雄々しく身を起し、悲しみと涙にぐつたりした妻の体を、力強い腕に抱きしめた。二人は左右の頰を互ひちがひに狂ほしく触れ合はせた。麗子の体は慄へてゐた。汗に濡れた胸と胸とはしつかりと貼り合はされ、二度と離れることは不可能に思はれるほど、若い美しい肉体の隅々までが一つになつた。麗子は叫んだ。高みから奈落へ落ち、奈落から翼を得て、又目くるめく高みへまで天翔《あまかけ》つた。中尉は長駆する聯隊旗手のやうに喘いだ。……そして、一トめぐりがをはると又たちまち情意に溢れて、二人はふたたび相携へて、疲れるけしきもなく、一息に頂きへ登つて行つた。

肆

時が経つて、中尉が身を離したのは倦き果てたからではない。一つには切腹に要する強い力を減殺することを怖れたからである。一つには、あまり貪りすぎて、最後の甘美な思ひ出を損ねることを怖れたからである。

中尉がはつきり身を離すと、いつものやうに、麗子も大人しくこれに従つた。二人は裸かのまま、手の指をからみあはせて仰臥して、じつと暗い天井を見つめてゐる。汗が一時に引いてゆくが、ストーヴの火熱のために少しも寒くはない。このあたりの夜はしんとして、車の音さへ途絶えてゐる。四谷駅界隈の省線電車や市電の響きも、濠の内側に谺するばかりで、赤坂離宮前のひろい車道に面した公園の森に遮られ、ここまでは届いて来ない。この東京の一劃で、今も、二つに分裂した皇軍が相対峙してゐるといふ緊迫感は嘘のやうである。

二人は内側に燃えてゐる火照《ほて》りを感じながら、今味はつたばかりの無上の快楽を思ひ浮べてゐる。その一瞬一瞬、尽きせぬ接吻の味はひ、肌の感触、目くるめくやうな快さの一齣一齣を思つてゐる。暗い天井板には、しかしすでに死の顔が覗いてゐる。あの喜びは最終のものであり、二度とこの身に返つては来ない。が、思ふのに、これからいかに長生きをしても、あれほどの歓喜に到達することが二度とないことはほぼ確実で、その思ひは二人とも同じである。

からめ合つた指さきの感触、これもやがて失はれる。今見てゐる暗い天井板の木目《もくめ》の模様でさへ、やがて失はれる。死がひたと身をすり寄せて来るのが感じられる。時を移してはならない。勇気をふるつて、こちらからその死につかみかからねばならないのだ。

「さあ、仕度をしよう」

と中尉が言つた。それはたしかに決然たる調子で言はれたが、麗子は良人のこれほどまでに温かい優しい声をきいたことがなかつた。

身を起すと、忙しい仕事が待つてゐた。

中尉は今まで一度も、床《とこ》の上げ下げを手つだつたことはなかつたが、快活に押入れの襖をあけて、手づから蒲団を運んで納めた。

ガス・ストーヴの火を止め、スタンドを片附けると、中尉の留守中に麗子がこの部屋の整理をすませ、すがすがしく掃除をしておいたので、片隅に引き寄せられた紫檀の卓のほかには、八畳の間《ま》は、大事な客を迎へる前の客間のけしきと渝らなかつた。

「ここでよく呑んだもんだなあ、加納や本間や野口と」

「よくお呑みになりましたのね、皆さん」

「あいつ等とも近いうちに冥途で会へるさ。お前を連れて来たのを見たら、さぞ奴等にからかはれるだらう」

　階下へ下りるとき、中尉は今あかあかと電燈をつけたこの清浄な部屋へ振向いた。そこで呑んで、騒いで、無邪気な自慢話をしてゐた青年将校たちの顔が浮ぶ。そのときはこの部屋で自分が腹を切ることにならうとは夢にも思はなかつた。

　階下の二間《ふたま》で、夫婦は水の流れるやうに淡々とそれぞれの仕度にいそしんだ。中尉は手水に立ち、ついで体を清めに風呂場へ入り、そのあひだ麗子は良人の丹前を畳み、軍服の上下と切り立ての晒の六尺を風呂場へ置き、遺書を書くための半紙を卓袱台の上に揃へ、さて硯箱の蓋をとつて墨を磨《す》つた。遺書の文句はすでに考へてあつた。

　麗子の指は墨の冷たい金箔を押し、硯の海が黒雲のひろがるやうに忽ち曇つて、彼女はこんな仕草の反復が、この指の圧力、このかすかな音の往来《ゆきき》が、ひたすら死のためだと考へることを罷《や》めた。死がいよいよ現前するまでは、それは時間を平淡に切り刻む家常茶飯の仕事にすぎなかつた。しかし磨るにつれて滑らかさを増す墨の感触と、つのる墨の匂ひには、言はうやうのない暗さがあつた。

素肌の上に軍服をきちんと着た中尉が風呂場からあらはれた。そして黙つて、卓袱台の前に正座をして、筆をとつて、紙を前にしてためらつた。

麗子は白無垢の一揃へを持つて風呂場へゆき、身を清め、薄化粧をして、白無垢の姿で茶の間へ出て来たときには、燈下の半紙に、黒々と、

「皇軍万歳　陸軍歩兵中尉武山信二」

とだけ書いた遺書が見られた。

麗子がその向ひに坐つて遺書を書くあひだ、中尉は黙つて、真剣な面持で、筆を持つ妻の白い指の端正な動きを見詰めてゐた。

中尉は軍刀を携へ、麗子は白無垢の帯に懐剣をさしはさみ、遺書を持つて、神棚の前に並んで黙禱したのち、階下の電気を皆消した。二階へ上る階段の途中で振向いた中尉は、闇の中から伏目がちに彼に従つて昇つてくる妻の白無垢の姿の美しさに目をみはつた。

遺書は二階の床の間に並べて置かれた。掛軸を外すべきであらうが、仲人の尾関中将の書で、しかも「至誠」の二字だつたので、そのままにした。たとへ血しぶきがこれを汚しても、中将は諒とするであらう。

中尉は床柱を背に正座をして、軍刀を膝の前に横たへた。

麗子は畳一畳を隔てたところに端座した。すべてが白いので、唇に刷いた薄い紅が大そう艶やかに見える。

二人は畳一畳を隔てて、じつと目を見交はしてゐる。中尉の膝の前には軍刀がある。これを見ると麗子は初夜のことを思ひ出して、悲しみに堪へなくなつた。中尉が押し殺した声でかう言つた。

「介錯がないから、深く切らうと思ふ。見苦しいこともあるかもしれないが、恐がつてはいかん。どのみち死といふものは、傍《はた》から見たら怖ろしいものだ。それを見て挫けてはならん。いいな」

「はい」

と麗子は深くうなづいた。

その白いなよやかな風情を見ると、死を前にした中尉はふしぎな陶酔を味はつた。今から自分が着手するのは、嘗て妻に見せたことのない軍人としての公けの行為である。戦場の決戦と等しい覚悟の要る、戦場の死と同等同質の死である。自分は今戦場の姿を妻に見せるのだ。

これはつかのまのふしぎな幻想に中尉を運んだ。戦場の孤独な死と目の前の美しい妻と、この二つの次元に足をかけて、ありえやうのない二つの共在を具現して、今自分が死なうとしてゐるといふこの感覚には、言ひしれぬ甘美なものがあつた。これこそは至福といふものではあるまいかと思はれる。妻の美しい目に自分の死の刻々を看取られるのは、香りの高い微風に吹かれながら死に就くやうなものである。そこでは何かが宥《ゆる》されてゐる。何かわからないが、余人の知らぬ境地で、ほかの誰にも許されない境地がゆるされてゐる。中尉は目の前の花嫁のやうな白無垢の美しい妻の姿に、自分が愛しそれに身を捧げてきた皇室や国家や軍旗や、それらすべての花やいだ幻を見るやうな気がした。それらは目の前の妻と等しく、どこからでも、どんな遠くからでも、たえず清らかな目を放つて、自分を見詰めてゐてくれる存在だつた。

麗子も亦、死に就かうとしてゐる良人の姿を、この世にこれほど美しいものはなからうと思つて見詰めてゐた。軍服のよく似合ふ中尉は、その凛々しい眉、そのきりつと結んだ唇と共に、今死を前にして、おそらく男の至上の美しさをあらはしてゐた。

「ぢやあ、行くぞ」

とつひに中尉が言つた。麗子は畳に深く身を伏せてお辞儀をした。どうしても顔が上げられない。涙で化粧を崩したくないと思つても、涙を禦《とど》めることができない。

やうやく顔をあげたとき、涙ごしにゆらいで見えるのは、すでに引抜いた軍刀の尖を五六寸あらはして、刀身に白布を巻きつけてゐる良人の姿である。

巻きをはつた軍刀を膝の前に置くと、中尉は膝を崩してあぐらをかき、軍服の襟のホックを外した。その目はもう妻を見ない。平らな真鍮の釦《ボタン》をひとつひとつゆつくり外した。浅黒い胸があらはれ、ついで腹があらはれる。バンドの留金を外し、ズボンの釦を外した。六尺褌の純白が覗き、中尉はさらに腹を寛ろげて、褌を両手で押し下げ、右手に軍刀の白布の握りを把つた。そのまま伏目で自分の腹を見て、左手で下腹を揉み柔らげてゐる。

中尉は刀の切れ味が心配になつたので、ズボンの左方を折り返して、腿を少しあらはし、そこへ軽く刃を滑らせた。たちまち傷口には血がにじみ、数条の細い血が、明るい光りに照り輝やきながら、股のはうへ流れた。

はじめて良人の血を見た麗子は、怖ろしい動悸がした。良人の顔を見る。中尉は平然とその血を見つめてゐる。姑息な安心だと思ひながら、麗子はつかのまの安堵を味はつた。

そのとき中尉は鷹のやうな目つきで妻をはげしく凝視した。刀を前へ廻し、腰を持ち上げ、上半身が刃先へのしかかるやうにして、体に全力をこめてゐるのが、軍服の怒つた肩からわかつた。中尉は一思ひに深く左脇腹へ刺さうと思つたのである。鋭い気合の声が、沈黙の部屋を貫ぬいた。

中尉は自分で力を加へたにもかかはらず、人から太い鉄の棒で脇腹を痛打されたやうな感じがした。一瞬、頭がくらくらし、何が起つたのかわからなかつた。五六寸あらはした刃先はすでにすつかり肉に埋まつて、拳が握つてゐる紙がぢかに腹に接してゐた。

意識が戻る。刃はたしかに腹膜を貫ぬいたと中尉は思つた。呼吸が苦しく胸がひどい動悸を打ち、自分の内部とは思へない遠い遠い深部で、地が裂けて熱い熔岩が流れ出したやうに、怖ろしい劇痛が湧き出して来るのがわかる。その劇痛が怖ろしい速度でたちまち近くへ来る。中尉は思はず呻きかけたが、下唇を噛んでこらへた。

これが切腹といふものかと中尉は思つてゐた。それは天が頭上に落ち、世界がぐらつくやうな滅茶滅茶な感覚で、切る前はあれほど鞏固に見えた自分の意志と勇気が、今は細い針金の一線のやうになつて、一途にそれに縋つてゆかねばならない不安に襲はれた。拳がぬるぬるして来る。見ると白布も拳もすつかり血に塗れそぼつてゐる。褌もすでに真紅に染つてゐる。こんな烈しい苦痛の中でまだ見えるものが見え、在るものが在るのはふしぎである。

麗子は中尉が左脇腹に刀を突つ込んだ瞬間、その顔から忽ち幕を下ろしたやうに血の気が引いたのを見て、駈け寄らうとする自分と戦つてゐた。とにかく見なければならぬ。見届けねばならぬ。それが良人の麗子に与へた職務である。畳一枚の距離の向うに、下唇を噛みしめて苦痛をこらへてゐる良人の顔は、鮮明に見えてゐる。その苦痛は一分の隙もない正確さで現前してゐる。麗子にはそれを救ふ術《すべ》がないのである。

良人の額にはにじみ出した汗が光つてゐる。中尉は目をつぶり、又ためすやうに目をあける。その目がいつもの輝やきを失つて、小動物の目のやうに無邪気でうつろに見える。

苦痛は麗子の目の前で、麗子の身を引き裂かれるやうな悲嘆にはかかはりなく、夏の太陽のやうに輝やいてゐる。その苦痛がますます背丈を増す。伸び上る。良人がすでに別の世界の人になつて、その全存在を苦痛に還元され、手をのばしても触れられない苦痛の檻の囚人になつたのを麗子は感じる。しかも麗子は痛まない。悲嘆は痛まない。それを思ふと、麗子は自分と良人との間に、何者かが無情な高い硝子の壁を立ててしまつたやうな気がした。

結婚以来、良人が存在してゐることは自分が存在してゐることであり、良人の息づかひの一つ一つはまた自分の息づかひでもあつたのに、今、良人は苦痛のなかにありありと存在し、麗子は悲嘆の裡に、何一つ自分の存在の確証をつかんでゐなかつた。

中尉は右手でそのまま引き廻さうとしたが、刃先は腸にからまり、ともすると刀は柔らかい弾力で押し出されて来て、両手で刃を腹の奥深く押へつけながら、引廻して行かねばならぬのを知つた。引廻した。思つたほど切れない。中尉は右手に全身の力をこめて引いた。三四寸切れた。

苦痛は腹の奥から徐々にひろがつて、腹全体が鳴り響いてゐるやうになつた。それは乱打される鐘のやうで、自分のつく呼吸の一息一息、自分の打つ脈搏の一打ち毎に、苦痛が千の鐘を一度に鳴らすかのやうに、彼の存在を押しゆるがした。中尉はもう呻きを抑へることができなくなつた。しかし、ふと見ると、刃がすでに臍の下まで切り裂いてゐるのを見て、満足と勇気をおぼえた。

血は次第に図に乗つて、傷口から脈打つやうに迸つた。前の畳は血しぶきに赤く濡れ、カーキいろのズボンの襞からは溜つた血が畳に流れ落ちた。つひに麗子の白無垢の膝に、一滴の血が遠く小鳥のやうに飛んで届いた。

中尉がやうやく右の脇腹まで引廻したとき、すでに刃はやや浅くなつて、膏《あぶら》と血に辷る刀身をあらはしてゐたが、突然嘔吐に襲はれた中尉は、かすれた叫びをあげた。嘔吐が劇痛をさらに攪拌して、今まで固く締つてゐた腹が急に波打ち、その傷口が大きくひらけて、あたかも傷口がせい一ぱい吐瀉するやうに、腸が弾《はじ》け出て来たのである。腸は主《あるじ》の苦痛も知らぬげに、健康な、いやらしいほどいきいきとした姿で、喜々として辷り出て股間にあふれた。中尉はうつむいて、肩で息をして目を薄目にあき、口から涎《よだれ》の糸を垂らしてゐた。肩には肩章の金がかがやいてゐた。

血はそこかしこに散つて、中尉は自分の血溜りの中に膝までつかり、そこに片手をついて崩折れてゐた。生ぐさい匂ひが部屋にこもり、うつむきながら嘔吐をくりかへしてゐる動きがありありと肩にあらはれた。腸に押し出されたかのやうに、刀身はすでに刃先まであらはれて中尉の右手に握られてゐた。

このとき中尉が力をこめてのけぞつた姿は、比べるものがないほど壮烈だつたと云へよう。あまり急激にのけぞつたので、後頭部が床柱に当る音が明瞭にきこえたほどである。麗子はそれまで、顔を伏せて、ただ自分の膝もとへ寄つて来る血の流れだけを一心に見つめてゐたが、この音におどろいて顔をあげた。

中尉の顔は生きてゐる人の顔ではなかつた。目は凹み、肌は乾いて、あれほど美しかつた頰や唇は、涸化した土いろになつてゐた。ただ重たげに刀を握つた右手だけが、操人形のやうに浮薄に動き、自分の咽喉元に刃先をあてようとしてゐた。かうして麗子は、良人の最期の、もつとも辛い、空虚な努力をまざまざと眺めた。血と膏に光つた刃先が何度も咽喉を狙ふ。又外れる。もう力が十分でないのである。外れた刃先が襟に当り、襟章に当る。ホックは外されてゐるのに、軍服の固い襟はともすると窄まつて、咽喉元を刃から衛つてしまふ。

麗子はたうとう見かねて、良人に近寄らうとしたが、立つことができない。血の中を膝行して近寄つたので、白無垢の裾は真紅になつた。彼女は良人の背後にまはつて、襟をくつろげるだけの手助けをした。慄へてゐる刃先がやうやく裸かの咽喉に触れる。麗子はそのとき自分が良人を突き飛ばしたやうに感じたが、さうではなかつた。それは中尉が自分で意図した最後の力である。彼はいきなり刃へ向つて体を投げかけ、刃はその項《うなじ》をつらぬいて、おびただしい血の迸りと共に、電燈の下に、冷静な青々とした刃先をそば立てて静まつた。

# 伍

麗子は血に辷る足袋で、ゆつくりと階段を下りた。すでに二階はひつそりしてゐた。階下の電気をつけ、火元をしらべ、ガスの元栓をしらべ、火鉢の埋み火に、水をかけて消した。四畳半の姿見の前へ行つて垂れをあげた。血が白無垢を、華麗で大胆な裾模様のやうに見せてゐた。姿見の前に坐ると、腿のあたりが良人の血に濡れて大そう冷たく、麗子は身を慄はせた。それから永いこと、化粧に時を費した。頰は濃い目に紅を刷き、唇も濃く塗つた。これはすでに良人のための化粧ではなかつた。残された世界のための化粧で、彼女の刷毛には壮大なものがこもつてゐた。立上つたとき、姿見の前の畳は血に濡れてゐる。麗子は意に介しなかつた。

それから手水へゆき、最後に玄関の三和土に立つた。ここの鍵を、昨夜良人がしめたのは、死の用意だつたのである。彼女はしばらく単純な思案に耽つた。鍵をあけておくべきか否か。もし鍵をかけておけば、隣り近所の人が、数日二人の死に気がつかないといふことがありうる。麗子は自分たちの屍が腐敗して発見されることを好まない。やはりあけておいたはうがいい。……彼女は鍵を外し、磨硝子の戸を少し引きあけた。……たちまち寒風が吹き込んだ。深夜の道には人かげもなく、向ひの邸の樹立の間に氷つた星がきらきらしく見えた。

麗子は戸をそのままにして階段を上つた。あちこちと歩いたので、もう足袋は汚らなかつた。階段の中ほどから、すでに異臭が鼻を突いた。

中尉は血の海の中に俯伏してゐた。項から立つてゐる刃先が、さつきよりも秀でてゐるやうな気がする。

麗子は血だまりの中を平気で歩いた。そして中尉の屍のかたはらに坐つて、畳に伏せたその横顔をじつと見つめた。中尉はものに憑かれたやうに大きく目を見ひらいてゐた。その頭を袖で抱き上げて、袖で唇の血を拭つて、別れの接吻をした。

それから立つて、押入れから、新らしい白い毛布と腰紐を出した。裾が乱れぬやうに、腰に毛布を巻き、腰紐で固く締めた。

麗子は中尉の死骸から、一尺ほど離れたところに坐つた。懐剣を帯から抜き、じつと澄明な刃を眺め、舌をあてた。磨かれた鋼はやや甘い味がした。

麗子は遅疑しなかつた。さつきあれほど死んでゆく良人と自分を隔てた苦痛が、今度は自分のものになると思ふと、良人のすでに領有してゐる世界に加はることの喜びがあるだけである。苦しんでゐる良人の顔には、はじめて見る何か不可解なものがあつた。今度は自分がその謎を解くのである。麗子は良人の信じた大義の本当の苦味と甘味を、今こそ自分も味はへるといふ気がする。今まで良人を通じて辛うじて味はつてきたものを、今度はまぎれもない自分の舌で味はふのである。

麗子は咽喉元へ刃先をあてた。一つ突いた。浅かつた。頭がひどく熱して来て、手がめちやくちやに動いた。刃を横に強く引く。口のなかに温かいものが迸り、目先は吹き上げる血の幻で真赤になつた。彼女は力を得て、刃先を強く咽喉の奥へ刺し通した。

——一九六〇、一〇、一六——

# 三熊野詣

## 第一

常子《つねこ》は藤宮《ふぢみや》先生から熊野の旅のお伴を仰せつかつたとき、しんからおどろいた。十年にわたつて身辺の面倒を見てもらつた、その礼をしたいといふ思召しなのである。常子は四十五歳になる身寄りのない寡婦で、歌のお弟子として入門しつつ、折から手伝ひの老婆を失つて困つてをられた先生のお世話をするやうになつたのであるが、この十年間、ただの一度も色めいたことはない。

常子はもともと美しい女でもなし、色気のある女でもない。実に地味な性格で、すべてに控へ目で、かりにも自分からかれこれのことをしてくれと人に要求できるやうな人柄ではない。結婚二年目に急死した良人とも、親類が強ひて妻《めあ》はせた縁であつて、好きで一緒になつたのではない。そんな女が歌を作るやうになつたのはふしぎなことだが、先生はさういふ常子の人柄と、才能のなさとをよく見きはめた上で、家へ入れる決心をされたらしいのである。

しかし根本の動機はあくまで常子の側の尊敬心にあり、藤宮先生ほどその尊敬の対象としてふさはしい人物はなかつた。

藤宮先生は清明大学の国文科の主任教授で、文学博士で、また歌人としても知られてゐた。先生の古今《こきん》伝授の研究は有名だつたが、その研究の特色は、王朝文化の名残が、次第に空疎に形式化してゆきながら、民間信仰とまざり合つて神秘の色を増し、徳川時代にいたつて、神儒仏説混入のふしぎな伝授書まで生みだすにいたる径路の、貴族的な文化と民衆的な文化との、微妙な融け合ひの解明にあつた。この研究は、最近十年は、源語伝授の研究に引きつがれ、王朝文学の先生の講義は、ともすると逸脱して、この神秘な伝授の中世的な色調に染められるのであつた。

先生の学問の、科学的実証性や、体系的完成とは別に、まづ何よりも先生は詩人なのであり、先生を魅するものは神秘であつた。

例の御所伝授の有名な「三鳥の大事」でも、稲負鳥《いなおふせどり》、ももちどり、喚子鳥《よぶこどり》、といふ三種の鳥は、動物園へ行つても見つからない無形の鳥であるが、それぞれ天地の原理をあらはして、象徴的神秘的な意味を荷つてゐるのを、先生は、世阿弥の花伝書の花と対照させて、もつとも世にひろく読まれた、あの散文詩のやうに美しい「花と鳥」

といふ著書に作りあげた。これは又、先生の歌集である、「花鳥集」の題名のもとになつてゐる。

先生のまはりには崇拝者たちが群れつどひ、その人たちにとつては先生は絶対の神で、誰か競争者が先生の寵を奪ひはせぬかとお互ひに目を光らせてゐるので、公平を保つための先生の御苦心も、並大抵のものではなかつた。

かう言ふと、先生は世間的にも人間的にも光り輝く存在のやうに思はれるが、先生に親しく接した人間の目から見ると、こんなに影に包まれた淋しい異様な人もなかつた。

第一、先生はきはめて風采が上らず、子供のときの怪我から眇《すがめ》になり、その負け目《ひ》もあつて、暗い陰湿な人柄であつた。ときには親しい者には冗談も言ひ、病身の子供が急にはしやぎだしたやうに、とめどもない快活さを示すこともあつたが、それは決して外観の陰湿さを覆ふにいたらず、どこまでも自分の柄《がら》を知つてその限界に耐へてゐる人の、身体《からだ》不相応に大きい翼のやうな、自意識の影をはみだすにいたらなかつた。

先生は奇異な高いソプラノの声を持つてゐた。激したときには、それは金属的な響きにさへなつた。どんなに身近に仕へる者も、先生がいつ怒り出すか、前以て知ることはできない。講義のあひだに、何か理由もわからずに退場を命ぜられる学生が時折ある。よく考へてみると、その日赤いスウェータアを着てゐたことが理由であつたり、鉛筆で頭を掻いて雲脂《ふけ》を落してゐたことが理由であつたりする。

先生のなかには、甘い、やさしい、弱い、子供らしい部分が、六十歳の今日にいたるまで残つてゐた。それがいつも人の敬意を失はせるたねとなることを怖れてゐたから、学生たちには礼儀作法をやかましく言つた。実際、先生の業績に少しも興味を持たぬ他学部の学生などは、かげで先生のことを、「化け先《せん》」と嘲つてゐたのである。

近代的な清明大学の明るい校庭を、先生が数人の弟子を連れて横切られる光景は、大学の名物になるほどに異彩を放つた。先生は薄い藤いろの色眼鏡で、身につかぬ古くさい背広を召して、風に吹かれる柳のやうな力のない歩き方で歩かれる。肩はひどい撫で肩で、ズボンはまるで袴のやうに幅広く、髪はそのくせ真黒に染めてゐるのを、不自然にきれいに撫でつけてゐる。うしろから先生の鞄を捧げて歩く学生も、どうせ反時代的な学生だから、この大学ではみんなのきらふ黒い詰襟の制服を着て、不吉な鴉の群のやうにつき従つてゆく。先生のまはりでは、重病人の病室のやうに、大きな快活な声を立てることができない。話を交はすにしてもひそひそ声で、それを見ると、遠くから、「又葬式がとほる」とみんなが面白がつて見るのである。

アメリカン・フットボールの練習などの傍らをとほるとき、

「めりけんの『汚《よご》れ蹴鞠《けまり》』の日永かな、つて富坂君が駄句を作りましたよ」

「そりやいけない。句のよしあしよりも、私に使用料を払ひなさい。その上で句の批評をしてあげる」

などと先生が機嫌よく言はれる。それは師弟の幸福なひとときであるけれど、「汚れ蹴鞠」といふのは、先生が先頃フットボールを諷刺的に詠じた歌のなかの新造語であり、その新造語を弟子が盗んだことを、冗談のたねにしたのである。この種の冗談には、仔犬が親犬にじやれつくやうな、微妙な阿諛がまじつてゐる。第一、先生の学生であるためには、この種の冗談が心から可笑《をか》しくなくてはいけないのだ。

そのとき鴉の一群からは、軽い、春の埃のやうな笑ひ声が舞ひ上る。しかし先生はめつたに声に出して笑はれることはない。笑ひ声はやがて静まる。遠くから見ると、それは尊敬に充ちた暗い秘儀的な一団が、いつとき、感情の規矩をちらりと乱して、乱すことによつて、人にはわからぬ自分たちの紐帯を、一そう固めるための不気味な戯れの儀式を演じたやうに見える。……

先生の心にひそむ悲しみと孤独の澱みは、時折の作歌には迸り出たけれども、ふだんは水族館の岩かげに隠れる奇怪な魚のやうに、硝子《ガラス》を隔ててわづかに窺ふほかはなかつた。何が先生をそのやうに、自分だけのものうい悲しみの襞にとぢこめてゐるのかわからなかつたし、又、強ひてわからうとしない人たちだけが、先生と永い交際を保つことができた。

ごく親しい弟子には、先生自ら、さういふ「ふさぎの虫」について講釈をされることがあつた。

「ロバート・バートンの古典的な学説によると、人間の体液には、血液と痰と胆汁と憂鬱液の四種類があつて、そのうち憂鬱液は、冷たい濃い黒い酸味のある汁で、脾臓から出るもので、その役目は、血液や胆汁を統御するほかに、骨に滋養分を与へるのやさうです。憂鬱症の原因には、精霊、悪霊、天体などの影響があげられる。また食物では、牛肉が憂鬱液の発生を促すさうだが、私はごらんのとほり牛肉好きだ。その上、バートンが言ふには、学者といふ職業はもつとも不安定で、すぐれた学者となつてあらゆる知識を得ようとすれば、健康、富、生命を失ふにいたる。従つてもつとも憂鬱症に襲はれやすい。私がこれだけの条件が整つて、ふさぎの虫にとりつかれなんだら、むしろふしぎなことです」

　聴手は一体こんな話をまじめにとつてよいのかどうか困惑させられる。そんなことを言はれるときの先生が上機嫌であることはわかつてゐるのである。

　別に、嫉妬も先生の主要な特質であつた。先生はいつも若さの友であつたが、自宅の特別講義の会に列席をゆるされてゐたおひいきの学生が、あるとき酒場のマダムにもてた話を大声でしてゐたのを洩れ聴かれ、不謹慎を理由に破門された。先生は殊に自宅の講習会には、たとへば神道の沙庭《さには》のやうな、神おろしにふさはしい清浄な若さが立ちこめることを望まれた。ポマードの匂ひも、汚れた肌着の匂ひもゆるされず、新鮮な檜の削りたての板のやうな、明るいさはやかな青春の気、かがやく瞳、若々しい清らかな熱意のある声が、先生の自宅の陰湿な十二畳の座敷を充たすことを願はれたのだ。

進んで攻めるのは不得手であつても、退《ひ》いて守ることにかけてはしぶとい先生は、学問の操を守るにつけて、戦争中も何一つ汚点を残されなかつた。これが戦後先生が熱狂的な支持を受けた一つの理由である。

悲哀は先生の歌のみならず、学問にも、顔の表情にも、衣服にも、いたるところに染みついてゐた。一人歩くとき、先生は項《うなじ》を垂れて歩かれ、校庭に迷ひ込んだ仔犬が近づいてきたりすると、しやがんで永いこと仔犬の頭を撫でた。きれい好きで、家には獣を決して飼はれない先生が、よその汚ない瘡《かさ》だらけの仔犬にはさうするのである。さういふとき、先生は自分の孤独をよく知つてゐて、それを自分に向つてもう一度念入りに演じ直してみせるために、ことさらそんな一幅の孤独な画柄のなかに身をとぢこめてゐるやうに見える。この剽軽《へうきん》な自己憐憫の形を描いて、先生の染めた不自然な黒髪は、春の日をなまめかしく反射し、先生の撫で肩には校庭の合歓《ねむ》の樹の葉かげが流れ、……犬は急に何事かに気づいて、鼻をぴくつかせ、尾を引き込め、唸り声をあげて飛びすさつた。先生はその撫でる手の内に、いつも身辺を離したことのないアルコール綿を握つてゐたのである。朝、常子が必ず仕度をする、溢れ出るやうなアルコールに浸したその綿。銀の光る容器にいつぱい詰め込まれ、指の軽い一触で、たちまち霜解けのやうにアルコールの泥濘《ぬかるみ》を現出するその白い堆《うづたか》い綿の薄片。……

常子はかうした先生にかしづいて十年を送つた。

生涯独身の先生がひとり住む藤宮家には、清浄できびしい生活の規律があつた。女の立入ることのできる領域と、できない領域とが劃然とわかれてゐた。

先生のお好きな食物は、牛肉、魚は伊佐木《いさき》、果物は柿、野菜は莢豌豆、芽キャベツ、ブロッコリなど。

お好きな酒はウイスキーを少量。

唯一の趣味は歌舞伎で、これはお弟子を伴つて行かれたり、古いお弟子に招かれて行かれたりして、常子は一度もお供を仰せつかつたことはない。たまに、

「活動写真を見ておいで」

などと半日のお暇を下さることがあるが、決して芝居を見て来いとは言はれない。

テレビは置かれてゐない。古い、音のわるいラヂオがあるきりである。

藤宮家は本郷真砂町に焼け残つた純和風の古い邸で、洋間をきらふ先生は家ぢゆうに椅子一つ置かせないのに、ただ食事だけは洋風のものもお好きである。先生が決して入つて来られぬのみならず、学生たちも決して入れさせない厨房は、かくて常子一人の城郭であるが、その代り諸設備の近代化などは思ひもよらない。昔ふうの二台の

ガス台だけで、時には十数人の食事も賄ひ、月々の家計に破綻を見せないのが常子の腕前であり、このごろの諸式のあがり方も一切先生のお耳に入れぬやうにしてゐる。

先生は朝と晩必ず入浴されたが、どんなに年月が経つても、先生の背中を流すなどといふ親しみ方は許されなかつた。入浴中の先生に近づくことは御法度で、着換へを湯殿に置いて、仕度のできたことを告げたあとは、なるたけ遠くへ逃げてしまふはうが無事なのである。勤めのはじめのころ、着換室で手が鳴つて、間《かん》、髪を入れず、先生の影のうごく磨硝子の引戸の外から、

「御用でございますか」

と声をかけたとき、ひどく叱責されたことがある。湯殿から呼ばれて女がすぐ来るのは、みだりがはしいといふのである。

逃げようと思へば藤宮家には、逃げられる空間はいくらもあつたが、多少とも本が置かれてある部屋は、女の入つてはならぬ場所だつた。掃除をしてはならず、まして無断に本へ手をかけたりしてはならなかつた。

本は黴のやうにふえひろがり、十間《ま》もある部屋から部屋へと浸蝕した。書斎をはみだした本は次の間《ま》を犯し、そこを日の通らない牢のやうな部屋に変へた。ついで本は廊下へ伸び、どの廊下も身を斜《はす》かひに通らなければ通れなかつた。この整理や掃除に当るのも弟子たちに限られ、弟子たちはそんな特権を奪ひ合つた。そしてたびたびの

整理のあげく、明治三十年出版のかれこれといふ書名を名指されて、すぐどこの棚にあるかを思ひ出すことができなくては、先生の弟子たる資格はなかつた。

しじゆう家に入りびたりになつてゐる弟子や学生たちが、常子と親しい口をきくことも禁じられてゐた。常子の多忙を見かねて手つだはうとして、先生の勘気を受けた学生があつてからは、常子のはうで心得て、少しでも目立たぬやうに、無駄口をきかぬやうに慎しんだ。

常子が何をたのしみに生きてゐるかと云へば、それは月一回の恒例の歌会である。その日ばかりは常子も末座に連つて、先生の門弟の一人として遇され、席上、先生から懇切な批評の言葉もいただける。ふだんの日の昼間は暇な家であつたが、孤独好きな常子は淋しいとも思はず、暇をのこらず進歩の遅々とした作歌に充《あ》てた。

それといふのも、常子は先生を神とも太陽とも仰いでゐるからである。歌会以外の時には、先生は常子に歌の話などをみぢんもされない。さういふ先生に尽し抜いてゐればこそ、歌会のときの先生は一そう光り輝いて見えるのである。

藤宮家では「尊敬」といふ感情はあまり当り前のものになつてゐたので、世間でそんな感情が大して重んじられてゐないといふことは、信じられぬ事実になつた。先生は並の国文学者ではなくて、詩人であり歌人であり、人と神との中間に立つ方《かた》だつた。先生を中心とした一種の秘儀の社会で、常子は自分を浄らかな巫女《みこ》だと考へることさへできた。

　先生と常子との二人だけの生活は世間に知れわたつてをり、それについてはくさぐさの噂がふりまかれ、歌会に出席する女流歌人の中にさへ、常子に失礼な目を向ける人があつたから、ますます常子は身を慎んで、化粧もせず、着物も地味に地味にと心がけ、年よりも十歳《とを》も上に見られることを意に介しなかつた。

　鏡を見ても、自分が男に愛されない顔立だといふことはありありとわかる。

　その顔にはおよそ愛らしさといふものがない。目鼻立には、およそ男の悪戯ごころをそそるやうなものがない。鼻の形も尋常すぎ、目は細すぎ、やや反ッ歯《そっぱ》で、頬は貧しくこけ、耳は薄く、体の形にもふくよかさといふものがない。さういふ自分が、かりにも先生の伴侶といふ噂を立てられては、自分はともかく、先生の名誉を傷つけることが甚だしいから、身なりにも動作にも、なるたけ先生の偉大にふさはしからぬやうに、婢女《はしため》以下の風《ふう》を保たなくてはならない。

　それでも先生は不潔がおきらひだから、だらしのない風体は慎まねばならない。簡素に、質素に、いやが上にも自分の美しくないことを人目にはつきりさせておかねばならない。さういふ苦労は、どんなことをしてでも先生のおそばにゐたいといふ赤心から出たものであるのに、先生は奉仕は存分に受け、赤心には一顧も与へないが、常子はそれをつゆさらお恨みに思ふわけではなかつた。

幸ひなことには、年月を経て、四十の坂を越して、なほ先生に対して恭謙な態度を失はない常子に、やうやく世間の噂は薄れてきた。彼女には次第に「ばあや」じみたところが目立つて来、十年以前の前任者の純然たる「ばあや」と、だんだん似通つて来てゐたのである。

先生の日課。

起さないでも、きまつて六時にはお目ざめになる。

その前に部屋々々を音を立てずに掃除し、風呂を沸かしておかなくてはならない。お目ざめになると、姿をお見せにならないで、書庫づたひにまつすぐに湯殿へ入られる。含嗽《うがひ》や洗顔のあとで、ゆつくり風呂に沈まれ、それからあるかなきかの薄い髭に剃刀《かみそり》をあて、念入りに髪を染められ、身仕度をされる。斎藤実盛に御自分をたとへた諷刺の歌があるところを見ると、先生もさういふことでは世間の批評が気にかかつてゐられるらしい。

その間に常子は朝食の仕度をし、朝刊をそろへる。

先生は神棚の前へ行かれ、神道の正しい礼拝を行つたのち、朝食の卓に就かれ、そこではじめて顔を合せる常子が、朝の挨拶をするのである。たまには、

「ゆうべは好い夢を見ました。けふは好いことがある日かもしれん」

などと、笑ひもせずに茫漠としたことを言はれる朝もあるが、多くは無言である。

御旅行の時以外は、季節にかかはらず、かういふ朝が判で捺したやうに繰り返されるのである。お若いころは病身であつたさうだが、ここ十年、先生は目立つほどの病気にかかられた例《ため》しがない。

常子はさうして、ひたすら先生のかげに隠れて、己れを空しうして、尊敬と献身の心に生きてゐる。はじめのうちは再婚をすすめる親類もあつたが、今は頑なな常子に呆れて、そんな言葉は噯気《おくび》にも出さなくなつた。先生も常子を家へ入れるについては、つくづく人を見る目があつたと言はねばならない。

しかし常子は一年に何度か、心に茸のやうに生える疑問を感じて、あわててそれを押しつぶしてしまふことがある。

それは常子がたつた一人で静かなひろい邸の留守をしてゐる時である。

歌の感興が常子の心に起る。それはどこから起るのかはわからない。別に喜びも悲しみもないのに歌ができるとは変なことである。何度先生に批判されても直らない常子の欠点は、先生の歌の影響を受けすぎてゐる、といふよりは、先生の歌に漲る悲哀の影響を受けすぎてゐることである。

「これはあなた自身の悲しみではありません。人の悲しみの器を借りて、自分の身をそこに沈めてゐるだけだ。貰ひ風呂に入つてゐるやうなものです」

とみんなの前で先生は辛辣に厳しく仰言《おつしや》る。それはたしかに自分でもさう思ふが、今彼女に悲しみを与へてくれる人がゐるとすれば、この世界に先生しかなく、しかも先生は決してそれを与へては下さらない。

先生自身は定めない感情の動揺に耐へてゐられるらしいのに、常子には悲しみも喜びも決して与へぬやうに配慮してをられるとしか思へない。

しかも常子は、歌の感興にしばしばかられて、それを生き甲斐にしてゐるのである。それならその感興は、常子の内奥から出てくるものでなければならない。が、意識の上でどんなに手探りしてみても、彼女の内奥にそんな波立つものは見つからない。一度、前衛短歌みたいなものを作れば、自分の無意識の世界が描き出されるかと考へて、二三首作つて先生に大そう叱られた。

たとへば一人で梅雨時の庭に向つて、雨の来る気配に黒ずんでゐる前栽《せんざい》の木賊《とくさ》を見てゐる。電車のひびきや自動車の唸りが、ものうい空を越えて耳に届く。常子の感興はさういふときに起るのだが、何か心に制肘するものがあつて、「亡き人の」と歌へば、今は何とも思つてゐない良人の死にこだはつてゐるやうでをかしく、「去りし人」と歌へば、ありもしない閨怨の歌のやうでをかしく、言葉は自然に流れ出ないで、一種の柵《しがらみ》のやうなものに漉されてしまふ。

嘱目の風物からふと心に立ち迷つた悲しみは、しらずしらず先生の歌の、あの靄のやうな悲哀を真似てゐる。真似ようと思はなくても、かりにも悲哀と名のつくものは、結局先生のあの悲哀の泉に源してゐるやうに思はれるのである。

常子の心に疑問が芽生えるのはそのときである。十年も一つ屋根の下に暮してゐれば、いかに先生が常子を避けて暮してをられても、常子には常子の見方があつて、誰よりも先生をよく知つてゐるといふ自信が生ずるのはやむをえない。そして常子の知つてゐる先生の身辺には、この十年間、ほとんど波風が立つたことがない。こんなに平和な、単調な、それでゐて経済はさほど苦しくない生活は、人から見れば羨望をそそるものかもしれない。その上、何よりも潤沢なのは、先生に対する人々の尊敬の心である。

静かな生活のなかから先生の汲み出される悲哀は、果してその風采の自信のなさや、眇《すがめ》だけに理由があるのだらうか。世の中には先生よりもつと醜男《ぶをとこ》で才能も学問もない人が山ほどをり、その人たちも人並みな家庭生活をたのしんでゐる。何故先生だけがかうも孤独を固執し、悲哀を育て、おそろしい神経質な遣口で、人生を拒んで来られたのであらうか?

そこまで考へると、常子は、これほど平板な人生から高い悲哀を紡ぎ出す先生の秘訣さへつかめれば、そのとき常子も、先生と肩を並べる歌を作れるだらうと思はざるをえなかつた。その秘訣は何だらう? 不審が急に背丈を増し、常子は胸の動悸を早めながら、自分がもつとも考へてはならない考へ事へ、頭が行くのを禦《とど》めることができない。

第二

以上のやうな事情を汲み取れば、常子が先生から、熊野への旅のお供を仰せつかつて、どんなに愕いたかが察せられよう。

先生はもともと熊野の人だつたが、故里の村へ帰られたことはなかつた。それにもいろいろと事情があるのだらうが、常子は詮索もしないし、何も知らない。ただ一度、親戚といふ人が上京して訪ねてきたときの先生の冷たさは怖ろしいほどで、顔もお見せにならず、玄関払ひを喰はせておしまひになつた。

しかし先生は故里へは頑として立寄らずに、熊野へ旅をされたことは何度かあるのである。今度も、大学が夏休みになり、久々に熊野三山にお詣りに行かうかと言ひ出されたが、今度は全くの私的な旅行で、講演や集会の御予定は一切ない模様である。

旅のお留守番には事欠かぬのが学者のありがたさで、お弟子が三人も泊り込むことになり、近所の仕出し屋に食事を届けさせる手配を常子がした。

常子が第一に思ひ煩つたのは、旅へ着てゆく、又もつてゆく衣類のことであつたが、先生はうるささうに「好きにおし」と仰言るばかりで、相談相手のない常子は、さんざん考へた末、貯金を下ろして、一着だけ夏のきものを新調することにした。

ただ旅へもつてゆく本については、特に先生から御指定があつた。

「あなたは情を舒《の》ぶる歌にはもう見込がないから、この旅を機会に、叙景の歌を考へてみてはどうか。それも近代の写実派の歌などでは、何の足しにもならぬ。永福門院の家集を勉強してみるがいい」

と先生が言はれたのである。

永福門院は、いふまでもなく、鎌倉時代の名高い女流歌人で、第九十二代伏見天皇の中宮にまします方である。京極派の歌人として、玉葉集に多くの名歌を残され、とりわけ京極為兼のいはゆる「言葉の匂ひゆく」技巧を凝らした叙景歌に特色を持つてをられる。たとへば、

「夕づく日軒ばの影はうつり消えて
　花のうへにぞしばし残れる」

などといふのは、門院の御作のうちでも、とりわけ常子の好きな御歌である。もとはそんなに好きな歌人でもなかつたが、先生に示唆されてみると、かういふ叙景歌の下の句などには、なまなかの抒情の歌の及ばぬ心情の微妙さが、揺曳してゐるのが常子にもわかつてゐる。

さういふわけで、永福門院を一冊。きものはすぐ汗になると思はれるので、夏ものを洗ひざらひ。ゆかたも宿のを着ては先生に叱られるので、自前を二枚。何やかやで

常子の鞄はふくれ上つた。

そこへ行くと、旅馴れた先生はいつもの古い旅行鞄一つで、アルコール綿の代へを十分に入れ、又、先生のたまの胃痛にそなへて白金懐炉を入れる他は、格別の仕度が要らない。自分の大きな鞄を恥ぢた常子は、中身を削らうといろいろ試みたが、果さなかつた。

留守番のお弟子さん三人は前夜から泊りに来られ、前夜は先生の命令でお酒が出て、賑やかに学問の話、旅の話、芝居の話などが交はされたやうであつた。もつと闊達な先生相手なら、常子一人がお供をするについて、

「先生、旧婚旅行ですか」

ぐらゐの揶揄や冗談が出てもふしぎはないのであるが、藤宮家では決してさういふことはない。あくる朝の東京駅頭の見送りでも、つひぞさういふ冗談が出なかつたのを、この際常子は、却つて不自然に思つたほどであつた。

この年の夏は特にきびしく、朝七時四十五分発の特急ひびきが出るころには、プラットホームの暑熱はすでに火のやうである。

見送りは留守番のお弟子の内二人と、四人の学生が先生の御出発を聞き伝へて来てをり、いつも先生の旅立ちを玄関で見送つてきた常子は、晴れがましさで身もすくみさうになつた。光栄も喜びもこれ以上のものはない筈なのに、そこにそこばくの不安

があつて、旅のお供を最後に先生から暇《いとま》を申し渡されるのではないか、といふ故のない恐怖さへ兆してくる。

常子の鞄まで学生が運んでくれようとするのを、先生の叱責をおそれた常子は頑なに拒んだが、

「まあ、いいだらう。若い人は力があまつてゐるのだから」

といふお口添へで、やうやう鞄を渡して、網棚に載せてもらつた。

見送りの人たちはホームの半ばまで射し入る強烈な朝日に、しとどの汗を拭つた。

一番の高弟の野添助教授は、年齢も三十歳を越してゐるだけあつて、

「どうか先生をよろしくお願ひします。御旅行中は特に気むつかしい方ですから」

と常子に低声《こごゑ》で挨拶をした。行き届いた挨拶だと思つたが、よく考へてみると逆様である。十年も身辺のお世話をしてきた常子が、先生の奥様からならともかく、お弟子さんからさういふ挨拶を受けるいはれはない。

みんなの心の中に、たとへ二三日でも先生を常子に預けきりにすることへの不安があるのではなからうか。常子の光栄を喜んでくれる気持は誰の心にもなく、無言で先生の気まぐれを責めてゐるやうに感じられる。とにかくそれは驚天動地の事件なのである。

常子は汽車が早く動きだしてくれればいいと思つた。

弟子たちや学生たちの風貌にも態度物腰にも、どことなく時代離れのしたものがあつて、ホームでも目立つてゐた。みんな純白の夏シャツに黒いズボンの地味な姿だが、一等若い学生まで、先生をまねて扇子を持つてゐる。そしてその紐を手首にかけて、扇子を揺らしてゐる風情までが、先生にそつくりである。今時の若い人は扇子などは持たぬものだ、と世間を見ない常子でさへ知つてゐた。

やうやく汽車は動いた。冷房のある車内ではあるが、先生は夏でも決して上着を脱がれることがない。

一、二分目を閉ぢてをられたのが、急に脅やかされたやうに目をあいて、ポケットから銀いろの容器をとり出された。

先生は美しい白い和紙のやうな脂気のない手をしてをられるが、このごろではしみが点々と目立ち、しかもさういふ風にしよつちゆうアルコール綿を使はれるので、指尖がふやけて溺死者の手のやうにも見えた。その手で、たつぷりアルコールを浸ませた綿を、座席の肱掛やら、窓枠やら、およそ指の触れさうなところへ隈なくこすりつけて、丹念に拭はれる。忽ち綿が黒ずむとそれを捨て、容器は一ぺんで空になつてしまつたので、常子は、

「お作りいたしませう」

と補給の仕事を申し出た。しかし網棚の先生の鞄に入つてゐる綿とアルコールを取

り出さうとして、鞄にかけた手を振り払はれた。先生は、ときどき、さういふ一見無意味な、きびしい拒絶を示されることがある。

漂ふアルコールの苛烈な匂ひのなかで、先生はちらと、大へん情味のない目で常子を見つめられたやうな気がした。その目つきがその匂ひとよく合つてゐた。

先生のわるいはうの目は左であつて、見えないなりに眼球は動くので、知らない人はそつちの目で見られたやうに錯覚するけれど、常子には、健全な右の目の視線のうごく方向が、藤いろの眼鏡ごしにすぐわかる。十年のお世話の果てに、かういふ情《じやう》のない目をされることは、それがありありと、旅に出た刹那から、もう、連れて来なければよかつた、と後悔されてゐるやうに見えるので気色がわるいが、今さらそれに愕く常子でもない。むしろ先生の、わがままな子供のやうな、自然な態度をありがたく思ふのだ。

先生の出された綿とアルコールで、懸命にアルコール綿を作つてゐたので、常子はかねてたのしみにしてゐた旅立ちの朝の車窓のけしきを、東京を出るまで逸してしまつた。それがすむと、ほつとして、車内の冷房の利き具合もうれしく、常子は銀いろの容器を先生に差出して、お言葉を待つた。

「永福門院集はもつて来たかね」

とはじめて先生が、高いソプラノの声で訊《き》かれた。

「はい」

と早速常子は手提から本を出して、お目にかけた。

「よく景色を勉強するんだね。あなたに欠けてゐるものは何かが、今度の旅でわかると思ふ。家に閉ぢこめてばかりゐた私が、わるかつたにはちがひないが、このごろの歌を見てゐて、ここらで目をひらいてあげるのが、私のつとめやと思ふやうになつた。そのつもりで、風景と自然が語るものに素直に身を委せ、歌をもう一度素直な気持で耕してみんことには。……いや、何もこの旅のあひだに、たくさん歌を作れ、と言うとるのやない。歌は作らんでもいい。大切なのは詩嚢を肥やすといふことです」

「はい、ありがたうございます」

先生の目はさういふ甲高い声の教訓のあひだにも、落着きなく探るやうに常子を見て、常子の着物の襟に汚れ一つでも見つかつたら、只ではすまさぬやうな厳しい御態度だが、常子ははじめてきく先生の師としての思ひやりに深く心を搏たれ、そこまで考へてゐていただいたかと思ふと胸が詰つて、もう一度、

「ありがたうございます。私が至りませんのに、そこまで御心づかひをいただいて……」

と言ふなり、溢れてきた涙を、あわてて手巾《ハンカチ》を出して受けた。

泣けば先生が機嫌を損はれることがわかつてゐるが、涙を禁《とど》めることができない。

しかし常子はさうして泣きながら、何とかして先生の詩と才能の秘訣を、この旅のあひだに探り当てようといふ、熱い決意を又改めて心に刻んだ。それを探り当てることができれば、多分先生には愉快でないかもしれないが、却つて先生の御厚意に報いることになるのではあるまいか？

先生は本をとり出して、それから熱海あたりまで、常子の存在も忘れたやうに読書に耽られた。

――熊野の旅は、夜行なら良い便《びん》があるのだが、夜行のおきらひな先生が昼の汽車を選ばれたばかりに、かなり難儀な旅になりさうだつた。名古屋から先は冷房もないのである。

正午に名古屋に着いて、駅前のホテルで中食をとり、少憩ののちに一時十五分発の関西本線、準急ディーゼル車の「うしほ1号」といふのに乗つたが、乗つてからも常子は、窮屈なホテルの中食を思ひ出して、これから先の旅の食事が思ひやられた。

曇り空を窓一つぱいにこめたホテルの最上階の食堂は人もまばらで、白い卓布と折り立てた白いナプキンまでが、大きな窓の曇り空に染つて見えたが、常子はテーブル・マナーがどうかう云ふのではなく、先生と向ひ合つて正式の食卓につくことが、形がつかないで困つたのである。

自分が地味に地味にと心がけ、老《ふ》けて作れば作るほど、先生の夫人とまちがへられる危険が多くなるといふ計算ちがひを、この食事のときに常子はまざまざと感じた。こんなことならもつと場ちがひな、派手な身なりをしてくればよかつた。もし洋服が着られて、それらしいスーツでも着て来れば、秘書と思はれる度合が増したにちがひない。

しかし計算ちがひはあくまで常子だけのことで、出がけに常子の身なりも咎めず、今も平然としてをられる先生のはうには、計算ちがひがあるとは思はれない。そんな先生の心事を推し量ると、又常子には何もわからなくなつて、霧に包まれたやうに感じられる。想像もつきかねることだが、先生はわざと夫婦と見られたがつておいでなのであらうか。

中食には先生は冷肉を召上つたが、常子は白身の魚のムニエールをいただいた。食後の珈琲《コーヒー》になつて、先生へ先に銀の砂糖壺をおすすめし、先生がそれをお受けになる際に、指さきが一寸ぶつかつた。常子はすぐ詫びたけれども、それをわざとした仕種とおとりになつたのではないかといつまでも気に病み、「うしほ1号」の狂ほしいほど暑い車内でも気に病みつづけ、ひつきりなしにあふぎつづける先生の扇がハタと止むたびに、こちらの息も止るやうな気がした。今まで常子は、そんな心の動きをしたことがない。汽車が東京駅を出たときから、責任感のあまり、神経過敏になつてゐるのかもしれない。釈明しようにもできない事柄を思ひわづらふうちに、常子は暑さのせゐもあつて、景色を眺めるどころではなくなつた。

先生の指が一瞬こちらの指に触れた感覚を考へた。こんなことは、ふだんの朝食の折にもあることで、珍らしくはない筈だつたが、さつきのは広いがらんとした食堂の、大ぜいの手持無沙汰な給仕たちの目前で起つただけに、それだけ感覚は鋭利に心に刻まれた。それは何だか、やや枯れかけてきつい匂ひを放つ、辛夷《こぶし》の白い大きな花の、湿つた花弁に触れたやうな感じだつた、と常子は思つた。

## 第三

……常子は旅の最初の夜、夢にいろいろ怖ろしい姿を見た。ふだんは夢もない眠りをたのしめることが自慢であるのに、長い汽車旅行の疲れが出たのにちがひない。その夢の中で、藤宮先生が世にも忌はしい姿で出現して、追つかけて来られたことは、あまりの怖ろしさに、常子の眠りをしばらく奪つてしまつた。

それは紀伊勝浦の温泉旅館の一室で、もちろん先生とは別室であり、常子の部屋は小体《こてい》な一人部屋であるが、すぐ床下まで来てゐる海の、ひそかに岸を舐める水音がする。暗闇の中でそれをきいてゐると、舌なめずりする小さい獣どもが、ひしめき合つて床下柱を這ひ上つてくるやうな気がする。怖い、怖い、と思つて慄へてゐるうちに又眠つたらしいが、おかげで朝は大分寝すごしたらしい。

枕許の電話が鳴つて目がさめた。先生が、もう起きたといふことを告げて来られたのである。時計を見るとはや六時半で、部屋いつぱいに旭がさしてゐる。常子はあわてて跳ね起きて、顔を洗ひ、大いそぎで身なりを整へて、先生のお部屋へ伺つた。

「やあ、おはやう」

と先生はさりげなく言はれたが、そのとき卓の下へ不器用に隠されたものがあつて、紫いろの袱紗らしいものの端が目に入つた。何か秘密の調べ物をしてをられたのが、常子の仕度があまり早かつたので、計らずも覗かれることになつたものらしい。常子は自分のせゐではないにしても、覗き見同様の立場になつたのが厭で、一度その場を去らうとも思つたが、それも不自然で出来かねた。

「よく眠れたやうだね」

とすでに髪も染め髭も剃られた先生が、にこやかにソプラノの声で訊かれた。朝、とりわけ先生の声は玲瓏として、鶯のやうである。

「はい。申し訳ございません。寝すごしまして」

「それはよろしい。寝すごすのもたまには結構だ。しかしあなたには心やりといふものが足らない。泡を喰つて私の部屋へ駈けつけるばかりが能ぢやない。私が卒中を起したわけではなし、そんなに急いでもらはなくてもよろしい。さういふときは、電話でしづかに詫びを言ひ、何分《ぷん》あとに伺ひますと尋常に断わり、ゆつくり身じまひに念を入れて、その時刻にやつてくればよい。それが女のたしなみといふものだ」

「はい。まことに申し訳ございません」

「詫びはよろしい。これから気をつけてくれれば、それでよい。『役者論語《やくしやばなし》』に、『相手にかまはず、我ひとり当てんとするを、孤自当《こじあて》といふ』といふ言葉があるが、役者ならずとも、普通人の心掛けとして心得ておいてよいことだ。奉仕といふのは、結局、相手本位だからね」

「はい。今後気をつけます。悪うございました」

かうして御叱言をいただくと、常子にはふしぎに怒りが湧かず、却つて自分がしをらしい少女になつたやうな、自分の身丈が小さく小さく、可愛らしくなつたやうな妄想に陥るのであるが、一方では、世間一般はさうではあるまい、といふ類推が働らいて、それが一そう自分の満足感を高めた。すなはち、当節は百貨店の若い売子などは、ちよつと叱るとすぐ暇をとるさうだが、こちらに高い自負があり、かけがへのない存在だといふ自信があれば、叱られることはむしろ喜びである筈だ。


　さうは思ひながら、常子は決して窺つてはならぬ先生のお心の底を、窺つてみたい気がしないではない。そんなに厳しくなさることは、愛情なのだらうか、それとも単なる批評なのだらうか。先生の静かな心境を擾《かきみだ》す張本人が常子であるなら、なぜ常子を離されず、あまつさへ旅へ同道されたりなさるのであらうか。

「今、舟をたのんだ。朝食がすんだら、島めぐりをしようと思つて」

としばらく経つて、先生は言はれた。

それをしほに常子も縁に出て景色を眺めると、もちろんその眺望のひろさは常子の小部屋の比ではない。海は盛夏の日にはやまぶしくきらめいてゐるが、深く入り込んだ湾の中であるから、このあたりは波一つない。真向ひの中の島の前には、あまたの真珠筏が浮び、左の北の奥に港があつて、そこからたえず船蒸気の顫音がきこえてくる。湾の対岸の山は、濃すぎるほどの緑に包まれてゐるが、八〇米ぐらゐの海抜の山頂へケーブルカーが通つてゐて、その頂きの展望台のへんが、緑を剝《は》ぎ取つて、赤土をあらはしてゐるのが見える。

湾口は南である。その沖には雲がわだかまり、島々と姿を競つてゐるが、沖の遠くは雲の落す影のために、白けた顔のやうに眺められる。

常子はさすがに、歌人のはしくれであるから、まあ、いい景色、などといふ軽佻な讃辞は口にしなかつたが、永年本郷の暗い家に起居した思ひ出は、この朝の海の前には一片の煤《すす》のやうで、目前の景色を胸いつぱいに貯へるために深い息を吸つた。

そこへ女中が二人の朝食の膳を運んできた。

「あ、私が先生の御給仕はいたしますから」

と常子は、ことさら「先生の」と言つて、女中を退《さが》らせた。差出がましい振舞ともとれるこのことを、今度は先生は何とも仰言らなかつた。

朝食のあと、舟出の前に、ちよつとしたいざこざがあつた。宿が色紙を数枚持つてきたことが先生の御機嫌を損ね、常子はわざわざ支配人に会つて、先生がさういふことを好まれないと弁明しなければならなかつた。

小さい遊覧船を借り切つて、羹《かん》のやうにとろりとした緑の島影の水をよぎり、先生と常子は湾を出て、西のはうへ廻つた。案内に同乗した宿の番頭が叫ぶ声は、機関の音にとぎれがちで、常子は、さまざまな奇岩のどれが何岩でどれが何岩かわからなかつた。

数本の松を鬣《たてがみ》に見立てた獅子岩や、双つ瘤の駱駝岩もあつたが、いづれも、湾内に比べて波の際立つて高い外洋のそこかしこに、人も住まぬ、眺められるだけの姿を半ば沈めて、さう思へばさうも見え、さう思はなければさうとも見えない仮《かり》の呼名に甘んじてゐる風情が、いかにも怠惰に歯痒く感じられた。名所といふものは、大方そんなものなのであらう。常子は、自分のすぎ来《こ》し方を考へても、夫婦といふ名称も、この獅子岩や駱駝岩のやうな、由緒のない仮託にすぎなかつたといふ気がした。それに比べると、先生と常子との間柄こそ、どんな呼称もふさはしくない真実のもので、波に半ば身を沈めた岩のやうなものではなく、又、決して人に眺められるままのものであつてはならなかつた。

彼方に鯨のよく捕れるといふ岬を眺めて、船は又東へ戻つて、湾口の先まで来ると、一際秀でた鶴島といふ巨岩の、おどろおどろしい洞門をくぐつた。

先生は船ばたにしつかりと手を支へてをられたが、子供のやうに舟遊びをたのしんでをられる様子は見てとれた。小さな、やさしい、戯れの危険ならお好きなのだ。洞門をくぐるとき、せり上る波が船底に当る、その柔らかな衝撃でさへも、永い陰気な学究生活への、先生自身の小さな復讐のやうに感じられるのであらう。安定した陸の上での、日夜を問はぬ先生の思索が、心の中に溜めたどす黒い水を、かうした小さな復讐の衝撃が攪拌して、あわてふためかせるさまを眺めるのが、お快いのであらう。

さう思つて、常子はあへて先生に話しかけることをせずに、目をひたすら海景へ放つてゐたが、東の方には奇岩はますます多く、それも遠い岬の周辺に群がる岩々は、海上の霞に包まれて、神仙の住む島々のやうに思ひなされた。

「どこへ行くのでせうか?」

とはじめて常子は口を切つた。今舟は先生と常子を乗せて、無何有《むかう》の郷《さと》へ進んでゆくやうに感じられ、永い艱難と辛苦のあとに、何の醜さもない世界へ近づいてゆくかの如くである。醜さ? 今ありありと、常子は、先生と彼女自身の醜さに目ざめてゐた。それは誰が見ても美しい一組ではなく、もし二人を色めいた想像で結びつければ、誰しも面《おもて》を背《そむ》けるだらう一組だつた。もちろん先生もそれを承知で常子を伴はれたのであらうし、色事には自分たちのまごころと同じくらゐに、人の見る目の讃嘆が必要なことを、六十年の生涯に何度も深く心に嚙みしめて来られたのであらう。人一倍敏感で、美を愛する先生は、常子と二人でゐるときだけ、丁度世界の裏側にゐられるくつろぎを味はは̣れるのにちがひない。自分が少しも美に関与せず、従つて美を傷つける心配が少しもない、といふくつろぎを。

さうして二人は世界の裏側から、あの無何有の郷へ近づくのだ。常子の思ひをそこまで察せられたかどうか知らないが、「どこへ行くのでせうか？」といふ短い問ひかけを、さすがに先生は等閑《なほざり》には聴かれなかつた。これで鈍感な男なら、「どこへ、つて？　一廻りして帰るに決つてゐるぢやないか」とでも答へたことであらう。その代りに先生の、藤いろの眼鏡の底には、一瞬軽い苛立ちが走り、女の心理的なややこしさに巻き込まれまいとする警戒の色が見えた。さういふ先生の警戒には、十分に馴れ、十分にそれを尊重しようとする心構への常子は、先生の御返事を待たずに、いそいで自分の質問の依つて来るところを説明した。

「いいえ、先生、あそこが何か仙境のやうで、舟がどんどんあそこへ向つて行くやうな気がしましたものですから」

「ああ、成程ね。仙境とはよく言つた。あの霞のまつはり具合などは正にさうだ。熊野は仙人には縁の深いところですからね。もつとも海の上にある仙境なら、蓬萊しかあるまい。金峯山のはうのことなら、『栄華物語』にも、『これを峯中といふ。……役《えん》小角《のをづぬ》、熊野よりはじめしなり』なんていふ文句がありますがね」

などとよそよそしい御返事になつたが、それはもとより、常子がさう仕向けたのであつた。

宿の番頭が、突然、陸のはうを指さしてかう叫んだ。

「あれ、ごらんなさいませ。妙峯山《めうほうざん》の右に白い一本の縦の線が見えますやろ。あれが那智の瀧で、海の上からかうして瀧を眺めるところは、日本国中ほかにはないさうでございます。よく御覧なさいませ」

なるほど妙峯山の右の黒緑色の山腹に、一ヶ所山肌のあらはれた土の色があつて、そこに白木の柱を一本立てたやうに見えるものがある。よくよく見ると、その白い一線は、かすかにゆらめき、躍り昇つてゐるやうにも思はれるのだが、それは海上の霞が眺めを陽炎《かげろふ》のやうに歪めて、幻の動きを与へてゐるのかもしれない。

常子の心はときめいた。

あれが那智の瀧だとすると、自分たちは、遠い神の秘密を、のぞいてはいけない場所からのぞいてしまつたといふ感じがする。瀧はあくまで瀧壺のかたはらから仰ぎ見る筈のものであるのに、神はさういふ姿勢に馴れて、崇高な形を人々の頭上高く掲げてゐたのに、ふとした手抜かりから、こんなに愛らしい遠い全貌を、沖の人目に宿してしまつたのかもしれない。

それはあたかも、見てはならない神の沐浴《ゆあみ》の姿を、遠くから瞥見してしまつたやうな感興をそそり、常子はきつとあの瀧の神こそ処女なのだと考へた。

先生はこんな考へに同意なさるかどうかわからないが、口に出して伺ふのも何だから、あとで歌にして御披露しようと思つた。

「さて、これで宿にかへつて、出直して、瀧を拝みに行かう。何度見ても那智の瀧はいい。あれを拝むと、心が洗はれるやうな気がする」

藤宮先生は、潮風の消毒効果を信じてをられるせゐか、このたびはアルコール綿を使はずに乗られた舟の、動揺常ない艫《とも》の座席から、気ぜはしく腰を浮かせて、さう仰言つた。

先生が旅を愉しんでをられると知ると、常子もうれしくなつた。大体先生のやうな大学者のお仕事は、傍《はた》で見てゐるだけでも大へんで、遠く忘れ去られてゐた資料が一つ出て来れば、それまでの学説の大建築が、一気に崩壊してしまふのであるから、いつそ直感だけで築き上げた建築のはうが、鋭い直感なら正しい予言も含んで、永持ちする筈であるが、これも度をすごせば学問ではなくて詩や芸術になつてしまふ。先生は一生その詩的直感と綿密な実証との間の細い綱の上を、綱渡りをして往来《ゆきき》して来られたのだ。もちろんその間には先生の詩的直感が当つたこともあり、外れたこともあるだらうが、その当る率はむしろ、実証的方法よりも多かつたと云へる。先生の書斎における永い暗い人知れぬ戦ひは、とても常子などの窺ひ知ることのできぬものであつたが、そこで鍛へ抜かれた理智と磨き抜かれた直感とが、先生の内面をどんなに澄んだ水晶に変へてゐようとも、その人間を超えた疲れが、どんなに先生の心身を蝕んだかもよく推量されるのである。人間が或る限度以上に物事を究めようとするときに、つひにはその人間と対象とのあひだに一種の相互転換が起り、人間は異形に化するのかもしれない。物知らずの学生たちが、先生を「化け先《せん》」と渾名《あだな》してゐるのも、あるひは直感的にこの間《かん》の消息を察してゐるからとは云へまいか。

　さういふ先生がかうして閑暇の時を持たれるのは、実に喜ばしいことであるし、あまり新鮮で強烈な印象に疲れるのを慮つて、曾遊の地を選ばれたのも、納得のゆくことである。常子としてはひたすら先生の御機嫌を伺つて、窮屈な書斎生活を御心に呼び返すよりも、いつそ莫迦《ばか》になつて、先生の御気持を解きほぐしたはうがいいのではないかといふ気がしてきた。

　常子のやうな女は、心にかういふ企らみを抱くと、それがどんなに善良な企らみであつても、不自然になり、ぎこちなくなることを免れない。

　宿を発つて那智までのドライヴの間、常子は冷房のある車をよろこんで、

「まあ、先生、気が利いてをりますわね。東京にもない冷房のタクシーなんて。むか

しの人は瀧へ涼みに行つたのでせうに、瀧へゆく道中で涼んでゆけるなんて、こんな贅沢はございませんわ。先生が御旅行のたびに、どんなに御苦労なさつていらつしやるかと、東京で案じてばかりをりましたのに、これなら近ごろの旅行は本当に楽ですわ」

などと言ひ出したが、これはもちろん、先生が常子の好い気な推測と無智を憐れんで、研究調査の旅の苦労などを話して下さるやうに、水を向けたものであるのに、先生はいかに旅先でもそんな俗な反応を示される方ではなかつた。

先生はすつと目を閉ぢてしまはれた。常子は御気分がわるくなつたのかと心配したが、さうではなささうだつた。藤いろのレンズのなかの閉ぢた瞼は沢山の皺に囲まれてゐたので、どれがその閉ざされた目かどれが皺か見分けがつかなかつた。

先生がさうして外界を咄嗟に締め出してしまはれるやり方は、或る種の昆虫に似てゐると常子は思つた。しかしおかげで、常子は先生のお顔を目近《まぢか》につらつら眺める又となない機会を得た。考へてみると、この十年間、かうして先生のお顔をしつかり点検するのははじめてで、いつも伏目がちにおづおづと仰ぎ見てゐたにすぎない。

見れば、車窓から羽搏くやうにさし入る日ざしに、散らばる白髪染の黒粉が、額の生え際に隈をゑがいてゐる。もし常子に委せて下さればこんなヘマはすまいに、眇《すがめ》で頑張つて人手をお借りにならないから、こんなことになるのである。先生は醜い風貌で有名だが、それは全身の不均整や声の不釣合の印象から来るので、かうして見れば、そんなに怖ろしい風貌とも思はれない。むしろ、小さな、やさしい弓なりの赤い唇などは、六十歳にしては、少年のやうな艶やかさである。もしこんな依怙地な方《かた》でなくて、服装一切を女手に委せて下さつたら、どんなに伊達《だて》なすつきりした先生に仕立てあげてあげられるであらう。……

常子はそこまで考へて、永年の直感から、一瞬早く視線を離して、そしらぬ顔に戻つたので、目をあけた先生は、まさか今まで常子にまじまじと見つめられてゐたらうとは、つゆほどもお気づきでない様子であつた。

那智の瀧は、古へ、神武天皇がこの瀧を神と祭られ、大穴牟遅神《おほあなむぢのかみ》（大国主神）の神体と仰がれて以来、二千年にわたつて霊所となり、宇多上皇このかた八十三度の御幸あり、花山天皇は千日の瀧籠りをされたところである。

又、役行者の瀧行以来、修験道の行場としても名高く、飛瀧権現《ひろうごんげん》と呼ばれて、今も瀧のお社は、正式の名を熊野那智大社別宮飛瀧神社といふ由である。

「何も知らんで見物するのもいいが」と先生はシートに頭を委ねたまま、単調な、倦《だる》さうな講義口調になつて、言はれた。「知つてゐて見物すれば、又、一そうの興があるものです。

あなたも熊野三山の信仰の由来ぐらゐは、知つておいたはうがいい。

熊野は元来大国主神をお祀りしてゐるくらゐだから、出雲民族との深い関係があるらしいので、僻地であるにもかかはらず、日本書紀の時代からよく知られてゐた。木が深く繋つてほの暗い山々の国だから、黄泉《よみ》の国と連なるやうに考へられてをつて、さういふ他界の感じが古くからあつた上に、のちになつて、観音の浄土観が二重写しになつて、熊野信仰が生れたのです。

三山はもともと別の神社であつたのに、さまざまな信仰が統一されて、由来も祭神も一つになり、いつしか三所にして一体といふ、三熊野《みくまの》の信仰になつた。

奈良朝にすでに国家の祭祀がここで行はれ、神のお前で仏教の儀式が行はれた。観音の浄土の補陀落《ふだらく》は、華厳経に、

『於二此南方一有レ山』

とあるやうに南方海岸だと思はれたから、那智の瀧を含む南海岸がそこだと考へられ、利生追福の信仰が起つたわけです」

するとさつき舟の上から見た那智の瀧の海岸は、それがそのまま、浄土の姿を見てゐたのだと常子は考へて、先生とのふしぎな旅の最初の朝、観音の浄土を見たのは、どういふ因縁であらうと思つた。

「かうして本地《ほんぢ》垂迹《すいじやく》の思想から、熊野権現といふ考へ方が生れたが、のちに平安末期になると、本宮証誠殿の本地を阿弥陀仏とする信仰が、那智の観音浄土補陀落観を圧

倒し、末法思想の強まると共に、阿弥陀浄土へのあこがれから、このお山での難行苦行が流行になり、花山院の三年の御修行ともなつたわけです。

そのうち三山の自治権が僧徒の手に移されて、熊野山伏が発生してから、神明に奉仕しつつ、仏道の籠山修業をするといふ、修験道が発達してきた。……」

先生の御講義はまだまだつづきさうであつたが、常子はその中から、自分の詩藻に好都合のものだけを選《よ》り出してうかがつてゐた。

思ふに、先生の故郷が熊野であることは確かなことだが、その故郷を頑なに避ける先生のお気持も、どんな事情があるか知らないが、これまた確かなことである。すると、先生の故郷は、あたかも常世《とこよ》の国、黄泉の国、濃い緑のかげの陰湿な他界だとも考へられ、それ故にこそ、先生はそこを恋ひつつ怖れて、かうして旅に来られたとも思へるではないか。黄泉の国から来た方だとすると、先生にはそのすべての特徴が具はつてゐるやうに感じられるのであるが、同時に、人間の世をあれほど峻拒して暮してをられる先生は、この土地の緑濃い浄土に、何か美しいものを残して来られて、怖れながらそれを再び手に入れようと欲してをられるのではなからうか。

……常子がこんな幻想に涵つてゐるうちに、車は那智のお社の鳥居の前に着き、二人は冷房の車を下りて、面《おもて》へいきなり吹きつける暑熱の気によろめきながら、杉木立の木洩れ日が熱い雪のやうに霏々《ひひ》と落ちてゐる参道の石段を下りはじめた。

今や那智の瀧は眼前にあつた。岩に一本立てられた金の御幣が、遠い飛沫を浴びて燦爛とかがやき、凜々しく瀧に立ち向つてゐるやうなその黄金《こがね》の姿は、おびただしく焚いた薬仙香の煙に隠見してゐる。

宮司がすぐ先生を見て寄つて来て、恭しく御機嫌を伺ひ、一般の人には、落石の危険のために入ることを禁じられてゐる瀧壺間近へ、二人を案内した。朱塗りの門の、大きな黒い錠は、錆びついてゐてなかなか開《あ》かなかつたが、その門を入ると路は岩の上を危ふく伝はり、瀧壺のすぐそばまで行くのである。

やうやく岩の平らなところに座を占めた常子は、霧のやうな飛沫を快く感じながら、自分の胸へ落ちかかるほどに近い大瀧を振り仰いだ。

それはもはや処女のやうではなく、猛々しい巨大な神だつた。

磨き上げられた鏡のやうな岩壁を、瀧はたえず白煙を滑り降ろし、瀧口の空高く、夏雲がまばゆい額《ひたひ》をのぞかせ、一本の枯杉が鋭い針を青空の目へ刺してゐる。その白い水煙は、半ばあたりから岩につきあたつて、千々に乱れ、じつと見てゐるうちに、岩壁が崩れて、こちらへ迫《せ》り出してきて、落ちかかつてくるやうな気がする。又、少し顔を傾けて横から見ると、水と岩のぶつかる部分部分が、あたかも泉を一せいに噴き出してゐるやうにも思はれる。

岩壁と瀧とは、下半分はほとんど接してゐないから、瀧の影がその岩の鏡面を、走り動いてゐるのが明瞭に見える。

瀧はその周辺に風を呼んでゐる。近くの山腹の草木や笹はたえず風にそよぎ、しぶきを浴びてゐる葉は、危険なほど鋭敏に光る。さやめく雑木が、葉叢のまはりに日光の縁取りをして、狂つたやうにみえるさまは又なく美しい。『あれは狂女なのだ』と常子は思つた。

常子はいつのまにか耳に馴れて、あたりをとよもす瀧の轟音を忘れてゐた。轟音は却つて、静かな深緑の瀧壺にじつと見入つてゐるときに耳によみがへつてくる。その深い澱みの水面は、驟雨の池のやうに、笹立つ小波をひろげてゐるにすぎない。

「こんな見事な瀧ははじめてでございます」

とさういふ見物をさせて下さつた感謝の意をこめて、軽く頭を下げながら常子は言つた。

「あなたにとつては何でもはじめてだ」

と先生は佇立して瀧にまつすぐに向はれたまま、鈴を振るやうなお声で言はれた。先生のお声がこれほど神秘にきこえたこともなく、これほど拒絶的に意地悪にきこえたこともなかつた。

一体先生は、常子が結婚したことのある女と知つてをられながら、精神的には全くの生娘《きむすめ》だとからかつていらつしやるのであらうか。四十五歳の生娘とは、ずいぶん酷《こく》な仰言り方である。たとへ藤宮神社の巫女《みこ》であらうとも、先生は常子を清浄に保ちながら、その清浄さを嗤つてをられるのである。

「もう参りませうか」

と思はず常子は、自分から促して立上る恰好になつた。そのとき足もとが岩の苔に滑つて、躓《つまず》きかけたのを、思ひがけない若者のやうな素速さで先生は助ける手をさしのべられたが、一瞬よりも短かいあひだ、目の前にさしのべられた先生の浄らかな白いお手に、縋らうか縋るまいかといふ躊躇が常子にはあつた。

そのお手は、瀧のとどろきの中に、幻のやうに気高く浮んでゐた。それにつかまれば未聞《みもん》の国へ導かれさうな気がした。大きな辛夷の花の影が目の前に現はれ、優雅なしみを点々とつけた老いの花びらが、薫るやうに思はれた。しかし常子の体は、危ふく均衡を失つて、滑りやすい岩の上に倒れかかつてゐた。たうとう彼女が屈して、その手の誘ひに乗つたのは、それを誘ひと思ふさへ幻と知りながら、快い恍惚にひたされかかつた、失神さながらの状態に於てであつた。

ところが先生の力は、常子の負荷に耐へなかつた。常子がつかまると、今度は先生のはうが危くなつた。二人でよろけて、岩の上に折り重なつて倒れれば、どんな大怪我をしたかわからない。忽ち常子に、先生大事の心が激発して、今度は自ら足を踏張りながら、辛うじて先生を助け起した。

立上つたときは、二人とも息を切らせ、顔は紅潮してゐた。先生の眼鏡が落ちかかつてゐたのを、常子がいそいで直して差上げたが、いつもならこんな行動を峻拒される筈の先生が、「ありがたう」と羞らひに充ちて言はれたのが、常子をこの上もなく倖せにした。

## 第　四

それはたくまずして多くの柵《しがらみ》が除かれ、あまたの禁忌が解かれた、ふしぎな夏の午前であつた。

先生にしても、ことさら解かれたわけではなく、めづらしくかういふ成行を許すお気持になつたのであらう。

那智御瀧の霊光を移した那智大社へ詣でるには、夏の日ざかりを、四百余段の石段を昇つて行かなければならない。この石段の昇りの辛さは、春秋《はるあき》でも全身が汗ばむほどであるのに、まして盛夏のこんな時刻にあへてのぼらうとする人は数へるほどしかゐない。近ごろの若い人は足弱と見えて、はじめの数十段で、もう音《ね》を上げてゐる若い男女を、常子がをかしく眺めてゐるうちはよかつたが、最初の茶屋をすぎるころには、常子自身も怪しくなつた。

先生は茶屋にも寄られず、常子にも手をとらせず、黙々と昇つてゆかれる。どこにこんな強靭なお力がひそんでゐたのかとおどろくほどである。背広の上着は常子が持つて差上げたが、杖も買はれず、袴のやうにひろいズボンにはらむ風もない照り返しの中を、ひどい撫で肩を前に傾けて、ゆらゆらと柳のやうな足運びを、執拗に次の段次の段へと移される。すでにシャツの背は汗まみれで、扇を使はれる暇もなく、握りしめた手巾でしたたる額の汗をお拭きになるのがせい一杯である。頭を垂れ、白い石段のおもてをじつと見つめながら、苦行をつづけてをられる先生の横顔は、いかにも孤独な学究生活の御生涯を語るやうで尊とげであるが、同時に、いつもの先生の癖《へき》で、さういふ孤立無援の苦しみを人に見せつけようとしてをられるところも仄《ほの》見える。見るに耐へない眺めであるが、そのなかに、丁度海水を蒸溜して得た塩のやうな、些少の崇高さがきらめいてゐる。

これを窺ふ常子も、おのづから先生に対して弱音を吐くことはできない立場に置かれた。心臓が咽喉元へ突き上げて来るやうで、歩き馴れない膝は痛み、脛《はぎ》は痛み、足は次第に雲を踏むやうに覚束なくなる。それに何といふ、地獄のやうな暑熱であらう。目もくらめき、気も失はんばかりの疲労の底から、やがて、砂地に湧き出る水のやうな、浄いものが溢れてきた。先生がさつき車中で話された熊野の浄土の幻が、かういふ苦難の果てに、はじめて実感を以て浮んでくるやうに思はれる。それは緑の涼しい木蔭に守られた幽暗な国である。そこではすでに汗もなければ、胸の苦しみもない。

そこではもしかすると、……と一つの考へが心に生れたとき、それを杖として縋つて、登りつづける勇気が常子に生れた。そこではもしかすると、先生と自分がすべての繋縛を解き放つて、清らかなままに結ばれる定めが用意されてゐるのかもしれない。十年間、心の隅にさへ泛べたことのない望みであるが、尊敬をとほして、尋常でない神々しい愛が、どこかの山ふところに、古い杉の下かげに宿つてゐるのを、夢みたことがあるやうな気がする。それは世のつねのありきたりの男女の愛のやうなものであつてはならない。見かけの美しさを誇示し合ふやうな凡庸な愛である筈もない。先生と自分は、透明な光りの二柱になつて、地上の人間をみんな蔑《さげす》むことのできるやうな場所で相会ふのだ。その場所が、今息を切らせてのぼる石段の先にあるのかもしれない。

あたりの蟬の声も耳に入らず、石段の左右の杉木立の緑も目に入らず、常子はただ頭上から直下に照りつける日の、それ自体が目まひのやうな光りを項《うなじ》に感じながら、いつしか光りかがやく雲の上をよろめき歩くやうな心地になつた。

――熊野那智大社の境内に達したとき、冷たい手水所《てうづどころ》の水を髪にふりかけ、咽喉を潤して、やうやう落着いて眺めわたす景色は、浄土ではなくて明るい現実のものであつた。

ひろい眺めは、北の方、烏帽子ヶ嶽、光ヶ峯、南の方は妙峯山の山々に囲まれ、死者の髪を納める寺のある妙峯山へゆくバス道路が、下方の針葉樹林のあひだを迂回してゆくのが見えたが、東だけはわづかに海にひらけて、そこからのぼる朝日がどんなに暗い山々を変貌させ、どんなに人々の讃嘆と畏怖の心をそそつたかが偲ばれた。それは死の国へひようと射放たれる赤光の生の矢だつた。それはやすやすと、平家物語巻十にいはゆる「大悲擁護《おうご》の霞」、つねに熊野の山々にたなびいてゐると云はれるけだかい薄霞をも、射貫いたにちがひない。

藤宮先生はここでも宮司と昵懇の間柄で、朱塗りの格子門から社の内庭へ案内された。

ここは夫須美大神（伊邪那美《いざなみ》大神）を主神とし、ほかの二山の主神をも併せ祀つてゐることは、三熊野《みくまの》の共通の特色である。従つて内庭まで入つてみれば、瀧宮、証誠殿、中御前、西御前（那智大社の御本社）、若宮、八神殿の六つのお宮が、男神女神それぞれの、雄々しさとたをやかさを甍の形にまであらはして、居並んでゐるのが窺はれる。「満山護法」と云ふやうに、まことに熊野の天地には、神々や仏たちがひしめき合つて在《おは》すのである。

それらの神殿は夏の日の下に、色濃い杉の裏山を背にして、丹《に》のいろ青のいろの花やかさの限りを尽してゐる。

「どうぞごゆるりと」

と宮司が二人を残して去つたので、二人は名高い古木の枝垂桜や鵄岩のある内庭を、わがもののやうに感じた。暑さのために苔もすつかりけば立つて、内庭は、神々の午睡の寝息が聴かれるやうにしんとしてゐる。

先生は、朱の玉垣を隔てた六つの神殿の棟を指さして、

「ごらん。あの蛙股《かへるまた》の彫刻が、お宮ごとにみなちがふから」

と云はれたが、常子はそちらへ目を向ける暇《いとま》もなく、何かしら先生の落着かぬ態度に目を奪はれた。汗を拭つて、又きちんと上着を召した先生は、さきほどの労苦も忘れた、むしろ涼しげな様子をしてをられるのだが、何とはなしに不安にかられた表情を示して、そこらの庭木の根方を見まはしてをられる。常子はもう一寸で、何か落し物でございませうか、と訊かうとしたが、差控へた。

先生がポケットから大切に出されたのは、今朝ちらと見たあの紫の袱紗であつたので、常子の胸はときめいた。先生は常子に見られてゐることを一向意に介されない。袱紗を解くと、匂ふやうな白羽二重の裏地があらはれ、そこに三つの黄楊《つげ》の前挿櫛《まへざしぐし》が、桔梗の繊細な彫りまでもありありと、はげしい陽光を浴びて並んでゐた。

常子はこの三つの女櫛の世にも優雅なすがたに胸を突かれたが、さらに、一つ一つの櫛に、朱筆で書かれてゐる字が目にとまつた。

一つには「香」。

一つには、はつきりわからぬが、多分「代」。

一つには、おそらく「子」。

一瞥しただけでは、確かなことは言へないけれども、三字をつなぐと、女の名前になることだけは察しがつく。しかも先生の御手《おて》と思《おぼ》しいその朱の三字がいかにもたをやかで、香の字も、代の字も、子の字も、一瞬、けだかい女の裸身を見たやうに、まぎれのない印象を常子の心に刻んだ。楷書で書かれてゐるのに、一画々々が細くやさしく、先生がどんなに精魂こめて、その櫛に朱筆を揮はれたかが想像される。そしてその秘密の朱文字の女は、旅のはじめから、裏白の紫の袱紗のやはらかい閨《ねや》に身をひそめてゐたにちがひないのである。

十年のあひだ先生の身辺につひぞ現はれたことのない女の名が、はじめてここに現はれたわけであるが、旅に出てから今まで、それを常子から隠しとほして来られた先生を、常子はお怨みに思はぬわけには行かない。あれほど汗みづくの登攀のあひだ、ひたすら心に念じてゐた浄土は消え去つて、代りに常子を待つてゐたのは心の地獄だとさへ云へるのだ。常子は生れてはじめて嫉妬を感じた。

かう言ふと永いやうであるが、先生がその三つ揃つた櫛を常子の目におさらしになつたのはほんの一瞬間で、すぐさま「香」の櫛を抜き取ると、のこりは丁寧に又袱紗に包んでポケットにしまつておしまひになつた。

「どこかへいそいで埋めなければならん。よい木の根方を探しておくれ。埋めやすいところを」

「はい」

と常子は癖で、これほど激してゐるのに、先生の御命令にはすぐ服してしまふ自分が憐れに思はれる。心は抗《あらが》つてゐても、目はすでに内庭のそこかしこを探してゐる。

「やはりあの枝垂桜の根方がよいのではございませんか」

「さうだ。それがいい。花の下なら、春には一そう……」

と先生は、呆れるほどの素速さで、枝垂桜に近づいて、その根方にうづくまり、けば立つた苔をそつと剝がすと、その下の土をいきなり爪で掻き出された。ふだんはあんなに消毒癖のある先生が、神域の土なら清浄だと思召したのであらうか。

みるみる櫛は土に隠れ、そのたをやかな朱の文字も見えなくなつた。常子が手つだつて苔をうまく冠《かぶ》せ直したので、土の掘られたあとは跡方もなかつた。先生はうづくまつたまま合掌されたが、すぐ不安げにあたりを見廻して、人が来はせぬかと心配されるさまは、日ごろの先生に似合はず、あたかも罪を犯した人の素振だつた。

やがて先生は何気なく立上られると、別のポケットから、アルコール綿を出して丹念に指さきを拭はれ、常子にも一つまみの綿を下さつた。常子が先生のアルコール綿を使はせていただいたのは、これがはじめてだが、さうして土のしみ入つた爪を念入りに拭き、冷徹なアルコールの匂ひを嗅ぐと、しらずしらず、常子もこの小さな罪の共犯になつたやうな気がした。

## 第　五

その晩新宮に泊つた二人は、明日は午前中に熊野速玉《はやたま》神社に詣で、それから車を駆つて、午後は本宮町の熊野坐《くまのにます》神社に詣でて、それで三熊野の参詣ををはる予定であつた。

しかし那智の女櫛のことがあつてから、常子は思ひに沈むやうになり、先生のお言葉にはいちいち従ふけれども、陽気な新らしい常子の姿は消えて、旅先にゐても本郷の暗い邸内の常子と寸分かはらぬやうな態度を持してゐた。

その日は、新宮市内の見物をすますと、参詣は明日にとつてあるから、宿へかへつて、これと云つてすることもないが、常子は携へてきた永福門院集を披き、夕食までの時間を読書に費やさうと試みた。先生も先生のお部屋で読書をされてゐるか、あるひは午睡をとられてゐるらしい。

常子の心の中は先生をお怨みに思つてゐて、その気持が果てしがない。彼女が沈んでゐる様子を見ても、先生は何一つ櫛の話をしようとされないのである。もちろん常子のはうから御催促する話柄ではなし、先生が口を切られぬかぎり、こちらはただ謎を預けられたままでゐなくてはならない。

常子は本郷のお邸の留守番をしてゐるときは、たつた一人でもめつたに見たことのない鏡を、今は一人居のつれづれにじつと見てゐる。それは安物の姫鏡台にすぎないが、自分のさしたることはない顔を眺めるには十分である。

永福門院のお顔については、その本に絵像もなくて、推量するよすがもないが、まさか常子のやうな、こんなに目の細い、頰の貧しい、耳朶《じだ》の薄い、あまつさへや、反《そ》ッ歯《ば》のお顔であつた筈はない。境涯も、身分も、容貌も、こんなに何もかも天と地のやうにちがふ女性の歌を、どうして先生は読めと仰言つたのであらう。

門院は太政大臣西園寺実兼の長女としてお生れになり、御齢十八歳で入内され、女御に、さらに中宮に冊立《さくりつ》され給ひ、伏見天皇御譲位によつて院号を賜はり、永福門院と称された。伏見天皇の崩御と共に、御四十六歳で剃髪され、真如源なる法名を得られるが、のち花園天皇を中心としたてまつる京極派歌人の女流の代表とおなりになる一方、仏道にも深く精進されて、建武中興の世のさわぎをよそに、静かな晩年を送られた末、御七十二歳で薨去あらせられる。

その生き抜かれた時代は、両統迭立《てつりつ》の政治的にむつかしい時代で、殊に御晩年には、足利尊氏の叛乱から、建武中興と吉野時代に入る、まことに擾乱の世の中であるが、門院のお歌は少しも時代や社会のうごきに乱されず、終始一貫、自然の繊細な観察を、優美な陰翳に富んだ言葉で編むといふ作業にいそしまれたわけで、「やさしく物あはれによむべき事」といふ定家伝来の教へをお忘れになるといふことがなかつた。

一つ気にかかることは、門院が常子より一つ上の御齢で剃髪されたことであるが、先生はこれによつて、常子も来年は尼になつてしまへと暗示してをられるのであらうか。

それればかりではない。門院のお歌が玉葉集歌人として玉葉風の絶頂に立たれ、真昼の美しさにかがやく時期は、あたかも門院の四十代の御年頃なのである。玉葉集の奏覧を経た正和二年は御齢四十三歳になられるのであるから、集中の

「猶さゆるあらしは雪を吹きまぜて
　　夕ぐれさむき春雨の空」

とか、

「山もとの鳥の声より明けそめて
　　花もむら〳〵色ぞみえ行く」

とかの、玉葉風の絢爛たる舒景歌は、みな常子がうろうろしてゐる御年頃に作られたものだ。

しかも門院はその後の伏見帝崩御まで、人間らしい悲しみに打ち砕かれた御経験もおありではなかつたらうから、苦悩からしか芸術が生れないといふ考へは全く近ごろ

の偏見であつて、先生は常子の無風状態から名歌を生み出せ、とはげましておいでなのにちがひない。それなら、先生御自身の悲しみの秘訣を探らうとしたり、必要のないところに感情の波風を立てようとしたりしてゐる自分の振舞は、甚だ見当ちがひなものと云はねばならない。

時代がどうあらうと、社会がどうあらうと、美しい景色を見て美しい歌を作れ、といふ考へを支へるには、女なら門院のやうな富と権勢、男なら梃でも動かない強い思想、といふものが必要なのではなからうか。門院の御歌のあるものを、つくづく美しいと思ふにつけ、常子は自分にはとてもさういふ歌を作る資格がないのを感じて、折角先生から拝借した本を放り出したくなつてしまつた。

一旦放り出すと、それが先生に対してとんでもない不実を働らいた気がして、又とりあげて、もうその本を手に持つてゐるのがいやになつた。

そこには花やかな女の花やかな生涯と、喜びも悲しみもない、徒らに絢爛とした冷たい歌とが、いつぱい詰つてゐるとしか思へなかつた。かういふとき先生の学問のはうの男のお弟子さんならどうするだらう。おそらく荒波のやうに先生にぶつかつて行き（もちろん礼儀作法は守つた上でのことであるが）、その精神の激動を、先生はやさしく大きく受けとめて下さるだらう。

常子はたちまち永福門院集を胸に抱へて部屋を出た。廊下を小走りに行つて、先生

のお部屋の襖の前に膝まづき、

「御免下さいませ」

と声をかけた。

「はい」

といふ襖ごしには女とも男ともわからぬやうな、高いやはらかな御声が答へたので、常子はお部屋に入つた。先生は案の定、机にむかつて、扇風機の前で、ひるがへる頁を指で押へながら、分厚い本を読んでおいでになる。

「拝借した御本をお返しに上りました」

「もう、みな読んだの？」

「は……いいえ」

「返すのは読み了つたあとでよろしい。旅がすむまで持つてゐればいいのだよ」

「はい」

先生がその不得要領な返事ですぐに苛立つて来られたのがわかつたが、叱られない先に、常子のはうから畳へ身を投げ出すやうにかう言つた。

「先生、私、もう歌は作れません」

「何故」

と呆気にとられて却つて冷静になつた先生がお訊きになつた。

「だめでございます。どんなに勉強してみても、私は……」

さう言つてゐるうちに、十年間先生の前で一度も流したことのない涙が流れてきた。ひよつとすると先生は、ふだんなら一刻も我慢ならないこんな事態の起ることを、旅の一つの愉しみとして予測してをられたのかもしれない。意外にも先生の藤いろの眼鏡の底には、子供らしい、悪戯つぽい光りが射して来て、言葉づかひだけは大そうおごそかに、さとすやうな口調で言はれた。

「いいかね。途中で投げ出してはなりません。何事も途中で投げ出してはなりません。あなたもめつたに感情的にならぬ筈の人だが、永福門院のお歌の訓へは、感情を隠すといふことが芸術でいかに大切かといふ訓へなので、主観的な芸術と思はれてゐる歌でも、これは少しも例外ではない。近代の歌はそこの大筋をまちがへてゐるのです。私なども近代の歌に毒されて、ああいふ感情的な歌を作つてきたが、あなたがその轍を踏まぬやうに門院のお歌をすすめたのに、却つてそんな風になつてはいけない。門院も、お歌自体には何も現はれてゐないやうに見えるが、……」

と先生は、常子が卓の上へお返しした本の頁をめくつてごらんになりながら、

「うん、さうだ。たとへば、これ、嘉元二年の三十番歌合の、

月もなきあま夜の空の明けがたに
　蛍のかげぞ簷《のき》にほのめく

このお歌などは、正確な叙景でありながら、何とも云へぬあはれがあつて、門院のお心にある、栄華の裡のさびしさがよく出てゐる。門院は繊細な気持の持主で、感じやすく傷つきやすいだけに感情を巧く隠す習練をお積みになり、それだから却つて、さりげない叙景のお歌に、こころが匂ひ出てゐるのだと思はないかね」

先生の仰言ることは一々尤もで、そこまでうかがへば、常子もそれ以上自分の感情を露骨にあらはすこともできぬ代りに、何か心の中の核が一段と硬くなつてゆく思ひも禁じえない。たうとう先生は、櫛の由来についてお話しにならなかつた。あの紫の袱紗がまだ上着のポケットに大事にしまはれてゐると思ふと、そしらぬ顔でその袱紗を納めた上着を常子にお預けになり、常子は常子で、先生の上着を大切に思つて、汗のかからぬやうに捧げ持ちながら、夏の陽の下の四百余段の石段を、死ぬほどの苦しみで昇つて行つた気持が、今では全く先生に対するお怨みに転化されるのを、どうすることもできない。

——その晩はしかし何事もなく、あくる朝は涼しいうちに宿を出て、熊野速玉神社に詣でた。

速玉神は伊弉冉《いざなみ》尊と云はれてゐるが、書紀の一書によると、実は伊弉冉尊の唾液よりなりませる神で、唾液は精霊の象徴であつて、この神霊は、死後の葬送、追福の行事と深いかかはりがあるのだ、と先生が教へて下さつた。

するとあの女櫛の主も、先生の手厚い埋め方から見て、この世の人ではないことが察せられる。きのふから櫛のことばかりに頭のゆく常子の昨夜の夢の中では、永福門院と櫛の主が一緒になつて、すでに世を去つた女人の、この上もなく高貴な、この上もなく美しい面影が現はれた。それは髪に三つの黄楊の櫛をさした女人で、熊野の深い杉林から、憂はしげな白い顔をあらはしたが、裾はまだ明けやらぬ夜のままに長く引いて、裾の先が夜空にまでつづいてゐた。何を着てゐるのかよくわからぬが、永福門院の御衣に似たものを常子が頭に描いてゐたのであらう。ゆたかな白い襟が幾重にも重なつて、その間から、おぼろな、月のやうな面輪が浮んでゐる。その幾重の襟がことごとく白羽二重だと常子が気づいたとき、少しづつ夜が明けて、一いろの喪の色と思はれた御衣が、次第にあでやかな紫を帯びた。

『あ、紫の袱紗だ』

と思ふやいなや、夢はさめた。

その袱紗に、今朝も亦、速玉神社の内庭で、常子は出会はねばならなかつた。

もつともここは、那智とはちがつてひどく騒がしい神域で、お社の裏の熊野川を遡らうと出発するプロペラ船の、製材所の電気鋸を思はせるすさまじいひびきが、総丹塗の神殿をとよもしてゐた。

そこで先生のひそかな作業は、音にまぎれて、那智よりも容易《たやす》げに行はれ、紫の袱紗から取り出された「代」の字の櫛は、すばやく灌木の根方に埋められた。のこるのは「子」の字の櫛だけである。

先生はのこる一櫛をいとしげに袱紗に包まれると、上着の内ポケットに深く納め、今度も亦何も仰言らずに、事問ひたげな常子の顔をふりむきもせず、ものうい撫で肩の背をお向けになつて先に立つて内庭を出て行かれた。

## 第　六

藤宮先生が永福門院に興味をお持ちなのは、あながち門院のお歌ばかりに理由があるのではなく、玉葉集の時代が古今伝授の歴史にとつて要《かなめ》となる時代だからであらう。

もともと古今伝授の神秘的な権威が確立されたのは、政治的な争ひがもとであつて、両統迭立にからんだ京極派と二条派の争ひにおいて、二条派が自分の古い権威を証明し、新派の京極派を蹴落すために、はじめはさしたることもなかつた内容の伝授を、いよいよ深遠なものに装つたことにはじまる。そこから有名な「延慶両卿陳状」のやうな、芸術上の争ひとも思へぬ、政治や財産の争ひを内にひそめた、憎しみと嫉視のあからさまな表現になるのである。これは、いつか先生の自宅の御講義の末座に連なることをゆるされて、常子もうかがつたことのある史実である。

道長の流れを汲む御子左一族のうちで、二条派の為世と京極派の為兼とは、犬猿もただならぬ間柄であつたが、花園天皇の御代に、為兼一人が勅撰集の選者を命ぜられたので、怒つた為世がその無資格を天皇に訴へ、それに対して為兼が陳述したのが、「延慶両卿陳状」であるが、それにもかかはらず、為兼は一人ですばやく玉葉集を撰集する。いふまでもなく、永福門院がこの玉葉の中心的な歌人の一人である。この争ひは、結局旧派の二条派の勝利に帰して、そこに古今伝授が完成されるのであるが、藤宮先生の研究は当然二条派を中心にして進められつつ、先生御自身は京極派に同情的であることを否めない。

むかしの宮廷のかういふ陰湿な争ひ、そこからむりやりに作り出された神秘的な権威、さういふものにそもそも先生が興味を持たれたのは、何が端緒であるか知る由もないが、先生の中にも二つの矛盾する要素があることも確かである。一方では滅びゆく京極派に同情しながら、一方では御自分をますます神秘的に権威づけてゆくことに努められ、学問や芸術の争ひも、結局私利私慾の争ひだといふ研究に一生を捧げながら、美しく悲哀にあふれた歌を沢山作つてもおいでになつた。

そして先生自身が、何か醜怪なものに化してしまふまでに、美といふふしぎな放射能を放つものを扱ひつづけて来られたことに、常子は感動するのであるが、とても自分にはその力の万分の一も授つてゐないと思はざるをえない。人間の醜い慾の争ひをこえてまで顕現する美は、あるひは勝利者の側にはあらはれず、敗北者や滅びゆく者の側にだけこつそりと姿を現はすのかもしれないが、さりとて先生は滅びるのはおきらひで、自分の永遠の権威を、(たとへ仮りの姿にもせよ)、確立したいとお望みになり、そのために人並外れた淋しい冷たい心をお持ちになるにいたつたのかもしれない。

少し心が落着くと、常子もそんな風に余裕を持つて先生を眺め直すことができたが、午後は又、紫の袱紗に出会ふことになると思へば、心が進まなかつた。

本宮の熊野坐《くまのにます》神社は三熊野の中心であるが、早くも崇神天皇の御代の鎮座と伝へられ、祭神は出雲国意宇《おう》郡の熊野神社と同じで、家都御子神《けつみこのかみ》である。先生の御説明によると、そこでは出雲民族のシャーマニズムの影響が色濃く残され、熊野精進には密教的ではない浄穢や禊祓の思想が強くあらはれ、修験道のほかの行事にはない色彩が見られるさうである。

熊野本宮へ行くにはバスもあるが、旅では出費をいとはれぬ先生が、やはり冷房つきのハイヤーを雇はうと云つて下さつたので、常子は有難く思つた。

しかし熊野川ぞひのドライヴは、石ころだらけの難路に、材木を積んだトラックに何度となく行き会ひ、そのたびに濛々たる埃をかぶつて、冷房のおかげで窓を締めてゐるからよいけれども、しみじみと川の眺めを見下ろす余裕もない旅であつた。

むかし本宮は音無川のまん央《なか》にあり、壮麗を極めてゐたが、明治二十二年水害を蒙り、明治二十四年に今の川ぞひの地に移されたのである。

川むかうにもいろいろの瀧があるが、車のゆく道の側に、白見の瀧と呼ばれる那智の裏瀧を見たことは、先生もわざわざ車を停めて見ようと仰言つたほどで、常子にとつて忘れがたい喜びであつた。

見たところは変つた瀧でもなく、トラックのあげる土埃にすつかり白く染つた草木が、瀧のまはりだけつややかに濡れて光つてゐるのが、新鮮な眺めであつたが、これがあの巨大な那智の裏側から落ちてくる清らかな水だと思ふと、見上げる空から迸り落ちる白い一筋が、尊いものに感じられた。思へば常子も先生のおかげで、きのふの朝は海上から遥かに望み、そのあとでは瀧壺にゐてその繁吹《しぶき》を浴び、今日はそのひそかな裏瀧を窺ふといふ具合に、心ゆくまで那智の瀧に親しむことができたのである。

やがて川の分岐点からさらに熊野川に沿うて西へ進み、山々谷々をわたつて湯峰温泉をすぎ、支流の音無川がのびやかな流域を示しはじめるところに、川ぞひの閑雅な社《やしろ》が杜《もり》に囲まれて見える。

車を下りた常子は、夏の日に包まれたあたりの野山の美しさに目をみはつた。人影も少なく、清浄の気に杉の香《か》がまじつて、ここが阿弥陀浄土だといふ言ひ伝へは、今日のやうな雑駁な世の中には、却つてまことらしく思はれるのもふしぎである。老杉の木立にこもる蟬の声さへ、少しもうるさくなくて、いちめんに貼りつめた赤銅の箔が鳴りひびいてゐるやうに、しんしんときこえる。

端然とした白木の大鳥居の下をくぐつて、下枝《しづえ》まで葉叢《はむら》のひろがつた杉木立のあひだの、玉砂利の参道をゆつくり歩く。日ざかりであるのに、事新しく暑熱を感じることもない。石段の下から見上げれば、空は悉く杉の緑に包まれ、ところどころに、幹の高みを染める木洩れ日と、焦茶いろの枯葉を点綴するのみである。

石段の半ばにその一節を引いた立札があつたので、常子は謡曲の「巻絹」を思ひ出した。

「あれは都から千疋の巻絹を熊野に奉納しに上る人の話でございましたね」

「さうだ。主上が霊夢をごらんになつて、その命令で三熊野へ来たところが、途中で冬梅の花を見て、歌を案じて音無の天神に手向け、そのために遅参して、縛られてしまつたのを、天神の乗りうつつたお巫女さんに救はれる話だつたね」

「歌の功徳をたたへて……」

「さう。歌によそへて仏教讃仰をするわけだ」

常子の読んだ記憶では、

「証誠殿は阿弥陀如来」

といふ文句や、

「解けや手櫛の乱れ髪。解けや手櫛の乱れ髪の……」

といふ文句があつた筈であるが、櫛にこだはつてゐるやうでいやなので、口には出さなかつた。

石段の脇には苔むした和泉式部の祈願塔も見られたが、昇りつくして社前の広庭に出ると、深閑とした夏の午後の白い参道の左右に、むかし音無川にかかつてゐた橋の巨きな青銅の擬宝珠《ぎぼし》が据ゑられ、土に強い影を印してゐた。

先生は、紅白に黒の房を垂れた御簾を巻き上げた拝殿のはうはちらと見られたばかりで、まづ社務所に立寄り、神官の案内で、常子を伴つて内庭へお入りになつた。

具合のわるいときはわるいもので、ここでは神官がそばにつききりで、まだ若いその人は先生の愛読者であるらしく、御著書の「花と鳥」の話などをはじめて、とどまるところを知らない。先生は慇懃に受け答へをしてをられたけれども、常子にはその御心中の焦慮がよく伝はつてくる。先生は一刻も早くこの神官を追ひ払つて、三つ目の最後の櫛をお埋めになりたいのである。

だんだん言葉すくなになつて、受け答へも渋りがちな先生を眺めてゐると、これがいかに先生にとつて大切なお仕事であり、その成否にいかに永い歳月を賭けて来られたかが察せられる。児戯に類することにこれだけの大学者が、それほどの執念を示されるのには、それ相応の理由がなくてはならない。それを思ひやると常子の胸もふたがれる心地がするが、同時に、「香代子」といふその人が、どんなに美しかつたらうといふ、夢や憧れも芽生えて来るので、何とか常子も、先生の心願成就のためにお手助けをしたい気持にもなつた。

そこで常子はこの旅で最後の差出口をすべきときだと思ひ定め、神官に目じらせをして、脇へ呼んだ。

「あの、まことに恐れ入りますが、先生はお社の内庭で、お一人きりで、ゆつくり祈願をこらしたい、といつも仰言つてをられますので、私も御介添に参つてはをりますが、御遠慮いたしたいと存じますの。いかがでございませうか」

そこまで言つてわからない人はない道理で、神官が常子を伴つて出てゆくとき、藤いろの眼鏡の底から、先生がちらと感謝の眼差をお向けになつたのを、常子は見のがさなかつた。

外へ出て、拝殿の庇のかげで、常子は心をときめかせて先生を待つた。こんなに胸にあふれる思ひで先生を待つたことはなかつた気がした。いつのまにか常子も、先生の三つの女櫛が、三熊野のそれぞれの内庭に、首尾よくやすらかに埋められることを祈つてゐたのである。

嫉妬もなく、悲嘆もなく、こんなに倖せな気持で待つてゐられるのは、その女人がいかに美しくともたしかにすでに世を去つた人であり、常子は緑濃い死の国をさすらふうちに、死者に対して寛容になつてゐたせゐかもしれない。

やがて、彼方の脇門から、アルコール綿で指さきを拭き拭き、先生が出て来られた姿を望んで、常子は事がうまく運んだのを知つた。日ざしの下で、先生の御指尖の白い綿は、榊の花のやうに浄らかに光つた。

——先生が櫛の由来をお話しになつたのは、社務所のお茶の接待を固くお断わりになつて、広庭の一隅の人気《ひとけ》のない茶店で、熊野神水《ゆやのみづ》といふ名で売つてゐる冷たい水をお呑みになりながらであつた。

常子はかしこまつて胸をはずませて伺つたわけであるが、王朝の物語の御講義と同様に、先生はふつうなら面映ゆく思はれるやうな話を、独特な話術で、さしてをかしくもなく語つてしまはれた。

それは先生が何故故郷の村を嫌つて寄りつかれないか、といふお話にはじまり、それには一人の女人の不幸がからまつてゐるといふのである。

東京の学校へ来られる前に、先生は郷里に香代子といふ相思相愛の恋人をお持ちであつたが、親に仲を割《さ》かれて、先生は遊学の途に立たれ、香代子は間もなく病ひに死んでしまふのである。それも恋の堰かれた悲しみの病ひだと先生は註された。

このために先生はひたすら香代子の面影を追つて独身を通されたのだが、いつも心にかかつてゐたのは、少女のころの香代子と交はした約束であつた。

香代子は、いつか二人で三熊野にお詣りしたいと言ひ、短かい旅でも二人で他出することなど思ひもよらなかつたし、又、結婚は周囲の反対で、望みのない状態であつたから、少年の先生は、冗談にまぎらせて、かう仰言つた。

「よし、僕が六十歳になつたら、きつと連れたる」

　さうして先生は六十歳になられ、香代子を象《かたど》る三つの櫛を携へて、三熊野に詣でられたわけである。

……聴きをはつて常子は実に美しいお話だと思ひ、先生の独身の秘密も、深い悲しみの秘密も悉く解けたやうな気が一旦はしたけれども、一方では、却つて先生の謎が深まるやうな心地にもなり、あまり美しすぎる話に、どうしてもまことらしさが迫つて来なかつた。何よりの証拠に、そこまで伺つて、常子はまるで狐が落ちたやうに、今までの嫉妬や不安がすつかり拭ひ去られ、自分がまつたく平静な気持で先生の物語に聴き入つてゐるのにもおどろかなかつた。

　常子が今まで自ら信じてもゐなかつた女の直感が強く働らいて、この物語の中に含まれてゐる夢の要素に気づかせたのである。それはあくまで先生の夢みられた架空の物語として聴くべきであり、もしそれが夢ならば、先生が六十歳の今日まで信じ込んで、三つの櫛の埋葬によつて果した、その夢との契約の強さに、むしろおどろくべきであらうし、そこに先生の生涯のお仕事の、実に甘いやはらかな脆い寓喩を見出してもよかつたのである。

しかしこの二日の旅で急に鋭くなつた常子の嗅覚は、それ以上のものをさへ嗅ぎ当てようとしてゐた。それは夢ですらないのではないか？ 先生は何か途方もない理由によつて、そんな夢物語はおろか、三つの櫛を埋める儀式すら、御自分ではすこしもお信じにならずに、孤独な人生の終りがけに、敢て御自分の伝説を作り出さうとなさつたのではないか？

見やうによつてはそれはずいぶん月並な、甘すぎる伝説であるけれど、先生の好みとあれば致し方がない。常子は、はつと気づいて、それこそ正鵠を射てゐると、認めざるをえなかつた。

常子は証人として選ばれたのだ！

さうでなければ、先生が憂ひをこめて話されたこのやうな物語が、かうまで先生に似合はない筈はない。先生の眇、先生のソプラノの声、先生の染めた髪、先生の袴のやうなズボン、……それらすべてが、かうまでその物語を裏切つてゐる筈はない。人生から常子の学んだことは、誰の身の上にも、その人間にふさはしい事件しか起らないといふ法則だつたが、それは今まで常子に正確にあてはまつて来た以上、先生にもあてはまらぬ筈はない。

――ここまで考へると、常子は、この物語をうかがつた瞬間から自分が死ぬまで、決してこの物語を信じないやうな表情だけは、先生の前でも人の前でも、見せまいといふ固い決心をした。十年間先生に対してはげんできた常子の忠勤から云つても、その忠勤の帰結はここにしかないことが、はつきりわかる。同時に、常子には云はん方ない安堵が生れ、きのふ姫鏡台を見てゐて感じた絶望が、残る隈なく癒やされた感じがした。今や常子の心の内では、先生も常子もあるがままの姿で生きてゐた。「巻絹」のワキのやうに、歌道に没頭したあまりに縛しめられてゐた常子の身は、今、熊野の神霊によつて、解き放たれたといふ思ひがした。

「それで……」と常子は、あまり黙つてゐては、と考へて、こちらからお尋ねした。

「その香代子さんといふ方は、よほどおきれいだつたのでございませうね」

先生の掌のコップの中では、冷たい神の水ののこりが、そのまま透明に結晶してしまつたかのやうに澄んでゐる。

「ああ、美しかつた。あれほど美しい人には私の一生でつひぞ逢つたことはない」

先生は夢みるやうな眇を、藤いろの眼鏡ごしに日ざかりの空へ向けられたが、もはや常子を傷つけることのできる言葉はなかつた。

「さぞお美しかつたのでせうね。あの三つの櫛からでも思ひ浮べられるやうな気がいたしますわ」

「実に美しかつた。その幻から、あなたもひとつ歌を作つてみるがいい」

と先生が言はれるのに、

「はい、さういたしませう」

と常子は晴れやかに答へた。

# 卒塔婆小町

オペレッタ風の極めて俗悪且つ常套的な舞台。

公園の一角。客席の円心に向ひて半円をゑがきて排列さるゝ五つのベンチ、街燈、棕梠の樹など、よきところにあり。うしろには黒幕を垂る。

*

夜。五組の男女、五つのベンチに恍惚と相擁してゐる。

見るもいまはしき乞食の老婆、煙草の吸殻をひろひつゝ登場。五組の前後をいけ図々しくひろひつゝ、中央のベンチに近づき、これに坐す。街燈のかげに、うす汚れたる若き詩人うかゞひ寄り、酩酊の体にて、その柱に身を支へつゝ老婆を見戍りゐる。

　中央のベンチの一組は、迷惑顔にて、やがて腹立たしげに立つて、腕を組みて退場。

老婆このベンチを一人で占め、新聞紙をひろげて、ひろひたる吸殻をかぞへゐる。

**老婆**　ちゆうちゆうたこかいな、ちゆうちゆうたこかいな、……（一本を街燈にかざしつ、、その吸殻のや、長きを見て、左方の一組の男に火を借りにゆき、しばらく吸ふ。短かくなりしを、もみ消して、紙上に投じ、又かぞへはじむ)……ちゆうちゆうたこかいな、ちゆうちゆうたこかいな、と。

**詩人**　(老婆のそばへ来り、じつと見下ろしてゐる)

**老婆**　(下を向いたまま)ほしいのかい、モクが。ほしけりや、やるよ。(や、長きをえらんで渡す)

**詩人**　ありがたう。(マッチを出して、火を点じて吸ふ)

**老婆**　何だつてあとをつけて来たんだい。わたしに文句があるのかい。

**詩人**　……いや、別に。

**老婆**　あんたは、あれだろ、商売は詩人だろ。

**詩人**　よく知つてるね、詩をときどき書く、だから詩人にはちがひない。しかし商売といふわけぢやあ……

**老婆**　さうかい、売れなけりやあ、商売ぢやないのかい。(はじめて若者の顔をじつと見上げて)まだ若いんだね、ふん、しかし寿命はもう永くない。死相が出てゐるよ。

**詩人**　(おどろかず)おばあさんは前身は人相見かい。

**老婆**　どうだかね、人間の顔はいやつてほど沢山見て来たがね。……お坐り、足もとが危なつかしいぢやないか。

詩人　（坐つて咳をする）ふん、酔つてるからさ。
老婆　莫迦。……生きてるあひだだけでも、二本足でしつかり地面を踏んでゐるもんだ。

（――沈黙）

詩人　ねえ、おばあさん、僕あ、毎晩、気になつて仕様がないんだ。何だつて決つた時刻に、ここへ来てさ、折角坐つてゐる人を追ひ出してベンチに坐るんだ。
老婆　あんたの文句はこのベンチかい。まさかヤア公ぢやあるまいし、場銭をとりに来る柄《がら》かい。
詩人　いや、ベンチは物を言へないからね、僕が代りに言ふだけだよ。
老婆　（気を外《そ》らして）別段わたしが追ひ出すわけぢやあない、わたしが坐ると、あいつらが追ん出るだけのことさ。このベンチはどだい、四人まで腰かけられるやうに出来てるんだ。
詩人　でも夜になれば、アベック用だよ。僕は毎晩この公園を通ると、どのベンチもアベックで満員なのを見て安心するんだ。僕は足音をひそめて通りすぎる。疲れてゐて、時にはインスピレーションにかられてきて、ここに坐りたいと思つても遠慮する。……それがさ、いつの晩からか、おばあさんが……
老婆　わかつた、ここはあんたの、商売の縄張りなんだね。

詩人　え？
老婆　あんたの詩のタネあさりの縄張りなんだね。
詩人　よしてくれ、公園、ベンチ、恋人同志、街燈、こんな俗悪な材料が……
老婆　今に俗悪でなくなるんだよ。むかし俗悪でなかつたものはない。時がたてば、又かはつてくる。
詩人　へえ、えらいことを言ふぢやないか。そんなら僕もベンチの抗議を堂々とやらう。
老婆　つまらない、わたしがここに坐るのが、目ざはりだといふだけのことぢやないか。
詩人　さうぢやない、冒瀆なんだ。
老婆　若い者はほんとに理窟が好きだ。
詩人　まあ、ききたまへ。……僕はこの通り三文詩人で、相手にしてくれる女の子もゐやしない。しかし僕は尊敬するんだ、愛し合つてゐる若い人たち、彼らの目に映つてゐるもの、彼らが見てゐる百倍も美しい世界、さういふものを尊敬するんだ。ごらん、あの人たちは僕らのおしやべりに気がつきやしない。みんなお星様の高さまでのぼつてゐるんだ、お星様が目の下に、丁度この頰つぺたの横のあたりに見えてるんだ。……このベンチ、ね、このベンチはいはば、天まで登る梯子なんだ。世界一高い火の見櫓なんだ。展望台なんだ。恋人と二人でこれに腰かけると、地球の半分のあらゆる町の燈りが見えるんだ。たとへば僕が、（トベンチの上に立上り）僕がかうして一人で立つてたつて、何も見えやしない。……やあ、むかうのはうにもベンチが沢山見える。懐中電気をふりまはしてゐる奴が見える。ありやあお巡りだな。それから焚火が見える。乞食が火に当つてゐる。……自動車のヘッドライトがみえる。……やあ、すれちがつた。むかうのテニスコートのはうへ行つちまつた。ちらつと見えたぞ、花をいつぱい積んでゐる自動車だよ。……音楽会のかへりかな。それともお葬式の。（ベンチより下りて腰かける）……僕に見えるのは、せいぜいこれだけさ。

**老婆**　ばかばかしい。何だつて、そんなものを尊敬するのさ。だから、そんな根性だから、甘つたるい売れない歌しか書けないんだよ。

**詩人**　だからよ、僕はいつもこのベンチを侵略しない。お婆さんや僕がこいつを占領してゐるあひだ、このベンチはつまらない木の椅子さ。あの人たちが坐れば、このベンチは思ひ出にもなる、火花を散らして人が生きてゐる温かみで、ソファーよりもつと温かくなる。このベンチが生きてくるんだ。……お婆さんがさうして坐つてると、こいつはお墓みたいに冷たくなる。卒塔婆で作つたベンチみたいだ。それが僕にはたまらないんだ。

老婆　ふん、あんたは若くて、能なしで、まだ物を見る目がないんだね。あいつらの、あの鼻垂れ小僧とおきやん共の坐つてゐるベンチが生きてゐる？　よしとくれ。あいつらこそお墓の上で乳繰り合つてゐやがるんだよ。ごらん、青葉のかげを透かす燈りで、あいつらの顔がまつ蒼にみえる。男も女も目をつぶつてゐる。そら、あいつらは死人に見えやしないかい。ああやつてるあひだ、あいつらは死んでるんだ。（クン〳〵あたりを嗅ぎながら）なるほど花の匂ひがするね。夜は花壇の花がよく匂ふ。まるでお棺の中みたいだ。花の匂ひに埋まつて、とんとあいつらは仏さまだよ。……生きてるのは、あんた、こちらさまだよ。

詩人　（笑ふ）冗談いふない。お婆さんがあいつらより生きがいいつて？

老婆　さうともさ、九十九年生きてゐて、まだこのとほりぴんしやんしてるんだもの。

詩人　九十九年？

老婆　（街燈の明りに顔を向けて）よく見てごらん。

詩人　ああ、おそろしい皺だ。

（このとき右手の一組のベンチの男、あくびをする）

女　何よ、失礼ね。

男　さ、もう帰らう、風邪を引いちまふ。

女　いやな人、どうせ退屈でせうよ。

男　いやね、へんなことを思ひ出したんだ。
女　へえ。
男　うちの鶏が明日卵を生むかしらん、と思つたら、急に気になりだした。
女　それ、どういふ意味。
男　意味は、ないさ。
女　あたしたち、もうおしまひね。
男　終電車だよ、ほら、急がなくちや。
女　（立上つて、じつと男を見つめながら）あなたつて、まあ、何て趣味のわるいネクタイを締めてるんでせう。

（男、黙つて女を促して立去る）

老婆　やつとあいつらは生き返つたね。
詩人　花火が消えたんだ、生き返つたどころぢやない。
老婆　いいや、人間が生き返つた顔を、わたしは何度も見たからよく知つてゐる。ひどく退屈さうな顔をしてゐる。あれだよ、あの顔だよ、私の好きなのは。……昔、私の若かつた時分、何かぽうーつとすることがなければ、自分が生きてると感じなかつたもんだ。われを忘れてゐるときだけ、生きてるやうな気がしたんだ。そのうち、そのまちがひに気がついた。この世の中が住みよくみえたり、小つぽけな薔薇の花が、円屋根ほどに大きくみえたり、とんでゐる鳩が人の声で、歌つてゐるやうにみえたりするとき、……それこそ世界ぢゆうの人がたのしさうに、「おはやう」を言ひ合つたり、十年前からの探し物が戸棚の奥からめつかつたり、そんじよそこらの娘の顔が皇后さまのやうにみえたりするとき、……死んだ薔薇の樹から薔薇が咲くやうな気のするとき、そんなときには、いや、そんな莫迦げたことも若いころには十日にいつぺんはあつたもんだが、今から考へりやあ、私は死んでゐたんだ、さういふとき。……悪い酒ほど、酔ひが早い。酔ひのなかで、甘つたるい気持のなかで、涙のなかで、私は死んでゐたんだ。……それ以来、私は酔はないことにした。これが私の長寿の秘訣さ。

**詩人** （からかふやうに）へえ、それぢやお婆さんの生甲斐は何なんだい。

**老婆** 生甲斐？　冗談をおいひでないよ。かうして生きてゐるのが、生甲斐ぢやないか。私は人参がほしくて駈ける馬ぢやあない。馬はともかく駈けることが、則《のり》に叶つてゐるからさね。

**詩人** わき目もふらず、走れよ小馬か。

**老婆** 自分の影から目を離さずにね。

**詩人** 日が落ちると、影は長くなる。

**老婆** 影が歪んでくる。まぎれつちまふ、宵闇に。

（かゝる間に、ベンチの恋人たちはおのがじし悉く退場）

**詩人**　おばあさん、あなたは一体誰なんです。

**老婆**　むかし小町といはれた女さ。

**詩人**　え？

**老婆**　私を美しいと云つた男はみんな死んぢまつた。だから、今ぢや私はかう考へる、私を美しいと云ふ男は、みんなきつと死ぬんだと。

**詩人**　（笑ふ）それぢやあ僕は安心だ。九十九歳の君に会つたんだからな。

**老婆**　さうだよ、あんたは仕合せ者だ。……しかしあんたみたいなとんちきは、どんな美人も年をとると醜女《しこめ》になるとお思ひだらう。ふふ、大まちがひだ。美人はいつまでも美人だよ。今の私が醜くみえたら、そりやあ醜い美人といふだけだ。あんまりみんなから別嬪だと言はれつけて、もう七八十年この方、私は自分が美しくない、いや自分が美人のほかのものだと思ひ直すのが、事面倒になつてゐるのさ。

**詩人**　（傍白）やれやれ、一度美しかつたといふことは、何といふ重荷だらう。（老婆に向つて）そりやあわかる。男も一度戦争へ行くと、一生戦争の思ひ出話をするもんだ。もちろん君が美しかつた……

**老婆**　（足を踏み鳴らして）かつた、ぢやない。今も別嬪だよ。

**詩人**　わかつたから昔の話をしてくれ。八十年、ひよつとすると九十年かな、（指で数へてみて）いや八十年前の話をしてくれ。
老婆　八十年前……私は二十《はたち》だ。そのころだつたよ、参謀本部にゐた深草少将が、私のところへ通《かよ》つて来たのは。
詩人　よし、それぢやあ僕が、その何とか少将にならうぢやないか。
老婆　莫迦をお言ひな。あんたの百倍も好い男だ。……さうだ、百ぺん通《かよ》つたら、思ひを叶へてあげませう、さう私が言つた。百日目の晩のこつた。鹿鳴館で踊りがあつた。私はあまりのさわぎに暑くなつて、庭のベンチで休んでゐたんだ。……
（ワルツの曲、徐々に音高し。背景の黒幕をひらかる、や、庭に面したる鹿鳴館の背景、おぼろげにあらはる。むかし写真屋が背景に用ひたる絵の如き描法、可なり）
老婆　見ててごらん、当時飛切の俗悪な連中がやつて来るから。
詩人　（上手をうかがひ見て）あれが俗悪？　あんなすばらしい連中が。
老婆　さうさ、さあ、あの人たちにおくれをとらないやうに、ワルツを踊らう。
詩人　君とワルツを？
老婆　わすれちやいけない。あんたは深草少将だよ。
（二人ワルツを踊りゐるところへ、鹿鳴館時代の服装をせる若き男女ら、ワルツを踊りつゝ、登場。ワルツをはる。皆々、老婆のまはりに集ふ）
女A　小町さま、今晩はまた何ておきれい。

女B　おうらやましいわ。この御召物、どこでお誂へあそばして？　（老婆の汚なき衣をつまむ）

老婆　巴里へサイズを言つてやつて、むかうで仕立てさせましたのよ。

女AB　まあ。

女C　やつぱりそれでなくちやだめですわ。日本人の仕立はどこか野暮が出ることね。

男A　舶来物に限りますな。

男B　われわれ男のもちものだつて、第一総理が今晩着てこられたフロックコートも、ロンドン仕立だからな。ジェントルマンの身だしなみは、すべてイギリスが本家だからな。

（女たち、老婆と詩人をかこみて談笑す。男三人端のベンチに坐して話す）

男C　小町はまあなんて別嬪だらう。

男A　月あかりではおかめも別嬪さ。

男B　小町ばかりはさうぢやない。あの女はお天道様の下で見ても別嬪だ。月あかりで見ると、天女《てんにょ》だ、まるで。

男A　容易に男になびかないから、うがつた噂も立つ道理さ。

男B　（英語を喋つては一々翻訳をつける）ヴィルジン、つまり生娘だつてことは、これはいはば、スキャンドルつまり醜聞の一種だからな。

男C　深草の少将もよくあそこまで打込んだよ。あの思ひやつれた顔を見たまへ。三日も飯を喰はんやうだ。
男A　軍務はほつたらかし、文弱の徒になり果てて、あれぢやあ参謀本部の同僚に、鼻つまみになるのも当然だ。
男C　誰かこの中で、小町を落す自信のある奴はをらんかね。
男B　僕はアムビッション、つまり野心だけは持つとるがね。
男A　赤鰯《えうかん》のアムビッションなら、僕も腰間《さしはさ》に挟んどる。
男C　僕も然り、うわはははは。（ト豪傑笑ひをなす）どうもこのバンドといふ奴は、飯のあとさきで直さにやならん。（トズボンのバンドの穴を一つゆるめるに、AもBも真似をしてゆるめる）
（給仕二人、カクテル・グラスをあまたのせたる銀盆と、肴あまたのせたる銀盆とを捧げて登場。みなみなこれをとる。詩人は茫然として老婆を見戍りゐる。女三人手に盃をもちて、男たちの坐せるベンチと反対の端のベンチに坐す）
老婆　（声はなはだ若し）噴水の音がきこえる、噴水はみえない。まあかうしてきいてゐると、雨がむかうをとほりすぎてゆくやうだ。
男A　なんてきれいな声だらう。さはやかで、噴水の声のやうだ。
女A　あの方の独り言をきいてゐると、口説き文句の勉強になりますわね。

老婆　（背景を顧みて）……踊つてゐるわ。窓に影がうごいてる。踊りの影でもつて窓が暗くなつたり明るくなつたりする。妙にしづかだこと。焔の影のやうだ。

男B　色つぽい声ぢやないか、それでゐて心にしみる声だ。

女B　あの方のお声をきくと、女でゐながら妙な気持になるわ。

老婆　……おや、鈴が鳴つた。車の音と蹄の音が……。どなたの馬車でせう。けふはまだ宮様のおいでがなかつたけれど、あの鈴は宮家のぢやない。……まあ、この庭の樹の匂ひ、暗くて、甘い澱んだ匂ひ……

男C　小町にくらべると、ほかの女は、ただ牝だといふだけにすぎん。

女C　いやあね、あの方の手提の色は、あたくしのを真似していらつしやるのよ。

（微かなるワルツおこる。みな〳〵グラスを給仕の盆に返して踊りはじむ。老婆と詩人はもとのままなり）

詩人　（夢うつゝに）ふしぎだ……

老婆　何がふしぎ？

詩人　何だか、僕……

老婆　さあ言つてごらんあそばせ。あなたの仰言りたいこと、とつくにわかつてをりましてよ。

詩人　（意気込んで）君つて何て……

老婆　きれいだ、と仰言るおつもりでせう。それはいけないわ。それを仰言つたら、お命はありません。

詩人　だつて……

老婆　お命が惜しかつたら、およしなさい。

詩人　実にふしぎだ。奇蹟つてこのことかしら。

老婆　（笑ふ）奇蹟なんてこの世のなかにあるもんですか。奇蹟なんて、……第一、俗悪だわ。

詩人　でも君の皺が……

老婆　あら、あたくしに皺なんかありまして？

詩人　さうなんだ、皺がひとつもみえない。

老婆　あたりまへだわ。皺だらけの女のところへ、百夜《ももよ》がよひをする殿方がありますものか。……さあ、妙なことをお考へにならないやうに、お踊りあそばせ。お踊りあそばせ。

（二人踊りはじむ。給仕たち去る。この間に他の三組に加ふるに、更に一組踊りつゝ出で、四組は両側二対のベンチに坐りて、恋を囁きはじむ）

老婆　（踊りつゝ）お疲れになつて？

詩人　（踊りつゝ）いや。

老婆 （踊りつゝ）お顔いろがわるいわ。
詩人 （踊りつゝ）生れつきです。
老婆 （踊りつゝ）御挨拶ね。
詩人 （踊りつゝ）……今日が百日目。
老婆 （踊りつゝ）それなのに……
詩人 （踊りつゝ）え？
老婆 （踊りつゝ）どうしてそんなに浮かぬお顔を。
（詩人突然踊り止む）
老婆 どうなすつたの？
詩人 いいえ、ちよつとめまひがしたんです。
老婆 家の中へかへりませうか。
詩人 ここのはうがいい。あそこはたださわざわするばつかりで。
（二人、手をつなぎて佇立し、あたりを見まはす）
老婆 音楽が止んだわ。中休みの時刻だわ。……静かだこと。
詩人 ほんたうに静かだ。
老婆 何を考へていらつしやるの？
詩人 いやね、今僕は妙なことを考へた。もし今、僕があなたとお別れしても、百年

老婆　……さう、おそらく百年とはたたないうちに、又どこかで会ふやうな気がした。
詩人　いや、今僕の頭に何かひらめいた。お墓の中でせうか。多分、さうね。
老婆　どこでお目にかかるでせう。お墓の中でせうか。多分、さうね。

詩人　いや、今僕の頭に何かひらめいた。待つて下さい。（目をつぶる、又ひらく）ここはおんなじだ。ここまるきりおんなじところで、もう一度あなたにめぐり逢ふ。
老婆　ひろいお庭、ガス燈、ベンチ、恋人同志……
詩人　何もかもここおんなじなんだ。そのとき僕もあなたも、どんな風に変つてゐるか、それはわからん。
老婆　あたくしは年をとりますまい。
詩人　年をとらないのは、僕のはうかもしれないよ。
老婆　八十年さき……さぞやひらけてゐるでせうね。
詩人　しかし変るのは人間ばつかりだらう。八十年たつても菊の花は、やつぱり菊の花だらう。
老婆　そのころこんな静かなお庭が、東京のどこかに残つてゐるかしらん。
詩人　どの庭も荒れ果てた庭になるでせう。
老婆　さうすれば鳥がよろこんで棲みますわ。
詩人　月の光はふんだんにあるし……
老婆　木のぼりをして見わたすと、町ぢゆうの燈りがよく見えて、まるで世界中の町のあかりが見えるやうな気がするでせう。

**詩人** 百年後にめぐり会ふと、どんな挨拶をするだらうな。

**老婆** 「御無沙汰ばかり」といふでせうよ。

（二人、中央のベンチに腰かける）

**詩人** 約束にまちがひはないでせうね。

**老婆** 約束つて？

**詩人** 百日目の約束です。

**老婆** そりやあ、ああまで申しましたものを。

**詩人** たしかに今夜、望みが叶ふんだな。なんて妙な、淋しい、気怯れした気持なんだらう。もう望んでゐたものを、手に入れたあとみたいな気持だ。

**老婆** 殿方にとつていちばんおそろしいのは、そのお気持かもしれないわね。

**詩人** 望みが叶ふ、……さうしていつか、もしかしたらあなたにも飽きる。あなたみたいな人に飽きたら、それこそ後生がおそろしい。それぱかりか死ぬまでの永の月日がおそろしい。さぞかし退屈するだらうな。

**老婆** そんならやめておおきあそばせ。

**詩人** それはできない。

**老婆** お気の進まないものを、無理になさつてもつまりません。

詩人　およそ気の進まないのと反対なんです。うれしいんです。天にも昇る心地でゐて、それでゐて妙に気が滅入る。

老婆　取越苦労がおすぎになるわ。

詩人　あなたは平気なのか、たとへ飽きられても。

老婆　ええ、何とも思ひません。又別の殿方が百夜《ももよ》がよひをおはじめになるでせう。退屈なんぞいたしませんわ。

詩人　僕は今すぐ死んでもいい。一生のうちにそんな折は、めつたにあるものぢやないだらうから、もしあれば、今夜にきまつてゐる。

老婆　つまらないことを仰言いますな。

詩人　いや、今夜にきまつてゐる。もし今夜を他《よそ》の女たちとすごしたやうに、うかうかすごしてしまつたら、ああ、考へただけでぞつとする。

老婆　人間は死ぬために生きてるのぢやございません。

詩人　誰にもそんなことはわからない、生きるために死ぬのかもしれず……

老婆　まあ、俗悪だわ！　俗悪だわ！

詩人　たすけて下さい。どうすればいいのか。

老婆　前へ……前へお進みになるだけですわ。

詩人　きいて下さい、何時間かのちに、いや、何分かのちに、この世にありえないやうな一瞬間が来る。そのとき、真夜中にお天道さまがかがやきだす。大きな船が帆にいつぱい風をはらんで、街のまんなかへ上つて来る。僕は子供のころ、どういふものか、よくそんな夢を見たことがあるんです。大きな帆船が庭の中へ入つて来る。庭樹が海のやうにざわめき出す。帆桁には小鳥たちがいつぱいとまる。……僕は夢の中でかう思つた、うれしくて、心臓が今とまりさうだ……

**老婆** まあ、酔つていらつしやるんだ。

**詩人** 信じないんですか、今夜のうちに、もう何分かすれば、ありえないことが……

**老婆** ありえないことなんか、ありえません。

**詩人** （じつと老婆の顔をみつめて、記憶をふるひ起すごとく）でも、ふしぎだ、あなたのお顔が……

**老婆** （傍白）それを仰言つたら命がないわ。（言はせまいとして）何がふしぎなの。あたしの顔が？　ごらんなさい、こんなに醜いでせう、皺だらけでせう、さあ、目をしつかりひらいて。

**詩人** 皺ですつて？　皺がどこに？

**老婆** （衣をかゝげて示しつゝ）ごらんなさい、ぼろぼろだわ。（詩人の鼻に近づけて）臭いでせう、そら、虱がゐてよ。この手を見てごらん、こんなにふるへてゐる。皺の中に手があるやうよ。爪がのびてゐる。ごらんなさい。

詩人　いい匂ひだ。秋海棠の爪の色だ。

老婆　（衣をはだけて）さあ、ごらん、この茶いろくなつた垢だらけの胸を。女の胸にあるものは何もありはしない。（苛立つて、詩人の手をつかみ、わが胸をさぐらしむ）さがしてごらん！　さがしてごらん！　お乳なんかどこにもなくつてよ。

詩人　（恍惚として）ああ、胸……

老婆　私は九十九歳だよ。目をおさまし。じつと見てごらん。

詩人　（しばらく呆けし如く、凝視したるのち）ああ、やつと思ひ出した。

老婆　（喜色をたたへて）思ひ出した？

詩人　うん。……さうだ、君は九十九のおばあさんだつたんだ。おそろしい皺で、目からは目脂《めやに》が垂れ、着物は煮しめたやう、酸つぱい匂ひがしてゐた。

老婆　（足踏み鳴らして）してゐた？　今してゐるのがわからないの？

詩人　それが、……ふしぎだ、二十《はたち》あまりの、すずしい目をした、いい匂ひのするすてきな着物を着た、……君は、ふしぎだ！　若返つたんだね。何て君は……

老婆　ああ、言はないで。私を美しいと云へば、あなたは死ぬ。

詩人　何かをきれいだと思つたら、きれいだと言ふさ、たとへ死んでも。

老婆　つまらない。およしなさい。そんな一瞬間が一体何です。

詩人　さあ、僕は言ふよ。

**老婆** 言はないで。おねがひだから。
**詩人** 今その瞬間が来たんだ、九十九夜、九十九年、僕たちが待つてゐた瞬間が。
**老婆** ああ、あなたの目がきらきらしてきた。およしなさい、およしなさい。
**詩人** 言ふよ。……小町、（小町手をとられて慄へてゐる）君は美しい。世界中でいちばん美しい。一万年たつたつて、君の美しさは衰へやしない。
**老婆** そんなことを言つて後悔しないの。
**詩人** 後悔しない。
**老婆** ああ、あなたは莫迦だ。眉のあひだに死相がもう浮んできた。
**詩人** 僕だつて、死にたくない。
**老婆** あんなに止めたのに……
**詩人** 手足が冷たくなつた。……僕は又きつと君に会ふだらう、百年もすれば、おんなじところで……
**老婆** もう百年！
（詩人は息絶えて斃る。黒幕閉ざさる。老婆、ベンチに腰かけてうつむきゐる。やがて所在なげに吸殻をひろひはじむ。この動作と相前後して、巡査登場して徘徊す。屍を見つけて、かゞみ込む）
**巡査** またのんだくれか。世話を焼かせやがる。おい、起きろよ。おかみさんが寝ないで待つてるんだろ。早く家へかへつて寝な。……あ、こいつ死んでやがる。……おい、ばあさん、こいつはいつからころがつてた。

**老婆** （や、面を起すのみ）さあね、大分前からのやうだがね。

**巡査** まだ体が温かいぜ。

**老婆** それぢや今しがた、息を引取つた証拠ですよ。

**巡査** そんなこと、おまへにきかずともわかつてゐらあ。いつからここへやつて来たかをきいてるんだ。

**老婆** もう三四十分も前ですかね。酔つぱらつてやつてきて、私に色気を出しやがるんですよ。

**巡査** おまへに色気を？　笑はせるない。

**老婆** （憤然として）何がをかしいんだよ。ありがちのことですよ。

**巡査** それでお前が正当防衛でやつちまつたのか。

**老婆** いえね、うるさいからかまはずにおいたんですよ。さうしたらしばらく一人でぶつぶつ云つてて、そのうちに地面にたふれて、寝込んぢまつた様子でしたよ。

**巡査** ふん、おい、そこで焚火をしちやいかんつたら、（ト下手へ呼びかけ）用があるから、そこのやつら、こつちへ来てくれ。（浮浪者二人登場）さあ、手つだつて、この行倒れを署まで運んでくれ。

（三人、屍をはこんで退場）

**老婆**　（吸殼を丹念に又ならべつゝ）ちゆうちゆうたこかいな。……ちゆう、ちゆう、た、こ、かい、な、と。……ちゆうちゆう、たこかいな。……ちゆうちゆうたこかいな。

——幕。

# 太陽と鉄

このごろ私は、どうしても小説といふ客観的芸術ジャンルでは表現しにくいもののもろもろの堆積を、自分のうちに感じてきはじめたが、私はもはや二十歳の抒情詩人ではなく、第一、私はかつて詩人であつたことがなかつた。そこで私はこのやうな表白に適したジャンルを模索し、告白と批評との中間形態、いはば「秘められた批評」とでもいふべき、微妙なあいまいな領域を発見したのである。

それは告白の夜と批評の昼との堺の黄昏の領域であり、語源どほり「誰《た》そ彼」の領域であるだらう。私が「私」といふとき、それは厳密に私に帰属するやうな「私」ではなく、私から発せられた言葉のすべてが私の内面に還流するわけではなく、そこになにがしか、帰属したり還流したりすることのない残滓があつて、それをこそ、私は「私」と呼ぶであらう。

そのやうな「私」とは何かと考へるうちに、私はその「私」が、実に私の占める肉体の領域に、ぴつたり符合してゐることを認めざるをえなかつた。私は「肉体」の言葉を探してゐたのである。

私の自我を家屋とすると、私の肉体はこれをとりまく果樹園のやうなものであつた。私はその果樹園をみごとに耕すこともできたし、又野草の生ひ茂るままに放置することもできた。それは私の自由であつたが、この自由はそれほど理解しやすい自由ではなかつた。多くの人は、自分の家の庭を「宿命」と呼んでゐるくらゐだからである。

あるとき思ひついて、私はその果樹園をせつせと耕しはじめた。使はれたのは太陽と鉄とであつた。たえざる日光と、鉄の鋤鍬が、私の農耕のもつとも大切な二つの要素になつた。さうして果樹園が徐々に実を結ぶにつれ、肉体といふものが私の思考の大きな部分を占めるにいたつた。

もちろんかういふことは、一朝一夕に行はれるものではない。そして又、何らかの深い契機なしにはじまるものでもない。

つらつら自分の幼時を思ひめぐらすと、私にとつては、言葉の記憶は肉体の記憶よりもはるかに遠くまで遡る。世のつねの人にとつては、肉体が先に訪れ、それから言葉が訪れるのであらうに、私にとつては、まづ言葉が訪れて、ずつとあとから、甚だ気の進まぬ様子で、そのときすでに観念的な姿をしてゐたところの肉体が訪れたが、その肉体は云ふまでもなく、すでに言葉に蝕まれてゐた。

まづ白木の柱があり、それから白蟻が来てこれを蝕む。しかるに私の場合は、まづ白蟻がをり、やがて半ば蝕まれた白木の柱が徐々に姿を現はしたのであつた。

私が自分の職業とする言葉を、白蟻などといふ名で呼ぶのを咎めないでもらひたい。言葉による芸術の本質は、エッチングにおける硝酸と同様に、腐蝕作用に基づいてゐるのであつて、われわれは言葉が現実を蝕むその腐蝕作用を利用して作品を作るのである。しかしこの比喩はなほ正確ではなく、エッチングにおける銅と硝酸が、いづれも自然から抽出された同等の要素であるのに比して、言葉は、硝酸が銅に対応するやうに、現実に対応してゐるとは云へない。言葉は現実を抽象化してわれわれの悟性へつなぐ媒体であるから、それによる現実の腐蝕作用は、必然的に、言葉自体をも腐蝕してゆく危険を内包してゐる。むしろそれは、過剰な胃液が、胃自体を消化し腐蝕してゆく作用に譬へたはうが、適切かとも思はれる。

このやうなことが、一人の人間の幼時にすでに起つてゐたと云つても、信じられない人が多からう。

しかし私にとつては、たしかに我身の上に起つた劇であり、これが私の二つの相反する傾向を準備してゐた。一つは、言葉の腐蝕作用を忠実に押し進めて、それを自分の仕事としようとする決心であり、一つは、何とか言葉の全く関与しない領域で現実に出会はうといふ欲求であつた。

いはゆる健康な過程においては、たとへ生れながらの作家であつても、この二つの傾向は相反することなくお互ひに協調して、言葉の練磨が現実のあらたかな再発見を生むといふ、喜ばしい結果に到達することが少なくない。が、それはあくまで「再発見」であつて、彼が人生の当初で、肉体の現実を、まだ言葉に汚されずに、所有してゐたことが条件となつてをり、私の場合とは事情がちがふと云はねばならない。

綴方の教師は、私の空想的な綴方に眉をひそめてゐたが、そこには何ら現実に見合ふべき言葉が使はれてゐなかつた。何か幼ない私にも無意識のうちに、言語の微妙で潔癖な法則が予感されてをり、言葉をもつぱらポジティヴな腐蝕作用にのみ用ひて、ネガティヴな腐蝕作用を免かれるためには、……もつと簡単に云へば、言葉の純潔性を保持するためには、言葉によつて現実に出会ふことをできるだけ避けるに限る、……すなはち、ポジティヴな腐蝕作用の触角のみをうごかして、その腐蝕すべき対象にぱつたり出会はないやうに避《よ》けて歩くに限る、……といふことが自覚されてゐたのではないかと思はれる。

一方、かうした傾向の当然の反作用として、私は言葉の全く関与しない領域にのみ、現実および肉体の存在を公然とみとめ、かくて現実と肉体は私にとつてシノニムになり、一種のフェティッシュな興味の対象となつた。しらずしらずのうちに、私が言葉に対する関心を、この関心へ敷衍してゐたこともたしかであつて、この種のフェティシズムは、私の言葉に対するフェティシズムと正確に照応してゐた。

第一段階において、私が自分を言葉の側に置き、現実・肉体・行為を他者の側に置いてゐたことは明白であらう。言葉に対する私の偏見が、このやうな故意に作られた二律背反によつて助長されたのもたしかであるが、同時に、現実・肉体・行為に対する根強い誤解が、このやうにして形成されたのもたしかなことであつた。

二律背反は、私がそもそも肉体を所有せず、現実を所有せず、行為を所有しないといふ前提の下に立つてゐた。なるほど人生の当初に肉体が私を訪れたのは遅れてゐたが、すでに言葉を用意してこれを迎へた私は、あの第一の傾向によつて、はじめからそれを「私の肉体」として認知しなかつたのではないかと思はれる。もし私がそれを肉体と認めれば、私の言葉の純潔は失はれ、私は現実に冒された者となり、現実はもはや不可避であらう。

面白いことには、私が頑なにそれを認知しまいとしたことは、私の肉体の観念に、はじめから或る美しい誤解がひそんでゐたからであつた。私は男の肉体が決して「存在」として現はれることがないといふことを知らなかつた。私の考へでは、それはいかにも「存在」として現はれるべきだつたのである。従つてそれが、存在に対するおそるべき逆説、存在することを拒否するところの存在形態として、あからさまな姿を現はしたとき、私は怪物にでも出会つたやうに狼狽し、それを私一人の例外のごとく思ひ做した。他の男も、男といふ男がすべてさうであらうとは、私の想像も及ばぬところであつた。

明らかに誤解から生れたものながら、このやうな狼狽と恐怖が、他に「あるべき肉体」「あるべき現実」を仮構するのは、当然のことであらう。存在することを拒否するところの存在形態を持つた肉体を、男の肉体の普遍的な存在様式であるとは夢にも知らなかつた私は、かくて「あるべき肉体」を仮構するに際して、すべてその反対の性格を賦与しようと試みた。そして例外的な自分の肉体存在は、おそらく言葉の観念的腐蝕によつて生じたものであらうから、「あるべき現実」は、絶対に言葉の関与を免かれてゐなければならなかつた。その肉体の特徴は、造形美と無言といふことに尽きたのである。

しかも、私は、一方、言葉の腐蝕作用が、同時に、造型的作用を営むものであるなら、その造型の規範は、このやうな「あるべき肉体」の造型美に他ならず、言葉の芸術の理想はこのやうな造型美の模作に尽き、……つまり、絶対に腐蝕されないやうな現実の探究にあると考へた。

これは一つの明らかな自己矛盾であつて、いはば言葉からはその本質的な作用を除去し、現実からはその本質的な特徴を抹殺しようといふ企てである。しかし一面から云へば、言葉と、その対象としての現実とを、決して相逢はせぬためには、もつとも巧妙で、狡智に充ちた方法である。
このやうにして私の精神が、しらずしらず、相矛盾するものの双方に二股をかけ、自分に都合のいいやうに、架空の神のやうな立場から、双方を操作しようとしはじめたときに、私は小説を書きはじめた。そして現実と肉体に対する飢渇をますます強めた。

……ずつとあとになつて、私は他ならぬ太陽と鉄のおかげで、一つの外国語を学ぶやうにして、肉体の言葉を学んだ。それは私の second language であり、形成された教養であつたが、私は今こそその教養形成について語らうと思ふのである。それは多分、比類のない教養史になるであらうし、同時に又、もつとも難解なものになるであらう。

幼時、私は神輿の担ぎ手たちが、酩酊のうちに、いふにいはれぬ放恣な表情で、顔をのけぞらせ、甚だしいのは担ぎ棒に完全に項《えり》を委ねて、神輿を練り廻す姿を見て、かれらの目に映つてゐるものが何だらうかといふ謎に、深く心を惑はされたことがある。私にはそのやうな烈しい肉体的な苦難のうちに見る陶酔の幻が、どんなものであるか、想像することもできなかつた。そこでこの謎は久しきに亙つて心を占めてゐたが、ずつとあとになつて、肉体の言葉を学びだしてから、私は自ら進んで神輿を担ぎ、幼時からの謎を解明する機会をやうやう得た。その結果わかつたことは、彼らはただ空を見てゐたのだつた。彼らの目には何の幻もなく、ただ初秋の絶対の青空があるばかりだつた。しかしこの空は、私が一生のうちに二度と見ることはあるまいと思はれるほどの異様な青空で、高く絞り上げられるかと思へば、深淵の姿で落ちかかり、動揺常なく、澄明と狂気とが一緒になつたやうな空であつた。

私は早速この体験を小さなエッセイに書いたが、それが私にとつて、いかにも重要な体験だと思はれたからだつた。

なぜならそのとき、私は自分の詩的直観によつて眺めた青空と、平凡な巷の若者の目に映つた青空との、同一性を疑ふ余地のない地点に立つてゐたからである。このやうな瞬間こそ、私が久しく待ち設けてゐたものであるが、それは太陽と鉄の恵みに他ならなかつた。なぜ同一性を疑ふ必要がないかと云へば、一定の肉体的条件を等しくし、一定量の肉体的な負担を頒け合ひ、等量の苦痛を味はひ、等量の酩酊に犯されてゐるからには、その感覚の個人差は無数の条件に制約されて、能ふかぎり少なくなり、……しかも麻薬の幻想のやうな内観的な要素がほとんど排除されてゐるのであれば……、私の見たものは、決して個人的な幻覚でなくて、或る明確な集団的視覚の一片でなければならない。そして私の詩的直観は、あとになつて言葉によつて想起され再構成される場合に、はじめて特権となるのであつて、揺れうごく青空に接してゐるときの私の視覚は、行為者のパトスの核心に触れてゐたのである。

そして又、私は、その揺れうごく青空、翼をひろげた獰猛な巨鳥のやうに、飛び降《くだ》り又翔《か》けのぼる青空のうちに、私が「悲劇的なもの」と久しく呼んでゐたところのものの本質を見たのだつた。

私の悲劇の定義においては、その悲劇的パトスは、もつとも平均的な感受性が或る瞬間に人を寄せつけぬ特権的な崇高さを身につけるところに生れるものであり、決して特異な感受性がその特権を誇示するところには生れない。したがつて言葉に携はる者は、悲劇を制作することはできるが、参加することはできない。しかもその特権的な崇高さは、厳密に一種の肉体的勇気に基づいてゐる必要があつた。悲劇的なものの、悲壮、陶酔、明晰などの諸要素は、一定の肉体的な力を具へた平均的感性が、正に自分のために用意されたそのやうな特権的な瞬間に際会することから生れてくる。悲劇には、反悲劇的な活力や無知、なかんづく、或る「そぐはなさ」が要るのであつた。人があるとき神的なものであるためには、ふだんは決して神あるひは神に近いものであつてはならなかつた。

そしてそのやうな人間だけが見ることのできるあの異様な神聖な青空を、私も亦見ることができたときに、私ははじめて自分の感受性の普遍性を信じることができ、私の飢渇は癒やされ、言葉の機能に関する私の病的な盲信は取り除かれた。私はそのとき、悲劇に参加し、全的な存在に参加してゐたのである。

一度かういふものを見ると、私ははじめてまだ知らなかつた多くのことを理解した。言葉が神秘化してゐたものを、筋肉の行使はやすやすと解明した。それはあたかも人々が、エロティスムの意味を知るのと似てゐる。私には徐々に存在と行為の感覚がわかつてきたのである。

そんなことなら私の辿つた道は、人より多少遅れて、同じ道を辿つたといふにすぎなくなる。しかし、私は又別の私流の企図を持つた。もし一個の観念が私の精神に浸潤して、私の精神をその観念で肥大させ、さらにそれが私の精神を占領するやうな事態が起つたとしても、精神の世界では別段めづらしい出来事ではないが、徐々に肉体と精神の二元論に倦み疲れはじめてゐた私には、何故このやうな事件が精神内部で起り、精神の外縁《そとべり》で終つてしまふのかといふ当然な疑問が湧いた。もちろん精神的な煩悶が胃潰瘍の原因になつたりする心身相関的《サイコ・ソマティック》な実例はよく知られてゐる。私の考へたことは、そこに止まらない。もし私の幼時の肉体が、まづ言葉に蝕まれた観念的な形姿で現はれたのであれば、今はこれを逆用して、一個の観念の及ぶところを、精神から肉体に及ぼし、肉体すべてをその観念の金属でできた鎧にしてしまふことができるのではないかと考へたのだ。

もともとその観念は、私の悲劇の定義でも述べたやうに、肉体の観念に帰着すべき性質を持つてゐた。そして私の脳裡では、精神よりも肉体のはうがより高度に観念的であり得、より親密に観念に馴染み得るやうに思はれた。

なぜなら観念《イデア》とはそもそも人間存在にとつて一個の異物であり、不随意筋や統御不能の内臓や循環系に充ちた肉体は、精神にとつての異物であつて、人は異物としての肉体を、異物としての観念の比喩として語ることさへできるのだ。そして一つの観念の巧みな襲来は、あたかもはじめから、宿命的に賦与されたもののやうにさへ感じさせるから、それはますます各人に賦与された肉体との相似を強め、その統御不能の自動的な機能さへ、肉体に酷似してくる筈である。キリスト教の受肉の思想はここに基づき、ある人々は掌と足の甲に聖痕《スティグマ》を現はすことさへできるのである。

しかしわれわれの肉体には一定の制約があり、たとへ或る矯激な観念がわれわれの頭に、一双のいかめしい角を生やすことを望んだところで、角が生えて来ないことは自明である。この制約は最終的には調和と均衡に帰結し、もつとも平均的な美と、あの動揺する青空を見るに足る肉体的資格を与へるだけに終るであらう。それが又、異常な矯激な観念に対する復讐と修正の機能を果すであらう。そしてつねに私を、あの「同一性を疑ふ余地のない地点」へ連れ戻すであらう。そこで私の肉体は一個の観念の所産であると同時に、観念自体を隠す最上の隠れ蓑となるであらう。肉体が無個性の完璧な調和に達するならば、個性は永久に座敷牢に閉ぢこめておくことができるにちがひない。私はもともと、精神の怠惰をあらはす太鼓腹や、精神の過度発達をあらはす肋のあらはれた薄い胸などの肉体的個性を、はなはだ醜いものと考へてゐたが、それらの肉体的個性を自ら愛してゐる人々があるのを知つて、おどろかずにはゐられなかつた。それは精神の恥部を肉体にさらけ出してゐる無恥厚顔な振舞といふふうに思ひなされた。このやうなナルシシスムこそ、私がゆるすことのできない唯一のナルシシスムなのであつた。

さて、あの飢渇によつて生じた肉体と精神の乖離の主題は、ずいぶん永いあひだ私の作品の中に尾を引いてゐた。私がその主題から徐々に遠ざかつたのは、「肉体にも、固有の論理と、ひよつとすると固有の思考があるかもしれない」と考へはじめてからであり、「造形美と無言だけが肉体の特質ではなく、肉体にもそれ特有の饒舌があるにちがひない」と感じはじめてからのことである。

しかし今私がこんな風に、二つの思考の推移を物語ると、人は必ずや、私がむしろ常識から出発して、非論理的な混迷へ向つて進んで行つた、と感じるにちがひない。近代社会における肉体と精神の乖離は、むしろ普遍的な現象であつて、それについて不平をこぼすことは、誰にも納得のゆく主題であるのに、「肉体の思考」だの「肉体の饒舌」だのといふ感覚的なたは言には誰もついては行けず、私がそのやうな言葉で自分の混迷をごまかしてゐると感じるかもしれない。

が、私が現実および肉体に対するフェティシズムと、言葉に対するフェティシズムを、正確に相照応するものとして同格に置いたとき、すでに私の発見は、事前に予見されてゐたと云つてよからう。造形美に充ちた無言の肉体を、造形美を模した美しい言葉と対応させることによつて、同一の観念《イデア》の源から出た二つのものとして同列に置いたとき、すでに私はわれしらず言葉の呪縛から身を解き放つてゐたといへるのだ。なぜならそれは、無言の肉体の造形美と言葉の造形美との同一起源を認め、肉体と言葉を同格化しうるやうな、一つのプラトン的な観念を求めはじめてゐたことを意味し、その段階では、肉体への言葉の投影の試みは、すでに手の届くところにあつたからである。もちろんその試み自体は、ひどく非プラトン風な試みであつたが、肉体の思考と饒舌について私が語りはじめるには、もうたつた一つの体験を経ればよかつた。

　そしてそれを語るにはまづ、私と太陽との最初の出会から述べなくてはならぬ。奇異な言ひ方だが、私は太陽に出会つた経験が二度あるのだ。ある人物と決定的な出会をして、それから終生離れられなくなるずつと以前に、むかうもこちらに気づかず、こちらもほとんど無意識な状態で、その大切な人物にどこかでちらと出会つてゐることがあるものだ。私と太陽との出会もさうであつた。

　最初の無意識の出会は、一九四五年の敗戦の夏。あの戦中戦後の堺目のおびただしい夏草を照らしてゐた苛烈な太陽。（その堺目は、ただ夏草のなかに半ば埋もれてゐた、そしてさまざまな方向へ傾いだ、こはれかけた一連の鉄条網にすぎなかつた。）私はその太陽を浴びて歩いてゐたが、それが自分に対してどういふ意味をもつか、よくわからなかつた。

あれは大そう緊密で均等な夏の日光で、しんしんと万物の上に降りそそいでゐた。戦争が終つても少しも変らずにそこにある緑濃い草木は、この白昼の容赦のない光りに照らし出されて、一つの明晰な幻影として微風にそよいでゐた。私はそれらの葉末に私の指が触れても、消え去らうとしないことにおどろいた。

この同じ太陽が、すぐる月日、すぐる年月《としつき》、全的な腐敗と破壊に関はつてきたのだつた。もちろんそれは、出撃する飛行機の翼や、銃剣の林や、軍帽の徽章や、軍旗の縫取りを、鼓舞するやうに輝やかしてきたにはちがひないが、それよりもずつと多く、肉体からとめどもなく洩れる血潮と、傷口にたかる銀蠅の胴を輝やかせ、腐敗を司り、熱帯の海や山野における多くの若い死を宰領し、最後にあの地平線までひろがる赤錆いろの広大な廃墟を支配してきたのであつた。

太陽は死のイメーヂと離れることがなかつたから、私はそれから肉体上の恵みをうけることにならうとは、夢にも思つてゐなかつた。それまでもちろん、戦時中の太陽は光輝と栄誉のイメーヂをも保ちつづけてはゐたが。

すでに十五歳の私は次のやうな詩句を書いてゐた。

「それでも光りは照つてくる
ひとびとは日を讃美する
わたしは暗い坑のなか
陽を避け　魂《たま》を投げ出だす」

何と私は仄暗い室内を、本を積み重ねた机のまはりを、私の「坑」を愛してゐたことだらう。何と私は内省をたのしみ、思索を装ひ、自分の神経叢の中のかよわい虫のすだきに聴き惚れてゐたことだらう。

太陽を敵視することが唯一の反時代的精神であつた私の少年時代に、私はノヴァーリス風の夜と、イエーツ風のアイリッシュ・トゥワイライトとを偏愛し、中世の夜についての作品を書いたが、終戦を堺として、徐々に私は、太陽を敵に廻すことが、時代におもねる時期が来つつあるのを感じた。

そのころ書かれ、あるひは世に出た文学作品には、夜の思考が支配的であり、ただ彼らの夜は私の夜に比べて、はるかに非耽美的であるだけのちがひにすぎなかつた。そして時代は、稀薄な夜よりも濃厚な夜により多くの敬意を払ひ、少年時代にあれほどたつぷり身をひたしてゐた私自身の蜜のやうに濃厚な夜も、かれらの目からはひどく稀薄な夜と見えるらしかつた。私は次第次第に、戦時中に自分の信じた夜に自信を失ひ、ひよつとすると私は終始一貫、太陽を崇める側に属してゐたのではないか、と考へるやうになつた。もしかすると、さうかもしれなかつた。そしてもしそれが事実なら、今私が依然として太陽を敵にまはしてゐることは、そして私流の小さな夜を主張しつづけることは、時代へのおもねりにすぎないのではないかと疑はれた。

夜の思考を事とする人間は、例外なく粉つぽい光沢《つや》のない皮膚をもち、衰へた胃袋を持つてゐた。かれらは或る時代を一つのたつぷりした思想的な夜で包まうとしてゐたし、私の見たあらゆる太陽を否定してゐた。私の見た生をも、私の見た死をも、否定してゐた。何故なら太陽はその双方に関はつてゐたからである。

一九五二年に、私がはじめての海外旅行へ出た船の上甲板で、太陽とふたたび和解の握手をしたことは、ほかにも書いたから、ここには省かう。ともあれそれは、私と太陽との二度目の出会であつた。

爾来、私は太陽と手を切ることができなくなつた。太陽は私の第一義の道のイメーヂと結びついた。そして徐々に太陽は私の肌を灼き、私にかれらの種族の一員としての刻印を捺した。

しかし、思考は本質的に夜に属するのではないだらうか？　言葉による創造は、必然的に、夜の熱い闇のなかで営まれるのではないだらうか？　私は依然、夜を徹して仕事をする習慣を失つてゐなかつたし、私のまはりには、夜の思考の跡を、その皮膚にありありと示してゐる人々がゐた。

再びしかし、人々はなぜ深みを、深淵を求めるのだらうか？　思考はなぜ測量錘のやうに垂直下降だけを事とするのだらうか？　思考がその向きを変へて、表面へ、表面へと、垂直に昇つてゆくことがどうして叶はぬのだらうか？

人間の造形的な存在を保証する皮膚の領域が、ただ感性に委ねられて放置されるままに、もつとも軽んぜられ、思考は一旦深みを目ざすと不可視の深淵へはまり込まうとし、一旦高みを目ざすと、折角の肉体の形をさしおいて、同じく不可視の無限の天空の光りへ飛び去らうとする、その運動法則が私には理解できなかつた。もし思考が上方であれ下方であれ、深淵を目ざすのがその原則であるなら、われわれの個体と形態を保証し、われわれの内界と外界をわかつところの、その重要な境界である「表面」そのものに、一種の深淵を発見して、「表面それ自体の深み」に惹かれないのは、不合理きはまることに思はれた。

太陽は私に、私の思考をその臓器感覚的な夜の奥から、明るい皮膚に包まれた筋肉の隆起へまで、引きずり出して来るやうにそそのかしてゐた。さうして少しづつ表面へ泛び上つて来る私の思考を、堅固に安心して住まはせることのできるやうに、私に新らしい住家を用意せよと命じてゐた。その住家とは、よく日に灼け、光沢を放つた皮膚であり、敏感に隆起する力強い筋肉であつた。正にかういふ住家が要求され、かういふ調度が条件とされるために、「形の思想」「表面の思想」は、多くの知識人たちに親しまれずに終つたのにちがひない。

病んだ内臓によつて作られる夜の思想は、思想が先か内臓のほんのかすかな病的兆候が先かを、ほとんどその人が意識しないあひだに形づくられてゐる。しかし肉体は、目に見えぬ奥処《おくが》で、ゆつくりとその思想を創造し管理してゐるのである。これに反して、誰の目にも見える表面が、表面の思想を創造し管理するには、肉体的訓練が思考の訓練に先立たねばならぬ。私がそもそも「表面」の深みに惹かれたそのときから、私の肉体訓練の必要は予見されてゐた。

私はそのやうな思想を保証するものが、筋肉しかないことを知つてゐた。病み衰へた体育理論家を誰が顧るだらうか。書斎にゐて夜の思想を操ることは許されても、蒼ざめた書斎人が肉体について語るときの、非難であれ讃嘆であれ、その唇ほど貧寒なものがあらうか。これらの貧しさについて私はよく知りすぎてゐたので、ある日卒然と、自分も筋肉を豊富に持たうと考へた。

かうしてすべてが私の「考へ」から生れるところに、どうか目を注《そそ》いでもらひたい。肉体訓練によつて、不随意筋と考へられてゐたものが随意筋に変質するやうに、思考の訓練も、さういふ変質を齎すことを私は信じてゐる。肉体も思考も、一種の自然法則とさへ名付けたいやうな不可避の傾向によつて、オートマティスムに陥りやすいものであるが、小さな水路を穿《うが》てば容易に水流を変へうることは、私がすでにしばしば体験したところである。

われわれの肉体と精神の共通性の一例がここにもあり、或る時点で、或る観念に統括された肉体や精神は、たちまちそこに「見せかけの秩序」の整つた小宇宙を形成する傾きがあるのである。それは一つの休止であるのに、あたかも活潑な求心的な活動といふ風に感じられる。肉体や精神の、かういふ須臾にして小宇宙をつくり上げる形成作用は、幻のはたらきに似てゐるが、われわれの生命のつかのまの幸福感は、このやうな「見せかけの秩序」に負ふところが多い。それは外部の混沌に対して、針鼠が丸く身をちぢめるやうな生命の防衛機能ともいへるであらう。

これから考へられることは、一つの「見せかけの秩序」を打破して、別の「見せかけの秩序」を作り上げ、生命のこのやうな頑固な形成作用を逆用して、自分の目的に叶ふ方向へ向けてやることは、できない相談ではないといふことだ。その「考へ」を私はすぐ実行に移す。こんな場合の私の「考へ」は、思考といふよりも、日々の太陽が私に与へる、新らしいその日その日の一つの企図だと云つてよかつた。

かうして私の前に、暗く重い、冷たい、あたかも夜の精髄をさらに凝縮したかのやうな鉄の塊が置かれた。

以後十年にわたる鉄塊と私との、親しい附合はその日にはじまつた。

鉄の性質はまことにふしぎで、少しづつその重量を増すごとに、あたかも秤のやうに、その一方の秤皿の上に置かれた私の筋肉の量《かさ》を少しづつ増してくれるのだつた。まるで鉄には、私の筋量との間に、厳密な平衡を保つ義務があるかのやうだつた。そして少しづつ私の筋肉の諸性質は、鉄との類似を強めて行つた。この徐々たる経過は、次第に難しくなる知的生産物を脳髄に与へることによつて、脳を知的に改造してゆくあの「教養」の過程にすこぶる似てゐた。そして外的な、範例的な、肉体の古典的理想形がいつも夢みられてをり、教養の終局の目的がそこに存する点で、それは古典主義的な教養形成によく似てゐたのである。

しかし、本当は、どちらがどちらに似てゐたのであらうか？　私はすでに言葉を以て、肉体の古典的形姿を模さうと試みてゐたではないか。私にとつては、美はいつも後退りをする。かつて在つた、あるひはかつて在るべきであつた姿しか、私にとつては重要でない。鉄塊は、その微妙な変化に富んだ操作によつて、肉体のうちに失はれかかつてゐた古典的均衡を蘇らせ、肉体をあるべきであつた姿に押し戻す働らきをした。

近代生活に於てほとんど不要になつた筋肉群は、まだわれわれ男の肉体の主要な構成要素であるが、その非実用性は明らかで、大多数のプラクティカルな人々にとつて古典的教養が必要でないやうに、隆々たる筋肉は必要でない。筋肉は次第次第に、古代希臘語のやうなものになつてゐた。その死語を蘇らすには、鉄による教養が要り、その死の沈黙をいきいきとした饒舌に変へるには、鉄の助力が要るのだつた。

鉄が私の精神と肉体との照応を如実に教へた。すなはち柔弱な情緒は柔弱な筋肉と照応してをり、感傷は弛緩した胃と、感受性は過敏な白い皮膚と、それぞれ照応してゐると考へられたから、隆々たる筋肉は果敢な闘志と、張り切つた胃は冷静な知的判断と、強靭な皮膚は剛毅な気性と照応してゐる筈であつた。念のために言つておくが、私は一般に人間がさういふものだと言はうとしてゐるのではない。私の乏しい観察によつても、隆々たる筋肉が弱気な心を内に蔵《かく》してゐる例は枚挙にいとまがなかつた。ただ前述したやうに、私にとつては肉体よりも先に言葉が来たのであるから、果敢、冷静、剛毅などの、言語が呼びおこす諸徳性の表象は、どうしても肉体的表象として現はれねばならず、そのためには自分の上に、一つの教養形成として、そのやうな肉体的特性を賦与すればよかつたのである。

さらに私には、さうした古典的形成の果てに、浪曼的企図がひそんでゐた。すでに少年時代から私の裡に底流してゐた浪曼主義的衝動は、一つの古典的完成の破壊としてのみ意味があつたが、それは全曲のさまざまな主題を含んだ序曲のやうに私の中で用意され、私が何一つ得ぬうちから、決定論的な構図を描いてゐた。すなはち私は、死への浪曼的衝動を深く抱きながら、その器として、厳格に古典的な肉体を要求し、ふしぎな運命観から、私の死への浪曼的衝動が実現の機会を持たなかつたのは、実に簡単な理由、つまり肉体的条件が不備のためだつたと信じてゐた。浪曼主義的な悲壮な死のためには、強い彫刻的な筋肉が必須のものであり、もし柔弱な贅肉が死に直面するならば、そこには滑稽なそぐはなさがあるばかりだと思はれた。十八歳のとき、私は夭折にあこがれながら、自分が夭折にふさはしくないことを感じてゐた。なぜなら私はドラマティックな死にふさはしい筋肉を欠いてゐたからである。そして私を戦後へ生きのびさせたものが、実にこのそぐはなさにあつたといふことは、私の浪曼的な矜りを深く傷つけた。

とはいへ、それらの観念上の葛藤は、すべて、なほまだ何一つ得てゐない人間の、序曲の中の葛藤にすぎなかつた。私はいづれ何かを得、何かを壊せばよかつた。その手がかりを与へてくれたものこそ、鉄塊だつたのである。

多くの人が知的形成をある程度完成してそこで満足する地点で、私にとつては、知性が決して柔和な教養として現はれず、ただ武器として生きるための手段としてしか与へられてゐなかつたことを、発見しなければならなかつた。そこで私の教養のためには、肉体鍛練が必須のものとなつたが、これはあたかも、生きるための手段としては肉体しか持たなかつた人間が、青春の終りに臨んで、しやにむに知的教養を身につけようとしはじめるのに似てゐたと云へよう。

さて、私は鉄を介して、筋肉に関するさまざまなことを学んだ。それはもつとも新鮮な知識であり、書物も世故も決して与へてくれることのない知識であつた。筋肉は、一つの形態であると共に力であり、筋肉組織のおのおのは、その力の方向性を微妙に分担し、あたかも肉で造り成された光りのやうだつた。

力を内包した形態といふ観念ほど、かねて私が心に描いてゐた芸術作品の定義として、ふさはしいものはなかつた。そしてそれが光り輝やいた「有機的な」作品でなければならぬ、といふこと。

さうして作られた筋肉は、存在であることと作品であることを兼ね、逆説的にも、一種の抽象性をすら帯びてゐた。ただ一つの宿命的な欠陥は、それが生命に密着しすぎてゐるために、やがて生命の衰退と共に衰へ、滅びなければならぬといふことであつた。

このふしぎな抽象性については後に述べることにして、筋肉は私にとつてもつとも望ましい一つの特性、言葉の作用と全く相反した一つの作用を持つてゐた。それは言葉の起源について考へてみればよくわかることである。言葉ははじめ、普遍的な、感情と意志の流通手段として、あたかも石の貨幣のやうに、一民族の間にゆきわたる。それが手垢に汚れぬうちは、みんなの共有物であり、従つて又、それは共通の感情をしか表現することができない。しかし次第に言葉の私有と、個別化と、それを使ふ人間のほんのわづかな恣意とがはじまると、そこに言語の芸術化がはじまるのである。まづ私の個性をとらへ、私を個別性の中へ閉ぢ込めようと、羽虫の群のやうに襲ひかかつてきたのはこの種の言葉だつた。しかし、襲はれた私は全身を蝕まれながらも、敵の武器でもあり弱点でもある普遍性を逆用して、自分の個性の言葉による普遍化に、多少の成功を納めたのであつた。

その成功は、だが、「私は皆とはちがふ」といふ成功であり、本質的に、言葉の起源と発祥に背いてゐる。言語芸術の栄光ほど異様なものはない。それは一見普遍化を目ざしながら、実は、言葉の持つもつとも本源的な機能を、すなはちその普遍妥当性を、いかに精妙に裏切るか、といふところにかかつてゐる。文学における文体の勝利とは、そのやうなものを意味してゐるのである。古代の叙事詩の如き綜合的な作品は別として、かりにも作者の名の冠せられた文学作品は、一つの美しい「言語の変質」なのであつた。

みんなの見る青空、神輿の担ぎ手たちが一様に見るあの神秘な青空については、そもそも言語表現が可能なのであらうか？

私のもつとも深い疑問がそこにあつたことは前にも述べたとほりであり、鉄を介して、私が筋肉の上に見出したものは、このやうな一般性の栄光、「私は皆と同じだ」といふ栄光の萌芽である。鉄の苛酷な圧力によつて、筋肉は徐々に、その特殊性や個性（それはいづれも衰退から生じたものだ）を失つてゆき、発達すればするほど、一般性と普遍性の相貌を帯びはじめ、つひには同一の雛型に到達し、お互ひに見分けのつかない相似形に達する筈なのである。その普遍性はひそかに蝕まれてもゐず、裏切られてもゐない。これこそ私にとつてもつとも喜ばしい特性と言へるものだつた。

そこに、これほど目にも見え、手にも触れられる筋肉といふものの、独自の抽象性がはじまるのである。言葉に比べて、コミュニケーションの欠如を本質とする筋肉は、コミュニケーションの手段としてのふつうの抽象性を持ちうる筈もない。しかし……

ある夏の日《ひ》私は、鍛練に熱した筋肉を、風通しのよい窓ぎはへ行つて冷《さま》してゐた。汗はたちまち退き、筋肉の表面を薄荷のやうな涼しさが通りすぎた。そのとき、私の中から筋肉の存在感は一瞬のうちに拭ひ去られ、あたかも言葉がその抽象作用によつて具体的な世界を嚙み砕いてしまふやうに、そして、それによつて、言葉があたかも存在しなかつたかの如く感じられてしまふやうに、今、私の筋肉が、一つの世界を確実に嚙み砕き、嚙み砕いたあとでは、あたかも筋肉が存在しなかつたかの如く感じられた。

筋肉はそのとき何を嚙み砕いたのか？

筋肉はわれわれが通例好加減に信じてゐる存在の感覚を嚙み砕き、それを一つの透明な力の感覚に変へてしまつてゐた。これこそ私が、その抽象性と呼ぶところのものである。鉄の行使がすでにしつこく暗示してゐたやうに、筋肉と鉄との関係は相対的であり、われわれと世界との関係によく似てゐた。すなはち、力が対象を持たなければ力でありえないやうな存在感覚が、われわれと世界との基本的な関係であり、そのかぎりにおいてわれわれは世界に依存し、私は鉄塊に依存してゐたのである。そして私の筋肉が徐々に鉄との相似を増すやうに、われわれは世界によつて造られてゆくのであるが、鉄も世界もそれ自身存在感覚を持つてゐる筈もないのに、愚かな類推から、しらずしらず鉄や世界も存在感覚を持つてゐるやうにわれわれは錯覚してしまふ。さうしなければわれわれ自身の存在感覚の根拠をたしかめられないやうな気がするし、アトラスはその肩に荷ふ地球を、次第に自分と同類のものと思ひ做すだらう。かくてわれわれの存在感覚は対象を追ひ求め、いつはりの相対的世界にしか住むことができないのである。

なるほど一定量の鉄塊を持ち上げてゐるとき、私は自分の力を信ずることができた。私は汗ばみ、喘ぎ、力の確証を求めて闘つてゐた。そのとき力は私のものであると同時に、鉄のものでもあつた。私の存在感覚は自足してゐた。

だが、筋肉は鉄を離れたとき絶対の孤独に陥り、その隆々たる形態は、ただ鉄の歯車と嚙み合ふやうに作られた歯車の形にすぎぬと感じられた。涼風の一過、汗の蒸発、……それと共に消え去る筋肉の存在。……しかし、筋肉はこのときもつとも本質的な働らきをし、人々の信じてゐるあいまいな相対的な存在感覚の世界を、その見えない逞しい歯列で嚙み砕き、何ら対象の要らない、一つの透明無比な力の純粋感覚に変へるのである。もはやそこには筋肉すら存在せず、私は透明な光りのやうな、力の感覚の只中にゐた。

書物によつても、知的分析によつても、決してつかまへやうのないこの力の純粋感覚に、私が言葉の真の反対物を見出したのは当然であらう。すなはちそれは、徐々に私の思想の核になつたのである。

……思想の形成は、一つのはつきりしない主題のさまざまな言ひ換への試みによつてはじまる。釣師がさまざまな釣竿を試し、剣道家がさまざまな竹刀を振つてみて、自分に適した寸法と重みを発見するやうに、思想が形成されようとするときには、或るまだ定かでない観念をいろいろな形に言ひ換へてみて、つひに自分に適した寸法と重みを発見したときに、思想は身につき、彼の所有物になるであらう。私は力の純粋感覚を体得したとき、正にそれこそ私の思想の核となる予感があつたが、言ふに言はれない喜びが生れて、自分はそれを一つの思想として身につける前に、存分にそれと戯れてやらうといふ愉しみを心に抱いた。この戯れとは、時間を遷延し凝固するのを妨げながら、しかも、不断に、その形成へのさまざまな試みをつづけることであり、多くの試みを通じて、再びあの純粋感覚に立ち戻つて、それをたしかめることであり、あたかも骨をもらつた犬が、骨の放つ本質的な好餌の匂ひに魅せられながら、その魅せられてある時間をなるたけ引き延ばして、骨と戯れてゐるやうなものである。

私にとつての次の言ひ換への試みは、拳闘であり、剣道であつたが、それについては後に述べるとして、力の純粋感覚の言ひ換へが、拳の一閃や、竹刀の一撃へ向ふのは当然だつた。拳の一閃の先、竹刀の一撃の先に存在するものこそ、筋肉から放たれる不可見の光りのもつともあらたかな確証だつたからだ。それは肉体の感覚器官の及ぶ紙一重先にある、「究極感覚」ともいふべきものへの探究の試みであつた。

そこには、何もない空間に、たしかに「何か」がひそんでゐた。力の純粋感覚を以てしても、その一歩手前へまでしか到達できないのだが、まして知性や芸術的直観では、その十歩二十歩手前へさへ行けないのである。なるほど芸術は何らかの形で、それを「表現」することはできるだらう。しかし表現には媒体が要り、私の場合は、その媒体たる言葉の抽象作用がすべての妨げをなすと考へられたから、表現といふ行為自体の疑はしさからはじめた者が、表現で満足する筈はなかつた。

言葉に対する呪咀は、当然、表現行為の本質的な疑はしさに思ひ及ぶにちがひない。何故、われわれは言葉を用ひて、「言ふに言はれぬもの」を表現しようなどといふ望みを起し、或る場合、それに成功するのか。それは、文体による言葉の精妙な排列が、読者の想像力を極度に喚起するときに起る現象であるが、そのとき読者も作者も、想像力の共犯なのだ。そしてこのやうな共犯の作業が、作品といふ「物」にあらざる「物」を存在せしめると、人々はそれを創造と呼んで満足する。

現実において、言葉は本来、具象的な世界の混沌《カオス》を整理するためのロゴスの働きとして、抽象作用の武器を以て登場したのであつたが、その抽象作用を逆用して、言葉のみを用ひて、具象的な物の世界を現前せしめるといふ、いはば逆流する電流の如きものが、表現の本質なのであつた。あらゆる文学作品が、一つの美しい「言語の変質」だと、私が前に述べたのも、このことと照応してゐる。表現とは、物を避け、物を作ることだ。

想像力といふ言葉によつて、いかに多くの怠け者の真実が容認されてきたことであらうか。肉体をそのままにして、魂が無限に真実に近づかうと逸脱する不健全な傾向を、想像力といふ言葉が、いかに美化してきたことであらうか。他人の肉体の痛みをわが痛みの如く感ずるといふ、想像力の感傷的側面のおかげで、人はいかに自分の肉体の痛みを避けてきたことであらうか。又、精神的な苦悩などといふ、価値の高低のはなはだ測りにくいものを、想像力がいかに等しなみに崇高化してきたことであらうか。そして、このやうな想像力の越権が、芸術家の表現行為と共犯関係を結ぶときに、そこに作品といふ一つの「物」の擬制が存在せしめられ、かうした多数の「物」の介在が、今度は逆に現実を歪め修正してきたのである。その結果は、人々はただ影にしか接触しないやうになり、自分の肉体の痛みと敢て親しまないやうになるであらう。

拳の一閃、竹刀の一打の彼方にひそんでゐるものが、言語表現と対極にあることは、それこそは何かきはめて具体的なもののエッセンス、実在の精髄と感じられることからもわかつた。それはいかなる意味でも影ではなかつた。拳の彼方、竹刀の剣尖《けんせん》の彼方には、絶対に抽象化を拒否するところの、(ましてや抽象化による具体表現を全的に拒否するところの)、あらたかな実在がぬつと頭をもたげてゐた。

そこにこそ行動の精髄、力の精髄がひそんでゐると思はれたが、それといふのも、その実在はごく簡単に「敵」と呼ばれてゐたからである。

敵と私とは同じ世界の住人であり、私が見るときには敵は見られ、敵が見るときには私が見られ、しかも何ら想像力の媒介に頼らずに対し合ひ、相互に行動と力の世界、すなはち「見られる」世界に属してゐた。敵はいかなる意味でも観念《イデア》ではなかつた。何故なら、イデアへ到達するためにわれわれは一歩一歩言語表現の階梯を昇りつめ、ひたすらイデアを見つめることによつて、光明に盲ひるまでにいたるであらうが、イデアは決してわれわれを見返すことがない。われわれが見る一瞬毎につねに見返されてゐる世界では、言語表現の暇は与へられることがない。表現者はその世界の外に位置しなければならない。さうすればその世界全体は、表現者を見返すことがないから、表現者は、見、かつ、言語を以てゆつくり表現する暇を与へられる。しかし彼は、「見返す実在」の本質には決して到達することができないのである。

拳の一閃、竹刀の一打のさきの、何もない空間にひそんで、じつとこちらを見返すところの、敵こそは「物」の本質なのであつた。イデアは決して見返すことがなく、物は見返す。言語表現の彼方には、獲得された擬制の物（作品）を透かしてイデアが揺曳し、行動の彼方には、獲得された擬制の空間（敵）を透かして物が揺曳する筈だ。そしてその物とは、行動家にとつて、想像力の媒介なしに接近を迫られるところの死の姿であり、いはば闘牛士にとつての黒い牡牛なのだ。

それにしても、私は意識の極限にそれが現はれるのでなくては、容易に信じることができず、意識の肉体的保障としては、受苦しかないこともおぼろげに感じ取つてゐた。苦痛の裡にはたしかに或る光輝があり、それは力のうちにひそむ光輝と、深い類縁を持つてゐた。

あらゆる行動の技術が、修練の反復によつて無意識界を染めなしたあとでなくては、何ら効力を発揮しないといふことは、誰しも経験することであるが、私の興味の持ち方は、これとは多少ちがつてゐた。すなはち一方では、肉体＝力＝行動の線上に、私の意識の純粋実験の意慾が賭けられてをり、一方では、染めなされた無意識の反射作用によつて肉体が最高度の技倆を発揮する瞬間に、私の肉体の純粋実験の情熱が賭けられてをり、この相反する二つの賭の合致する一点、つまり意識の絶対値と肉体の絶対値とがぴつたりとつながり合ふ接合点のみが、私にとつて真に魅惑的なものだつたからである。

もともと、麻薬やアルコホルによる意識の混迷は、私の欲するところではなかつた。意識が明晰なままで究極まで追究され、どこの知られざる一点で、それが無意識の力に転化するかといふことにしか、私の興味はなかつた。それなら、意識を最後までつなぎとめる確実な証人として、苦痛以上のものがあるだらうか。たしかに意識と肉体的苦痛の間には相互的な関係があり、肉体的苦痛を最後までつなぎとめる確実な証人としても亦、意識以上のものはないのである。

苦痛とは、ともすると肉体における意識の唯一の保証であり、意識の唯一の肉体的表現であるかもしれなかつた。筋肉が具はり、力が具はるにつれて、私の裡には、徐々に、積極的な受苦の傾向が芽生え、肉体的苦痛に対する関心が深まつて来てゐた。しかしどうかこれを、想像力の作用だとは考へないでもらひたい。私はそれを肉体を以て直《ぢか》に、太陽と鉄から学んだのである。

グローヴにしろ竹刀にしろ、その打撃の瞬間は、敵の肉体に対する直接の攻撃といふよりも、正確な打撃であればあるほど、カウンター・ブロウのやうに感じられることは、多くの人の体験するところであらう。自分の打撃、自分の力によつて、空間に一つの凹みが生ずる。そのとき敵の肉体が、正確にその空間の凹みを充たし、正にその凹みそつくりの形態をとるときに、打撃は成功したのだ。

では、なぜそのやうに感じられ、なぜその打撃が成功するのか。それは打撃の機会が時間的にも空間的にも正当に選ばれたからであるが、その選択、その判断は、敵が瞬時に見せる隙をとらへることから起り、その隙が見えてくるにいたる直前に、その隙を直観してゐたからである。その直観は自分に知られない或るもので、永い修練過程に会得されたものである。見えてからでは遅いのだ。つまり、あの剣尖《けんせん》の先にある空間にひそむ何ものかが、一つの形態をとつてからでは遅いのだ。そしてそれが形態をとつた瞬間には、すでにこちらの指定し創造した空間の凹みに、ぴつたりはまり込んでゐなければならないのだ。これこそは格技における勝利の刹那である。

筋肉の創造の過程における、あの力が形態を作り出し、かつ、形態が力を作り出すのろい経緯は、戦ひのさなかには、目にも見えぬ迅速なスピードで繰り返されてゐた。光りにも似た力の放射は、形を崩壊させ、又、形を作り出しつつ継起してゐた。私は正しい美しい形態が、醜い不正確な形態を打ち負かすのを見た。形態の歪みには必ず隙があり、そこから放射される力の光線は乱れてゐた。

敵手が敗れるときに、敵手は私の指定した空間の凹みに自分の形態を順応させることによつて敗れるのだが、そのとき私の形態は正しく美しく持続してゐなければならない。そして形態自体が極度の可変性を秘めた、柔軟無比、ほとんど流動体が一瞬にゑがく彫刻のやうなものでなければならない。流動してゐる水の持続が噴水の形を保つやうに、力の光りの持続が一つの像を描くのでなければならない。

かくて、あれほど永い時間をかけた太陽と鉄の練磨は、このやうな流動性の彫刻を造る作業であり、さうしてできた肉体が厳密に生に属してゐる以上、一瞬一瞬の光輝だけに、そのすべての価値がかかつてゐる筈であつた。だからこそ人体彫刻は、不朽の大理石を以て、一瞬間の肉体の精華を記念するのだ。

従つて死は、そのすぐ向うに、その一瞬につづく次の一瞬にひしめいてゐた。

英雄主義の内面的理解の緒を、私はたしかにつかみつつあると感じてゐた。あらゆる英雄主義を滑稽なものとみなすシニシズムには、必ず肉体的劣等感の影がある。英雄に対する嘲笑は、肉体的に自分が英雄たるにふさはしくないと考へる男の口から出るに決つてゐる。そのやうな場合、普遍的一般的に見せかけた論理を操る言語表現が、筆者の肉体的特徴を現はさないことは、（少くとも世間一般からは、現はさないと考へられてゐることは）、何といふ不正直なことであらう。私はかつて、彼自身も英雄と呼ばれてをかしくない肉体的資格を持つた男の口から、英雄主義に対する嘲笑がひびくのをきいたことがない。シニシズムは必ず、薄弱な筋肉か過剰な脂肪に関係があり、英雄主義と強大なニヒリズムは、鍛へられた筋肉と関係があるのだ。なぜなら英雄主義とは、畢竟するに、肉体の原理であり、又、肉体の強壮と死の破壊とのコントラストに帰するからであつた。

自意識が発見する滑稽さを粉砕するには、肉体の説得力があれば十分なのだ。すぐれた肉体には悲壮なものはあるが、みぢんも滑稽なものはないからである。しかし肉体を終局的に滑稽さから救ふものこそ、健全強壮な肉体における死の要素であり、肉体の気品はそれによつて支へられねばならなかつた。闘牛士のあの華美な、優雅な衣裳は、もしその職業が死と一切関はりがないものであつたら、どんなに滑稽に見えることであらう。

だが、肉体を用ひて究極感覚を追求しようとするときに勝利の瞬間はつねに感覚的に浅薄なものでしかなかつた。敵とは、「見返す実在」とは、究極的には死に他ならない。誰も死に打ち克つことができないとすれば、勝利の栄光とは、純現世的な栄光の極致にすぎない。そのやうな純現世的な栄光ならば、われわれは言語芸術の力を以てしても、多少類似のものを獲得できないわけではない。

しかし、すぐれた彫刻、たとへばデルフォイの青銅馭者像のやうに、勝利の瞬間の栄光と矜りと含羞とを、如実に不朽化した作品にあらはれてゐるものは、その勝利者の像のすぐ向う側に、ひたひたと押し寄せてゐる死の姿である。それは同時に、彫刻芸術の空間性の限界を象徴的に提示して、人生の最高の栄光の向う側には衰退しかないことを暗示してゐる。彫刻家は、不遜にも、生の最高の瞬間をしか捕へようとしなかつた。

肉体における厳粛さと気品が、その内包する死の要素にしかないとすれば、そこにいたる間道は、苦痛の裡、受苦の裡、生の確証としての意識の持続の裡に、こつそりと通じてゐる筈だつた。そして激烈な死苦と隆々たる筋肉とは、もしこの二つが巧みに結合される事件が起れば、宿命といふものの美学的要請にもとづいて起るとしか思はれなかつた。尤も、宿命といふものが、めつたに美学的要請に耳を貸さないことはよく知られてゐる。

少年時代の私といへども、各種の肉体的苦痛を知らぬではなかつたが、それは少年の混乱した頭脳と過敏な感受性によつて、精神的苦痛とごちやまぜにされてゐた。三八式の銃を担つて、強羅から仙石原、さらに乙女峠をこえて富士の裾野にいたる行軍は、たしかに中学生にとつて辛い苦行であつたが、私はこの受苦のうちに、ひたすら受身の精神的苦痛のみを見出してゐた。私には進んで苦痛を求め、進んで苦痛を身に引受けようとする肉体的な勇気が欠けてゐた。

勇気の証明としての受苦は、遠い原始的な成年儀式の主題であるが、あらゆる成年式は又、死と復活の儀礼であつた。勇気、なかんづく肉体的勇気といふものの中に、意識と肉体との深い相剋が隠れてゐることを、人々はもう忘れてゐる。意識は一見受身のやうに思はれ、行動する肉体こそ「果敢」の本質のやうに見えるのだが、肉体的勇気のドラマに於ては、この役割は実は逆になる。肉体は自己防衛の機能へひたすら退行し、明晰な意識のみが、肉体を飛び翔たせる自己放棄の決断を司る。その意識の明晰さの極限が、自己放棄のもつとも強い動因をなすのである。

苦痛を引受けるのは、つねに肉体的勇気の役割であり、いはば肉体的勇気とは、死を理解して味はうとする嗜慾の源であり、それこそ死への認識能力の第一条件なのであつた。書斎の哲学者が、いかに死を思ひめぐらしても、死の認識能力の前提をなす肉体的勇気と縁がなければ、つひにその本質の片鱗をもつかむことがないだらう。断わつておくが、私は「肉体的」勇気のことを言つてゐるのであり、いはゆる知識人の良心だの、知識人の勇気などと称するものは、私の関知するところではない。

それにしても私は、竹刀がもはや剣の直接的象徴ではないやうな時代に生きてをり、居合抜の真剣は、ただ空間を斬るにすぎなかつた。剣道にはあらゆる男らしさの美が凝集してゐたが、その男らしさがもはや社会的に無用の性質のものである点では、ただ想像力に依拠してゐる芸術と大差がなかつた。私はその想像力を憎んだ。私にとつて剣道とは、一切想像力の媒介を許さぬものでなければならなかつた。

夢想家ほど、その夢想の過程をなすところの想像力を憎む人間はゐないことを、よく知つてゐる皮肉屋たちは、ひそかに私の告白を嗤ふだらうと思ふ。

しかし私の夢想はいつか私の筋肉になつたのだ。そこに出来上り、そこに存在してゐる筋肉は、他人の想像力ならいくらでも許すだらうが、もはや私自身の想像力の容喙を許さなかつた。私は見られる人間たちの世界を急速に知るにいたつた。

他人の想像力の餌食になり、自分は一切想像力を持たないことが筋肉の特質であるなら、私はそれを一歩進めて、自他共に想像力の余地を残さぬやうな純粋行為を、剣道のうちに求めてゐた。その望みは果たされたと思はれる時もあり、思はれぬ時もあつた。しかしともあれ、それは戦ひ、疾走し、叫んでゐる力だつた。

行為における熱狂的な瞬間を、重い、暗い、いつも均質な、静的な筋肉群は、どのやうに知つてゐたであらうか。私は、いかなる精神的緊張のさなかにも、せせらぎのやうな流れを絶やさない、意識の清冽を愛してゐた。熱狂といふ赤銅が、意識の銀にいつも裏打ちされてゐることは、私だけの知的な特性だと考へることはもはやできなかつた。それが熱狂をして熱狂たらしめる真の理由なのだ。なぜなら私は、静的によく構成され押し黙つてゐる力強い筋肉こそ、私の意識の明晰さの根源であることを信じはじめてゐたからである。時たま防具外れの打撃が筋肉に与へる痛みは、すぐさまその痛みを制圧するさらに強靭な意識を生み、切迫する呼吸の苦しさは、熱狂によるその克服を生み、……私はかくして、永いこと私に恵みを授けたあの太陽とはちがつたもう一つの太陽、暗い激情の炎に充ちたもう一つの太陽、決して人の肌を灼かぬ代りに、さらに異様な輝やきを持つ、死の太陽を垣間見ることがあつた。

そして知性にとつては、第一の太陽が危険であるよりもずつと、第二の太陽が本質的に危険なのであつた。何よりもその危険が私を喜ばせた。


……さて、そのあひだ、私は言葉とどのやうにして附合つてきたであらうか。

すでに私は私の文体を私の筋肉にふさはしいものにしてゐたが、それによつて文体は撓《しな》やかに自在になり、脂肪に類する装飾は剝ぎ取られ、筋肉的な装飾、すなはち現代文明の裡では無用であつても、威信と美観のためには依然として必要な、さういふ装飾は丹念に維持されてゐた。私は単に機能的な文体といふものを、単に感覚的な文体と同様に愛さなかつた。

しかしそれは孤島であつた。私の肉体が孤立してゐるのと等しく、私の文体も孤絶の堺にあつた。受容する文体ではなく、ひたすら拒否する文体。私は何よりも格式を重んじ、(私自身の文体が必ずしもさうだといふのではないが)、冬の日の武家屋敷の玄関の式台のやうな文体を好んだのである。

もちろんそれは日に日に時代の好尚から背いて行つた。私の文体は対句に富み、古風な堂々たる重味を備へ、気品にも欠けてゐなかつたが、どこまで行つても式典風な荘重な歩行を保ち、他人の寝室をもその同じ歩調で通り抜けた。私の文体はつねに軍人のやうに胸を張つてゐた。そして、背をかがめたり、身を斜めにしたり、膝を曲げたり、甚だしいのは腰を振つたりしてゐる他人の文体を軽蔑した。

姿勢を崩さなければ見えない真実がこの世にはあることを、私とて知らぬではない。しかしそれは他人に委せておけばすむことだつた。

私の中でひそかに芸術と生活、文体と行動倫理との統一が企てられはじめてゐた。筋肉や行動規範に文体が似てゐるならば、その機能は明らかに、想像力の放恣に対してこれを抑制することである。その結果見捨てられる真実などは物の数ではなかつた。又その文体が混沌や曖昧さの恐怖と戦慄を逸したところで、私は意に介しなかつた。私は真実のうちから一定の真実だけを採用することにし、網羅的な真実を志向することがなかつた。敢て、弱々しい醜い真実は見捨て、想像力の惑溺が人に及ぼす病的な影響に対しては、精神の一種の外交辞令を以て相渉るやうに心がけた。しかしその影響を軽視したり等閑視したりするのは明らかに危険であつた。建てつらねた文体の城壁の外側から、見えざる想像力の病的な伏勢は、いつ卑怯な夜襲を仕掛けてくるかわからなかつた。私は夜を日についで、城壁の上で見張りに立つた。果てしなくひろがる夜の広野に、一点、合図のやうに赤い火が燃え上ることがあつた。私はそれを焚火だと思はうとした。果して、間《ま》もあらせず、その火は消えた。想像力とその黒幕の感受性に対抗する私の衛《まも》りの物具《もののぐ》として文体があつた。陸であれ、海であれ、海ならば二等航海士の徹宵のワッチの緊張が、私が自分の文体に求めたところのものであつた。私は何よりも敗北を嫌つた。自分が侵蝕され、感受性の胃液によつて内側から焼けただれ、つひには輪郭を失ひ、融け、液化してしまふこと、又自分をめぐる時代と社会とがさうなつてしまふこと、それに文体を合せてゆくほどの敗北があるだらうか。

芸術作品といふものは、皮肉なことに、そのやうな敗北と、精神の死の只中から、傑作を成就することがあるのはよく知られてゐる。一歩しりぞいて、この種の傑作を芸術の勝利とみとめるにしても、それは戦ひなき勝利であり、芸術独特の不戦勝なのであつた。私が求めるのは、勝つにせよ、負けるにせよ、戦ひそのものであり、戦はずして敗れることも、ましてや、戦はずして勝つことも、私の意中にはなかつた。一方では、私は、あらゆる戦ひといふものの、芸術における虚偽の性質を知悉してゐた。もしどうしても私が戦ひを欲するなら、芸術においては砦を防衛し、芸術外においては攻撃に出なければならぬ。芸術においてはよき守備兵であり、芸術外においてはよき戦士でなければならぬ。私の生活の目標は、戦士としてのくさぐさの資格を取得することに向けられた。

私はかつて、戦後のあらゆる価値の顚倒した時代に、このやうな時こそ「文武両道」といふ古い徳目が復活するべきだと、自分も思ひ、人にも語つたことがある。それからしばらくの間、この徳目への関心は私から去つてゐた。徐々に、私が太陽と鉄から、（ただ、言葉を以て肉体をなぞるだけではなく）、肉体を以て言葉をなぞるといふ秘法を会得しはじめるにつれ、私の内部で両極性は均衡を保ち、直流電流は交流電流に席を譲るやうになつた。私のメカニズムは、直流発電機から交流発電機に成り変つた。そして決して相容れぬもの、逆方向に交互に流れるものを、自分の内に蔵して、一見ますます広く自分を分裂させるやうに見せかけながら、その実、たえず破壊されつつ再びよみがへる活々とした均衡を、一瞬一瞬に作り上げる機構を考案したのである。この対極性の自己への包摂、つねに相拮抗する矛盾と衝突を自分のうちに用意することと、それこそ私の「文武両道」なのであつた。

文学の反対原理への昔からの関心が、かうして私にとつては、はじめて稔りあるものになつたやうに思はれた。死に対する燃えるやうな希求が、決して厭世や無気力と結びつかずに、却つて充溢した力や生の絶頂の花々しさや戦ひの意志と結びつくところに「武」の原理があるとすれば、これほど文学の原理に反するものは又とあるまい。「文」の原理とは、死は抑圧されつつ私かに動力として利用され、力はひたすら虚妄の構築に捧げられ、生はつねに保留され、ストックされ、死と適度にまぜ合はされ、防腐剤を施され、不気味な永生を保つ芸術作品の制作に費やされることであつた。むしろかう言つたらよからう。「武」とは花と散ることであり、「文」とは不朽の花を育てることだ、と。そして不朽の花とはすなはち造花である。

かくて「文武両道」とは、散る花と散らぬ花とを兼ねることであり、人間性の最も相反する二つの欲求、およびその欲求の実現の二つの夢を、一身に兼ねることであつた。そこで何が起るか？　一方が実体であれば他方は虚妄であらざるをえぬこの二つのもの、その双方の本質に通暁し、その源泉を知悉し、その秘密に与るとは、一方の他方に対する究極的な夢をひそかに破壊することなのだ。すなはち、「武」が自らを実体とし、「文」を虚妄と考へるときに、自らの実体の最終的な証明の権限を虚妄の手に委ね、虚妄を利用しようとしつつそこに夢を託し、かくて叙事詩が書かれたのであつた。一方、「文」が自らを実体とし、「武」を虚妄と考へるときに、自らの最終的な仮構世界の絶頂に、ふたたびその虚妄を夢み、自分の死がもはや虚妄に支へられてゐないことに、自分の仕事の実体のあとには、すぐ実体としての死が接してゐることに気づかねばならなかつた。それは、つひに生きることのなかつた人間を訪れる怖ろしい死であるが、彼はそのやうな死ではない死が、あの虚妄としての「武」の世界には存在することを、究極的に夢みることはできるのである。

この究極的な夢の破壊とは、「武」の夢みる虚妄の花はつひに造花にすぎぬといふ秘密を知りつつ、一方、「文」の夢みる虚妄に支へられた死も何ら特別の恩寵的な死ではないといふ秘密を知ることである。すなはち、「文武両道」にはあらゆる夢の救済が絶たれてをり、本来決して明かし合つてはならない一双の秘密が、お互ひに相手の正体を見破つてゐる。死の原理の最終的な破綻と、生の原理の最終的な破綻とを、一身に擁して自若としてゐなければならぬ。

人はこのやうな理念を生きることができるだらうか？　しかし幸ひにして、「文武両道」はその絶対的な形態をとることがきはめて稀であり、よし実現されても、一瞬にして終るやうな理念なのである。何故なら、この相犯し合ふ最終的な一対の秘密は、たとひ不安《ゾルゲ》の形でたえず意識され予感されても、死にいたるまで証明の機会を得ないからである。「文武両道」的人間は、死の瞬間、正にその「文武両道」の無救済の理想が実現されようとする瞬間に、その理想をどちらの側からか裏切るであらう。彼をその理想の仮借ない認識に縛つてゐたのは、生そのものの力であつたのだから、死が目前に来たとき、彼はその認識を裏切るだらう。さもなくては、彼は死に耐へることができないからである。

生きてゐるあひだは、しかしわれわれは、どのやうな認識とも戯れることができる。それはスポーツにおける刻々の死と、それからのよみがへりの爽やかさが証明してゐる。たえず破滅に瀕しつつ得られる均衡こそが、認識上の勝利なのだ。

私の認識はいつも欠伸をしてゐたから、よほど困難な、ほとんど不可能な命題に対してしか、興味を示さぬやうになつてゐた。といふよりもむしろ、認識が認識自体を危ふくするやうな危険なゲームにしか惹かれなくなつたのである。そしてそのあとの爽快なシャワーにしか。

かつて私は、胸囲一メートル以上の男は、彼を取り巻く外界について、どういふ感じ方をするものかといふことに、一つの認識の標的を宛ててゐた。それは認識にとつて明らかに手にあまる課題であつた。なぜなら、認識は多く感覚と直観を手蔓にして闇へ分け入るものであるのに、この場合はその手蔓が根こそぎ奪はれてをり、認識の主体はこちらにあり、包括的な存在感覚の主体は向うへ譲り渡されてゐるからである。

考へてもみるがいい。胸囲一メートルの男の存在感覚とは、それ自体、世界包括的なものでなければならず、認識の対象としてのその男にとつては、彼以外のすべてが(私をも含めて)、彼の感覚的外界の客体に変貌してゐる必要があり、さういふ条件下で、さらに包括的な認識を逆流させるのでなくては、その正確な像は把握されない筈だ。それはいはば、外国人の存在感覚はどんなものかを認識しようとするのに似てをり、この場合、われわれは、人類とか、普遍的な人間性とかの、さらに包括的な抽象的な概念を援用して、その仮説的な尺度で測定するほかはない。しかしそれはつひに厳密な認識ではなく、究極的な不可知の要素はそのままにしておいて、他の共通の要素から類推するやり方にすぎず、問題は外らされ、「本当に知りたいこと」は留保されてゐる。さもなければ想像力がしやしやり出て、さまざまな詩や幻想で相手を飾ることになるであらう。

——しかし、突然、あらゆる幻想は消えた。退屈してゐる認識は不可解なもののみを追ひ求め、のちに、突然、その不可解は瓦解し、……胸囲一メートル以上の男は私だつたのである。

かつて向う岸にゐたと思はれた人々は、もはや私と同じ岸にゐるやうになつた。すでに謎はなく、謎は死だけにあつた。そしてこのやうな謎のない状態は決して認識の勝利ではなかつたから、私の認識の矜りはひどく傷つけられ、ふてくされた認識は再び欠伸をはじめ、あれほどまでに憎んでゐた想像力に、再び身を売ることをはじめるのであつた。そして永遠に想像力に属する唯一のものこそ、すなはち死であつた。

しかし、どうちがふのか？　夜襲を仕掛けてくる病的な想像力、あの官能的な、放恣な感覚的惑溺をもたらす想像力の淵源が、すべて死にあるとすれば、栄光ある死とその死とはどうちがふのか？　浪曼的な死と、頽廃的な死とはどうちがふのか？　文武両道の苛酷な無救済は、それらが畢竟同じものだと教へるであらう。そして、文学上の倫理も、行動の倫理も、死と忘却に抗《はむか》ふためのはかない努力にすぎぬと教へるであらう。

違ひがあるとすれば、それは、死を「見られるもの」とする名誉の観念の有無と、これにもとづく死の形式上の美的形象、すなはち死にゆく状況の悲劇性、死にゆく肉体の美の有無に帰着するであらう。人はかくて、出生において天から享ける不平等や甚だしい運不運の隔たりと等しいだけの、不平等や運不運を、「美しい死」について運命づけられてゐる。ただ、出生に於ても死に於ても、ひたすら美しく生き美しく死ぬことを願つた古代ギリシア人のやうな希求を、現代人のほとんどが持たないことによつて、この不平等はぼかされてゐるのである。

男はなぜ、壮烈な死によつてだけ美と関はるのであらうか。日常性に於ては、男は決して美に関はらないやうに注意深く社会的な監視が行はれてをり、男の肉体美はただそれだけでは、無媒介の客体化と見做されて賤しまれ、いつも見られる存在である男の俳優といふ職業は、決して真の尊敬を獲得するにいたらない。男性には次のやうな、美の厳密な法則が課せられてゐる。すなはち、男とは、ふだんは自己の客体化を絶対に容認しないものであつて、最高の行動を通してのみ客体化され得るが、それはおそらく死の瞬間であり、実際に見られなくても「見られる」擬制が許され、客体としての美が許されるのは、この瞬間だけなのである。特攻隊の美とはかくの如きものであり、それは精神的にのみならず、男性一般から、超エロティックに美と認められる。しかもこの場合の媒体をなすものは、常人の企て及ばぬ壮烈な英雄的行動なのであり、従つてそこには無媒介の客体化は成り立たない。このやうな、美を媒介する最高の行動の瞬間に対して、言葉はいかに近接しても、飛行物体が永遠に光速に達しないやうに、単なる近似値にとどまるのである。

いや、今私が語らうとしてゐることは、美についてではなかつた。美について語ることは、問題を浸透的に語ることであり、私はさういふ風に語ることを望んではをらず、もつと各種各様の観念を固い象牙の骰子《さい》のやうに排列し、そのおのおのの役割を限定しようとかかつてゐた筈なのである。

さて、私は想像力の淵源が死にあることを発見した。日夜、想像力の侵寇をおそれて備へを固める必要もさることながら、私がその想像力、少年時代このかた私をたえず苦しめてきた想像力を逆用して、それを転化し、逆襲の武器に使はうと考へはじめたことは自然であらう。しかし、芸術上の仕事では、私の文体がすでにいたるところに砦を築いて、その想像力の侵寇を食ひ止めてゐたから、もし私がそのやうな逆襲を企てるとすれば、芸術外の領域でなければならなかつた。それこそは私が、「武」の観念に親しみはじめた端緒だつた。

私はかつて、窓に倚りつつ、たえず彼方から群がり寄せる椿事を期待する少年であつた。自分の力で世界を変へることは叶はぬながら、世界が向うから変つてくることを願はずにはゐられず、世界の変貌は少年の不安にとつて緊急の必要事であり、日々の糧であり、それなしには生きることのできぬ或るものだつた。世界の変貌といふ観念こそ、少年の私には、眠りや三度三度の食事同様の必需品であり、この観念を母胎にして、私は想像力を養つてゐたのである。

その後、世界は変つたやうでもあり、変らぬやうでもあつた。たとへ私の望むやうな形に変つた世界も、変つたとたんにその豊醇な魅力を喪つた。私の夢想の果てにあるものは、つねに極端な危機と破局であり、幸福を夢みたことは一度もなかつた。私にもつともふさはしい日常生活は日々の世界破滅であり、私がもつとも生きにくく感じ、非日常的に感じるものこそ平和であつた。

ただ、私にはこれに対処する肉体的な備へが欠けてゐた。抵抗する術《すべ》を知らぬ感受性をあらはに示し、ただ椿事を期待し、それが来たときには、戦ふよりも受容しようと思つてゐたのである。

ずつとあとになつて、私はこのもつともデカダンな少年の心理生活が、もし幸ひにして力と戦ひの意志の裏付けを得るならば、それがそのまま、武士の生活の恰好な類推《アナロジイ》を成立たせることに気づいた。それはふしぎな、めまひのするやうな発見だつた。そのとき私は、そのやうな想像力の逆用の機会を、わが手に握つてゐたのである。

死が日常であり、又、そのことが自明であるやうな生活が、私にとつて唯一の「自然な世界」であるならば、そしてその自然さが人工的な構築によつて得られるならば、次第に私がこず、却つて甚だ非独創的な義務の観念によつて容易に得られるならば、次第に私がこのやうな誘惑に牽かれ、自分の想像力を義務に変へようと企てるほど、自然な成行はなかつたにちがひない。死と危機と世界崩壊に対する日常的な想像力が、義務に転化する瞬間ほど、まばゆい瞬間はどこにもあるまい。そのためには、しかし、肉体と力と戦ひの意志と戦ひの技術が養はれねばならず、その養成を、むかし想像力を養つたのと同じ手口でやればよかつた。それといふのも、想像力も剣も、死への親近が養ふ技術である点では同じだつたからである。しかも、この二つのものは、共に鋭くなればなるほど、自分を滅ぼす方向へ向ふやうな技術なのであつた。

死と危機への想像力を磨くことが、剣を磨くことと同じ意味を持つことになる職務は、思へば、私をかねて遠くから呼んでゐたのに、私が非力と臆病から、ことさら避けてゐたにすぎなかつたのかもしれなかつた。日々死を心に充《あ》て、ありうべき死に向つて一瞬一瞬を収斂し、最悪の事態への想像力を栄光への想像力と同じ場所に置き、……それなら、私が久しく精神の世界で行つて来たことを、肉体の世界へ移せば足りた。

このやうな乱暴な転化を受け入れるのに、肉体の世界でも、私は準備をさをさ怠りなく、いつでも受け入れられる態勢を整へてゐたことは、前にも述べたとほりである。すべてが回収可能だといふ理論が私の裡に生れてゐた。時と共に刻々と成長し、又、刻々と衰へるところの、「時」に閉ぢ込められた囚人である筈の肉体でさへ、回収可能であることが証明されたのだから、「時」そのものでさへ回収可能だといふ考へが生じてもふしぎはない。

私にとつて、時が回収可能だといふことは、直ちに、かつて遂げられなかつた美しい死が可能になつたといふことを意味してゐた。あまつさへ私はこの十年間に、力を学び、受苦を学び、戦ひを学び、克己を学び、それらすべてを喜びを以て受け入れる勇気を学んでゐた。

私は戦士としての能力を夢みはじめてゐたのである。

……何の言葉も要らない幸福について語るのは、かなり危険なことである。

ただ、私が幸福と呼んでゐるものを招来するには、きはめて厄介な諸条件が充たされ、きはめて複雑な手続が辿られる必要があることは、叙上のところから容易に察せられるだらうと思ふ。

私がその後送つた一ヶ月半の短かい軍隊生活は、さまざまな幸福のきらめく断片をもたらしたが、中でも、もつとも無意味に見え、もつとも非軍隊的に見える瞬間に味はつた、忘れがたい万全の幸福感については、どうしても書いておかねばならぬと思ふ。軍隊といふ集団の中にありながら、この至上の幸福感は、今まで私の人生においていつもさうであつたやうに、たつた一人でゐるときの私を襲つたのだつた。

それは五月二十五日の美しい初夏の夕方であつた。私は落下傘部隊の隊付をしてをり、その日の訓練がをはつたのち、一人で風呂へ行つて宿舎へかへる途上にあつた。夕空は青と桃色に染められ、一面の芝草は翡翠にかがやいてゐた。私のゆく径のまはりには、旧騎兵学校当時のままの古びた雄々しい木造のノスタルジックな建物が散在してゐた。今は体操場になつてゐる覆馬場、今はPXになつてゐる厩舎など。

私は体育の服装のまま、今日おろしたばかりの白木綿の長いトレイニング・パンツに、運動靴に、ランニング・シャツの姿だつた。そのパンツの裾のはうが、すでに乾いた土に汚れてゐるのさへ、私の幸福の感覚に寄与してゐた。

今朝の落下傘の操縦訓練は、入浴後も腕に軽い痛みを残し、それにつづく地上十一米の跳出し塔の訓練は、はじめて味はふ、空中へ身を投げ出したあのきはめて稀薄な感覚、オブラートのやうに破れやすく透明な感覚の残滓をなほ体内に残してゐた。それにつづくサーキット・トレイニングや駈足の、深い迅速な息づかひは、甘い倦《だる》さになつて全身にゆきわたつてゐた。銃やあらゆる武器は身近にあつた。私の肩にはいつでも銃架になるための備へがあつた。今日、私は青い草の上を存分に駈け、体軀は黄金《こがね》に灼け、又、夏の光りの下で、眼下十一米の地上の人の影が、その人たちの足もとに鮮明に固く結びつけられてゐるのを見た。次の瞬間にそこへ落す私の影が、私の体と結びつかずに、地上に黒い水たまりのやうに孤立することを予見しながら、私は銀いろの塔の頂きから、空中へ身を躍らしたのだつた。そのとき明らかに、私は、私の影、私の自意識から解き放たれてゐた。

私の一日は能ふかぎり肉体と行動に占められてゐた。スリルがあり、力があり、汗があり、筋肉があり、夏の青草が充ちあふれ、土の径を微風が埃を走らせ、徐々に日ざしは斜めになつて、私はトレイニング・パンツと運動靴で、そこをごく自然に歩いてゐた。これこそは私の望んだ生活だつた。夏の夕方の体育の美しさに思ふさま身を浸したのち、古い校舎と植込みの間をゆく、孤独な、荒くれた、体操教師の一刻はこのとき確実に私のものになつた。

そこには何か、精神の絶対の閑暇があり、肉の至上の浄福があつた。夏と、白い雲と、課業終了のあとの空の、何事かが終つたうつろな青と、木々の木洩れ日の輝きににじんでくる憂愁の色と、そのすべてにふさはしいと感じることの幸福が陶酔を誘つた。私は正に存在してゐた！

この存在の手続の複雑さよ。そこでは多くの私にとつてフェティッシュな観念が、何ら言葉を介さずに、私の肉体と感覚にぢかに結びついてゐたのである。軍隊、体育、夏、雲、夕日、夏草の緑、白い体操着、土埃、汗、筋肉、そしてごく微量の死の匂ひまでが。そこに欠けてゐるものは何一つなく、この嵌絵に欠けた木片は一つもなかつた。私は全く他人を、従つて言葉を必要としてゐなかつた。この世界は、天使的な観念の純粋要素で組み立てられ、夾雑物は一時彼方へ追ひやられ、夏のほてつた肌が水浴の水に感じるやうな、世界と融け合つた無辺際のよろこびに溢れてゐた。

……私が幸福と呼ぶところのものは、もしかしたら、人が危機と呼ぶところのものと同じ地点にあるのかもしれない。言葉を介さずに私が融合し、そのことによつて私が幸福を感じる世界とは、とりもなほさず、悲劇的世界であつたからである。もちろんその瞬間にはまだ悲劇は成就されず、あらゆる悲劇的因子を孕み、破滅を内包し、確実に「未来」を欠いた世界。そこに住む資格を完全に取得したといふ喜びが、明らかに私の幸福の根拠だつた。そのパスポートを言葉によつてではなく、ただひたすら肉体的教養によつて得たと感じることが、私の矜りの根拠だつた。そこでだけ私がのびやかに呼吸《いき》をすることのできる世界、完全に日常性を欠き、完全に未来を欠いた世界、それこそあの戦争がをはつた時以来、たえず私が灼きつくやうな焦躁を以て追ひ求めてゐたものであつたが、言葉は決して私にこれを与へなかつたのみか、むしろそこから遠ざかるやうに遠ざかるやうにと私を鞭打つた。なぜなら、どんな破滅的な言語表現も、芸術家の「日々の仕事《ターゲ・ヴエルク》」に属してゐたからである。

　何といふ皮肉であらう。そもそものやうな、明日といふもののない、大破局の熱い牛乳の皮がなみなみと湛へられた茶碗の縁を覆うてゐたあの時代には、私はその牛乳を呑み干す資格を与へられてゐず、その後の永い練磨によつて、私が完全な資格を取得して還つて来たときには、すでに牛乳は誰かに呑み干されたあとであり、冷えた茶碗は底をあらはし、私はすでに四十歳を超えてゐたのだつた。そして困つたことに、私の渇を癒やすことのできるものは、誰かがすでに呑んでしまつたその熱い牛乳だけなのだ。

私が夢みたやうにすべてが回収可能なのではなかつた。時はやはり回収不能であるが、しかし思へば、時の本質をなす非可逆性に反抗しようといふ私の生き方は、あらゆる背理を犯して生きようとしはじめた戦後の私の、もつとも典型的な態度ではなかつたらうか。もし、信じられてゐるやうに、時が本当に非可逆的であるなら、私が今ここにかうして生きてゐるといふことがありえようか。私は十分にさう反問するだけの理由を自分の裡に持つてゐた。

私は自分の存在の条件を一切認めず、別の存在の手続を自分に課したのだつた。そもそも、私の存在を保障してゐる言葉といふものが、私の存在の条件を規制してゐる以上、「別の存在の手続」とは、言葉の喚起し放射する影像の側へ進んで身を投げ出すことであり、言葉によつて創る者から、言葉によつて創られる者へ移行することであり、巧妙細緻な手続によつて、一瞬の存在の影像を確保することに他ならなかつた。短い軍隊生活の、孤独の選ばれた一瞬にだけ、私が存在しえたのは、まことに理に叶つてゐた。私の幸福感の根拠は、明らかに、かつての腐朽した遠い言葉の投げかけた影が結んだ像に、一瞬たりとも、自分が化身したところにあつた。しかしもはやそれを保障するものは言葉ではない。言葉による存在の保障を拒絶したところに生れたそのやうな存在は、別のもので保障されなければならぬ。それこそは筋肉だつたのである。

強烈な幸福感をもたらす存在感は、いふまでもなく次の一瞬には瓦解したが、筋肉だけはあらたかに瓦解を免かれてゐた。困つたことに、筋肉が瓦解を免かれてゐることを認識するには、ただの存在感覚だけでは足りず、自分の筋肉を自分の目でしかと見なければならなかつたが、厳密に言つて、「見ること」と「存在すること」とは背反する。

自意識と存在との間の微妙な背理が私を悩ましはじめた。

すなはちかうである。見ることと存在することとを同一化しようとすれば、自意識の性格をなるたけ求心的なものにすることが有利である。自意識の目をひたすら内面と自我へ向けさせ、自意識をして、存在の形を忘れさせてしまへば、人はアミエルの日記の「私」のやうに、しかと存在することができる。しかし、いはばそれは、芯が外から丸見えになつた透明な林檎のやうな奇怪な存在であり、その場合の存在の保証をなすものはただ言葉だけである。模範的な、孤独の、人間的な文学者。

だが、世にはひたすら存在の形にかかはる自意識といふものもあるのだ。この種の自意識にとつて、見ることと存在することとの背反は決定的になる。なぜならそれは、ふつうの赤い不透明の果皮におほはれた林檎の外側を、いかにして林檎の芯が見得るかといふ問題であり、又一方、そのやうな紅いつややかな林檎を外側から見る目が、いかにしてそのまま林檎の中へもぐり込んで、その芯となり得るかといふ問題である。そしてこのはうの林檎は、見たところ、あくまで健やかな紅に彩られた常凡の林檎存在でなければならないのだ。

林檎の比喩をつづけよう。ここに一個の健やかな林檎が存在してゐる。この林檎が言葉によつて存在しはじめたものでなければ、あのアミエルの奇怪な林檎のやうに芯が外から丸見えといふことはありえない。林檎の内側は全く見えない筈だ。そこで林檎の中心で、果肉に閉ぢこめられた芯は、蒼白な闇に盲ひ、身を慄はせて焦躁し、自分がまつたうな林檎であることを何とかわが目で確かめたいと望んでゐる。林檎はたしかに存在してゐる筈であるが、芯にとつては、まだその存在は不十分に思はれ、言葉がそれを保証しないならば、目が保証する他はないと思つてゐる。事実、芯にとつて確実な存在様態とは、存在し、且、見ることなのだ。しかしこの矛盾を解決する方法は一つしかない。外からナイフが深く入れられて、林檎が割かれ、芯が光りの中に、すなはち半分に切られてころがつた林檎の赤い表皮と同等に享ける光りの中に、さらされることとなのだ。そのとき、果して、林檎は一個の林檎として存在しつづけることができるだらうか。すでに切られた林檎の存在は断片に堕し、林檎の芯は、見るために存在を犠牲に供したのである。

一瞬後には瓦解するあのやうな完璧な存在感が、言葉を以てではなく、筋肉を以てしか保障されないことを私が知つたとき、私はもはや林檎の運命を身に負うてゐた。なるほど私の目は鏡の中に私の筋肉を見ることはできた。しかし見ることだけでは、私の存在感覚の根本に触れることはできず、あの幸福な存在感との間にはなほ不可測の距離があつた。いそいでその距離を埋めないことには、あの存在感を蘇らす望みは持てぬだらう。すなはち、筋肉に賭けられた私の自意識は、あたかも林檎の盲目の芯のやうに、ただ存在を保障するものが自分のまはりにひしめいてゐる蒼白な果肉の闇であることだけには満足せず、いはれない焦躁にかられて、いづれ存在を破壊せずにはおかぬほどに、存在の確証に飢ゑてゐたのである。言葉なしに、ただ見るといふことの激烈な不安！

さて、自意識の目は、そもそも求心的に、言葉の媒体によつて、不可視の自我を見張ることに馴れてゐるので、筋肉のやうに可視のものには十分な信頼を寄せず、筋肉に向つてはかう呼びかけるに決つてゐる。

「なるほどお前は仮象ではなささうだな。それならその機能を見せてもらひたい。お前が活き、動き、本来の機能を発揮し、本来の目的を果たすところを見せてもらひたい」

かくて自意識の要請に従つて、筋肉は動きはじめるが、その行動をたしかに存在させるためには、筋肉の外側にさらに仮想敵が必要とされ、仮想敵が存在を確実ならしめるためには、口やかましい自意識を黙らせるだけの苛烈な一撃を、こちらの感覚的領域へ加へて来なければならぬ。そのときまさに、要請された敵手のナイフは、林檎の果肉へ、いや、私の肉へ喰ひ込んでくる。血が流され、存在が破壊され、その破壊される感覚によつて、はじめて全的に存在が保障され、見ることと存在することとの背理の間隙が充たされるだらう。……それは死だ。

かくて私は、軍隊生活の或る夏の夕暮の一瞬の幸福な存在感が、正に、死によつてしか最終的に保障されてゐないのを知つた。

――もちろんかういふことはすべて予想されたことであり、このやうな別誂への存在の根本条件は、「絶対」と「悲劇」に他ならないこともわかつてゐた。私が私自身に、言葉の他の存在の手続を課したときから、死ははじまつてゐた。言葉はいかに破壊的な装ひを凝らしても、私の生存本能と深い関はり合ひがあり、私の生に属してゐたからだ。そもそも私が「生きたい」と望んだときに、はじめて私は、言葉を有効に使ひだしたのではなかつたか。私をして、自然死にいたるまで生きのびさせるものこそ正に言葉であり、それは「死にいたる病」の緩慢な病菌だつたのである。

さて、私は前に、武士の持つイリュージョンと私との親近感、死と危機への想像力を磨くことが、剣を磨くことと同じことになる職務への共感について述べたが、それは肉体を媒体にして、私の精神世界のあらゆる比喩を可能にするものであつた。そしてすべては予想に違《たが》はなかつた。

さるにても、平時の軍隊に漂ふあの厖大な徒労の印象は、私を圧倒した。もちろん日本の庶出の軍隊の、伝統や栄光から故意に遠ざけられた不幸な特質によるところが大きいとしても。

それはあたかも巨大な電池に充電して、やがてむなしく自家放電によつて涸渇すると、又充電するといふ作業のくりかへしのやうなもので、電力はいつまでも有効な用途に使はれることがないのである。「来るべき戦争」といふ厖大な仮構へすべてが捧げられ、訓練計画は周到に編まれ、兵士たちは精励し、そして何事も起らぬ空無は日々進行し、きのふ最上の状態にあつた肉体は、今日かすかに衰退し、老いはつぎつぎと整理され、若さは小止《をや》みなく補給されてゐた。

私は今さらながら、言葉の真の効用を会得した。言葉が相手にするものこそ、この現在進行形の虚無なのである。いつ訪れるとも知れぬ「絶対」を待つ間《ま》の、いつ終るともしれぬ進行形の虚無こそ、言葉の真の画布なのである。それといふのも、虚無を汚《よご》し、虚無を染めなし、京都の今なほ清い川水で晒されてゐる友禅染のやうに、二度と染め直せぬ華美な色彩と意匠で虚無をいろどる言葉は、そのやうにして、虚無を一瞬一瞬完全に消費し、その瞬間瞬間に定着されて、言葉は終り、残るからだ。言葉は言はれたときが終りであり、書かれたときが終りである。その終りの集積によつて、生の連続感の一刻一刻の断絶によつて、言葉は何ほどかの力を獲得する。少くとも、「絶対」の医者を待つ間《ま》の待合室の白い巨大な壁の、圧倒的な恐怖をいくらか軽減する。そしてその、虚無を一瞬毎に汚《よご》すことにより、生の連続感をたえず寸断せねばならぬのと引き代へに、少くとも、虚無を何らかの実質に翻訳するかの如き作用をするのである。

終らせる、といふ力が、よしそれも亦仮構にもせよ、言葉には明らかに備はつてゐた。死刑囚の書く長たらしい手記は、およそ人間の耐へることの限界を越えた永い待機の期間を、刻々、言葉の力で終らせようとする咒術なのだ。

われわれは「絶対」を待つ間《ま》の、つねに現在進行形の虚無に直面するときに、何を試みるかの選択の自由だけが残されてゐる。いづれにせよ、われわれは準備せねばならぬ。この準備が向上と呼ばれるのは、多かれ少なかれ、人間の中には、やがて来べき未見の「絶対」の絵姿に、少しでも自分が似つかはしくなりたいといふ哀切な望みがひそんでゐるからであらう。もつとも自然で公明な欲望は、自分の肉体も精神も、ひとしくその絶対の似姿に近づきたいとのぞむことであらう。

しかし、この企図は、必ず、全的に失敗するのだ。なぜなら、どんな劇烈な訓練を重ねても、肉体は必ず徐々に衰退へ向ひ、どんなに言葉による営為を積み重ねても、精神は「終り」を認識しないからである。言葉がなしくづしに終らせるので、すでに言葉によつて生の連続感を失つてゐる精神には、真の終りの見分けがつかないのである。

この企図の挫折と失敗を司るものこそ「時」であるが、ごく稀に「時」は恩寵を垂れて、この企図を、挫折と失敗から救出することがある。それが夭折といふものの神秘的な意味であり、ギリシア人はそれを神々に愛された者と呼んで羨んだのであつた。

しかし私にはもはや、あの朝の若さ特有の顔、すなはち、昨日の疲労のどれほど深い澱みの底へ沈んだのちも、一夜明ければ、再び水面へ浮き上つていきいきと呼吸することのできる朝の顔は失はれてゐた。さういふ朝の顔、すなはちかがやかしい朝の光りの中へ自分の無意識の真実の顔をさらけ出すといふ粗野な習慣は、悲しいかな、多くの人の場合、いつまでも失はれない。習慣は残り、顔は変つてゆく。そしていつのまにかその真実の顔が、思索と情念に荒れ果て、昨夜の疲労をなほ鉄鎖の如く引きずつた顔に変つてゐるのに気づかず、又、そのやうな顔を太陽に向つてさらけ出す無礼に気づかない。このやうにして人々は「男らしさ」を失ふのである。

すなはち男らしい戦士の顔は、いつはりの顔でなければならず、自然な若さの晴朗を失つたのちは、一種の政治学でこれを作り出さねばならぬからだ。軍隊はこのことをよく教へてゐた。指揮官の朝の顔とは、人々に読みとられる顔、人々が毎日の行動の基準をそこに素速く発見する顔なのであり、自分の内心の疲労を包み隠し、どんな絶望の裡にあつても人を鼓舞するに足る楽天的な顔、個人的な悲しみをものともせず、昨夜見た悪夢をあざむき、ふるひおこした気力にあふれた、いつはりの顔であつた。そしてそれのみが、生きすぎた男たちの、朝の太陽に対する礼節の顔なのであつた。

この点で、若さをすぎた知識人たちの顔は私をぞつとさせた。何といふ醜悪。何といふ政治学の欠如！

自己をいかにあらはすか、といふことよりも、いかに隠すか、といふ方法によつて文学生活をはじめた私は、軍隊の持つ軍服の機能に、改めて感嘆せずにはゐられなかつた。言葉の隠れ蓑の最上のものは筋肉であり、肉体の隠れ蓑の最上のものは制服である。しかも軍服は、痩せ細つた肉体や、腹のつき出た肉体には、どうしても似合はぬやうに仕立てられてゐるのである。

軍服によつて要約される個性ほど、単純明確なものはなかつた。軍服を着た男は、それだけで、ただ単に、戦闘要員と見做されるのである。その男の性格や内心がどうあらうと、その男が夢想家であらうとニヒリストであらうと、寛大であらうと吝嗇であらうと、制服の内側にいかほど深くおぞましい精神の空洞が穴をあけてゐようと、又、いかほど俗悪な野心に充ちてゐようと、ただ単に、戦闘要員と見做されるのである。その服はいづれ折あらば、銃弾で射貫かれる服であり、血で染められる服である。このことは、自己証明が必ず自己破壊にゆきつくところの、筋肉の特質にいかにも叶つてゐた。

……さうは云つても、私は決して軍人なのではなかつた。軍人といふ職業が甚だ技術的なものであり、いかなる職業にもまして永い周到な教育期間を要し、しかも一旦修得したものを失はぬためには、あたかもピアニストがその繊細な技巧を失はぬために毎日の練習を必要とするやうに、いかに一刻も油断のない修練の累積を要するかは、私がよく見よく学んだところであつた。

ごくつまらない任務も、はるか至上の栄誉から流れ出て、どこかで死につながつてゐるといふことほど、軍隊を輝やかしいものにするものはあるまい。これに反して、文学者は自分の栄誉を、自分がすみずみまで知悉してゐる内部のがらくたから拾ひ出して、それを丹念に磨き出すことしか知らないのだ。

われわれは二種の呼び声を持つ。一つは内部からの呼び声である。一つは外部からの呼び声である。その外部からの呼び声とは「任務」に他ならない。もし任務に応ずる心が、内部からの声とみごとに照応してゐたら、それこそは至福といふべきであらう。

四月とはいへ、冷雨瀟々たる或る午後のこと、私はその日に見学することになつてゐた無反動砲標定銃射撃が、雨天で中止になつたときいて、ひとり宿舎にゐた。富士の裾野の、冬を思はせる肌寒い一日で、こんな日には、都会のビルは昼からあかあかと灯して人々が仕事にはげみ、家々では灯下で主婦が編物をしたりしてゐるにちがひない。見ながら、ストーヴを蔵ひ込んだのは早すぎたかと思案したりしてゐるにちがひない。しやにむに人々を冷雨の中へ、傘もなしに引きずりだすやうな力は、ふつうの市民生活には欠けてゐた。

突然、ジープに乗つて、一人の士官が私を迎へに来た。標定銃射撃は雨中強行されてゐるといふのである。

ジープは荒野の間の凹凸に充ちた道をひたすら走つた。動揺は甚しかつた。

荒野には人影もなく、ジープは雨水が瀬をなして流れる斜面を上り、又下つた。視野は閉ざされ、颪は募り、草叢は伏してゐた。幌の隙間から冷雨は容赦なく私の頰を搏つた。

かういふ日に、荒野から迎への来たことが私を歓ばせてゐた。それは非常の任務であり、遠くから呼んでゐる旺んな呼び声だつた。雨に煙る広漠たる荒野から、私を呼んでゐる声に応じて、暖かい塒を離れて、急ぎに急いでゐるといふこの感じは、ずつと久しく私の味はつたことのない狼の感情であつた。

何かが、剝ぎ取るやうに、私を促して、煖炉のかたはらから私を拉し去る。そこに不本意やためらひがなくて、世界の果てから来た迎へ（多くはそれは死や快楽や本能とつながつてゐる）に喜び勇んで、私が出発するとき、瞬時に、あらゆる安逸と日常性は見捨てられる。何かそのやうな瞬間を、はるかむかし、たしかに一度私は味はつたことがあるのだ。

ただ、むかし私へ来た外部の呼び声は、内部の呼び声と正確に照応してはゐなかつた。それは私が外部の呼び声を肉体で受けとめることができず、辛うじて言葉で受けとめてゐたからだと思ふ。それがあの煩瑣な観念の網目でからみとられるときに生ずる甘い苦痛は、私にはたしかに馴染があつたが、もし肉体を堺にして、二種の呼び声が相応ずるときには、どんな根源的な喜びが生れるかといふ消息については、かつての私は無知だつた。

やがて鋭い笛のやうな銃声が轟いてきて、私は雨の彼方に煙る標的へ向つて、何度も誤差を修正しながら放たれる標定銃の、鮮やかな蜜柑いろの曳光弾を目にとめた。それから一時間、私は雨に打たれたまま、泥濘の中に腰を下ろしてゐた。

……私は又別の記憶に遡る。

それは十二月十四日のしらしら明けに、国立競技場のアンツーカーの大トラックを、一人で走つてゐたときのことである。実際こんな所業は、仮構の任務ですらなくて、酔興とでもいふほかはなかつたが、このときほど私が自ら「贅を尽した」と感じたことはなく、このときほど黎明を独占したと感じたこともない。

それは摂氏零度の夜明けであつた。国立競技場は一輪の巨大な百合であり、人つ子一人ゐない広大なオーディトリアムは、巨きな、ひらきすぎた、そして沢山の斑点のある、灰白色の百合の花弁だつた。

私はランニング・シャツとパンツだけで走つてゐたので、朝風は骨をゆるがし、手は何も感じないやうになつた。東側の観覧席の前の薄明をとほるときには、ことのほか寒さが加はるが、すでに旭が射し入つてゐる西側は凌ぎ易かつた。私は四百メートルのトラックを四周し、五周しつつあつた。

観覧席の上辺に顔をのぞけてゐる旭は、その灰白色の花弁の縁《へり》になほ遮られてをり、空には不本意な夜明けの紫紺がうつすらと残つてゐた。競技場の東辺には、なごりの冷たい夜風がすさんでゐた。

駈けながら、私は鼻を刺す冷気と共に、大競技場の黎明が放つあらゆるたぐひの残り香を嗅いだ。観覧席いつぱいの喧騒と歓呼の残り香、朝の冷気にもいやまさるアスレティックなサロメチールの残り香、動悸する赤い心臓の残り香、決意の残り香、それこそは、この大競技場が夜のあひだといふものずつと保つてゐた巨大な百合の香であり、そのアンツーカーの走路の煉瓦色は、まぎれもない百合の花粉の色であつた。

走りながら、一つの想念が私の心を占めてゐた。すなはち、夜明けの悩める百合と、肉体の清浄との関係。

この難解な形而上学的な問題は私をひどく悩ましたので、走りつづけることの疲労は忘れ去られた。それは何か深いところで私自身と関はりのある問題で、肉体の清浄と神聖に関する少年の偽善とつながりがあり、多分、遠い聖セバスチァンの殉教の主題と結んでゐた。

私が何一つ自分の日常生活について語らぬところに留意してもらひたい。私はただ、幾度かかうして私の携つた秘儀についてのみ語らうと思ふのだ。

駈けることも亦、秘儀であつた。それはただちに心臓に非日常的な負担を与へ、日々のくりかへしの感情を洗ひ流した。私の血液はたとへ数日の停頓をも容赦しないやうになつた。たえず私は、何ものかに使役されてゐた。もはや肉体は安逸に耐へず、たちまち激動に渇いて私を促した。人が狂躁と罵るやうな私の生活がかうして続いた。ジムナジアムから道場へ、道場からジムナジアムへ。そのたびの、運動の直後の小さな蘇りだけが、何ものにもまさる私の慰藉になつた。たえず動き、たえず激し、たえず冷たい客観性から遁れ出ること、もはやかうした秘儀なしには私は生きて行けないやうになつた。そして言ふまでもなく、一つ一つの秘儀の裡には、必ず小さな死の模倣がひそんでゐた。

私はしらずしらず、一種の修羅道に入つてゐた。年齢は私を追跡し、いつまでそれがつづくかと、背後からひそかに嗤つてゐた。しかし、もはやかくも健康な悪習《ヴァイス》が私をしつかりととらへた以上、あの秘儀の蘇りのあとでなくては、私は言葉の世界へ還ることができなくなつたのである。

とはいふものの、肉と魂とのこの小さな復活のあとで、私がいやいや言葉の世界へ、義務のやうに還るといふのではなかつた。却つて、喜々としてそこへ還るために、どうしてもかういふ手続が必要になつたのである。

言葉に対する私の要求は、ますます厳密な、気むづかしいものになつた。あらゆるアップ・ツー・デイトな文体を私は避けた。次第に私は、再び、戦争時代にさうであつたやうな、言葉の純粋な城を見出さうと努めてゐたのかもしれない。言葉の外では何ものかがたえず私を強ひ、言葉の内ではたとしへもなく自由であるやうな、さういふ逆説的な自由の根拠地をふたたび言葉の城に見出すために、すべてを私は、かつて習ひおぼえたのと同じ構図で、再建しようとしてゐたのかもしれない。

それはまた私が、言葉に無垢の作用のみをみとめてゐた時代の、言葉に対する何らうしろめたくない陶酔を取り戻すことであつた。といふことは、言葉の白蟻に蝕まれたままの私を取り戻し、それを堅固な肉体で裏附することであつた。あたかも子供が遊び馴れて折目の破れた双六を、丈夫な和紙で裏打ちしておくやうに、言葉が本当に私にとつて幸福と自由の、（いかにそれが真実から遠いとはいへ）、唯一の拠り処であつた状態を、復元することであつた。いはばそれは、苦痛を知らぬ詩、私の黄金時代への回帰を意味してゐた。

あのころの、十七歳の私を無知と呼ばうか？　いや、決してそんなことはない。私はすべてを知つてゐたのだ。十七歳の私が知つてゐたことに、その後四半世紀の人生経験は何一つ加へはしなかつた。ただ一つのちがひは、十七歳の私がリアリズムを所有しなかつたといふことだけだ。

もしもう一度あの夏の水浴のやうに私を快く涵してゐた全知へ還ることができたらどんなによからう。かくて自分のその年齢の領域を仔細に検分した結果、自分の言葉が確実に「終らせて」ゐる部分はきはめて少なく、その透明な全知の放射能に汚染されてゐる区域はきはめて窄いことを知つた。なぜなら私は、形見としての言葉をモニユメンタルに使はうと望みながら、その方法をまちがへてゐたからである。全知を節約し、むしろ全知をしりぞけ、時代の風潮への反措定のありたけを言葉に委ねて、自分の持たぬ肉体を持たぬがままに反映させ、あたかも伝書鳩の赤い肢に銀の筒に入れた書信を託するやうに、言葉をして私の憧憬と共に未来か死へと飛び翔たせる作業に専念してゐたからである。それは実に「言葉を終らせない」ための営為であつたと云へるのだが、とまれかくまれ、その営為には陶酔があつた。

前に述べた私の定義を思ひ出してもらひたい。私は言葉の本質的な機能とは、「絶対」を待つ間《ま》の永い空白を、あたかも白い長い帯に刺繡を施すやうに、書くことによつて一瞬一瞬「終らせて」ゆく呪術だと定義したが、同時に、言葉によつてなしくづしに「終らせ」られ、生の自然な連続感をつねに絶たれてゐる精神には、真の終りの見分けがつかず、従つてそのやうな精神は決して「終り」を認識しない、と述べたのであつた。

それなら精神が「終り」を認識するときには、つひに「終り」を認識しえた精神にとつては、言葉はどのやうに作用するであらうか。

われわれはその恰好な雛型を知つてゐる。江田島の参考館に展示されてゐる特攻隊の幾多の遺書がそれである。

ある晩夏の一日、そこを訪れたとき、大半を占める立派な規矩正しい遺書と、ごく稀な走り書の鉛筆の遺書との、際立つた対比が私の心を搏つた。そのとき人は言葉によつて真実を語るものであらうか、あるひは言葉をあげてモニュメンタルなものに化せしめるであらうか、といふかねてからの疑惑が、硝子ケースに静まつてゐる若い軍神たちの遺書を読みつづけるうちに、突然解かれたやうな心地が私にはした。

今もありありと心にのこつてゐるのは、粗暴と云つてもよい若々しいなぐり書きで、藁半紙に鉛筆で誌した走り書の遺書の一つである。もし私の記憶にあやまりがなければ、それは次のやうな意味の一句で、唐突に終つてゐた。

「俺は今元気一杯だ。若さと力が全身に溢れてゐる。三時間後には死んでゐるとはとても思へない。しかし……」

真実を語らうとするとき、言葉はかならずこのやうに口ごもる。その口ごもる姿が目に見えるやうだ。羞恥からでもなく、恐怖からでもなく、ありのままの真実といふものは、言葉をそんな風に口ごもらせるに決つてをり、それが真実といふものの或る滑らかでない性質のあらはれなのだ。彼にはもはや「絶対」を待つ間の長い空白は残されてゐなかつたし、言葉で緩慢にそれを終らせてゆくだけの暇もなかつた。死へ向つて駈け出しながら、生の感覚がクロロフォルムのやうに、そのふしぎが眩暈《めまひ》のやうに、彼の「終り」を認識した精神を一時的に失神させた隙をうかがつて、最後の日用の言葉は愛犬さながらこの若者の広い肩にとびつき、そしてかなぐり捨てられたのだつた。

一方、七生報国や必敵撃滅や死生一如や悠久の大義のやうに、言葉すくなに誌された簡潔な遺書は、明らかに幾多の既成概念のうちからもつとも壮大もつとも高貴なものを選び取り、心理に類するものはすべて抹殺して、ひたすら自分をその壮麗な言葉に同一化させようとする矜りと決心をあらはしてゐた。

もちろんかうして書かれた四字の成句は、あらゆる意味で「言葉」であつた。しかし既成の言葉とはいへ、それは並大抵の行為では達しえない高みに、日頃から飾られてゐる格別の言葉だつた。今は失つたけれども、かつてわれわれはそのやうな言葉を持つてゐたのである。

それらの言葉は単なる美辞麗句ではなくて、超人間的な行為を不断に要求し、その言葉の高みへまで昇つて来るためには、死を賭した果断を要求してゐる言葉であつた。はじめは決意として語られたものが、次第次第にのつぴきならぬ同一化を強ひるにいたるこの種の言葉は、はじめから日常瑣末な心理との間に架せられるべき橋を欠いてゐた。それこそ、意味内容はあいまいながらこの世ならぬ栄光に充ちあふれ、言葉自体が非個性的にモニュメンタルであればこそ、個性の滅却を厳格に要求し、およそ個性的な営為によるモニュメントの建設を峻拒してゐる言葉であつた。もし英雄が肉体的概念であるとすれば、あたかもアレキサンダー大王がアキレスを模して英雄になつたやうに、独創性の禁止と、古典的範例への忠実が英雄の条件であるべきであり、英雄の言葉は天才の言葉とはちがつて、既成概念のなかから選ばれたもつとも壮大高貴な言葉であるべきであり、同時にこれこそかがやける肉体の言葉と呼ぶべきだつたらう。

かくて参考館で私は、精神が「終り」を認識したときのいさぎよい二種の言葉を見たのだつた。

私の少年時代の作品は、この二種に比べれば、そのやうな死の確実性と接近に欠け、十分怯懦に毒されてゐる余裕があつただけ、それだけ芸術に犯されてゐたわけである。特攻隊の美しい遺書に比べて、私は言葉を全く別な風に使つてゐた。しかし、私の精神が、言葉の自由を十分に容認し、言葉をふしだらなほど放任し、少年の作者に言葉の放蕩をほしいがままにさせながら、なほかつどこかで「終り」を認識してゐたことは、たしかなことに思はれる。今読めばその兆は歴然としてゐる。

今にして私は夢みる。あたかも白蟻に蝕まれた白木の柱のやうに、言葉が先にあらはれて、次に言葉に蝕まれた肉体があらはれたやうな人生は、必ずしも私一人ではなかつた筈だ。私は独創性を否定しながら、どこかで私の生自体の独創性を肯定する矛盾を犯してゐた筈であり、肉体の教養はあからさまにその矛盾を私にあばいてくれた筈だ。それならばあの時代には、肉体が予見し精神が認識するところの「終り」は、特攻隊にも私にも渝りなく、等分に配布されてゐた筈だ。私はあの同一性を疑ふ余地のない地点に(肉体なしでも!)立つてゐることができた筈であり、死んだ若者たちの中には、私と全く同じに、白蟻に蝕まれた若者もゐたにちがひない。いや、特攻隊の中にすらゐたにちがひない。しかし幸ひにも死んだ人たちは、定着された同一性のうちに、疑ひやうのない同一性のうちに、すなはち悲劇のうちに包括されたのだつた。

十七歳の私の全知がこれを知らぬ筈はなかつた。しかし私がはじめたことは、全知からできるだけ遠ざかることであつた。時代を構築してゐる素材を何一つ使はないつもりで、私は固執を純粋ととりちがへ、しかも方法をまちがへて、私が残さうと志したのは個性的なモニユメントになつた。どうしてそんなものがモニユメントになりえたであらう。かうした錯誤の根本的な理由が今ありありと私にはわかるのだが、そのとき私は、言葉によつて「終らせる」べき自分の生を蔑視してゐたのである。

蔑視と恐怖とは、ところで、少年にとつては同義語であつた。私は多分それを言葉によつて「終らせる」のが怖かつたのである。終らせるべき現実からできるだけ遠ざかるところに、言葉の不朽を思ひ描いてゐた私は、しかしこの徒爾の行為に、たゆたふやうな陶酔を感じてゐた。更にあへて言へば、その行為には幸福も、いや、希望ですら欠けてゐなかつた。そして戦争がをはり、精神が「終り」を認識することをはたと止めたのと同時に、陶酔も終熄した。

そこへ今さら帰らうとする私の意図は、そもそも何を意味するのだらうか。私の求めてゐるのは、自由なのか？　それとも不可能なのか？　その二つはもしかすると同じものを斥《さ》してゐるのであらうか。

明らかに私の欲してゐるのはその陶酔の再現であり、今度こそ、陶酔と共に、言葉についてはは非個性の言葉を選んで、その真にモニュメンタルな機能を発揚させて、生を終らせてみせるといふ老練な技師の自負も、すでに私には備はつてゐた。頑固に「終り」を認識しない精神に対する私の復讐は、それしかなかつたと云つても誇張にはなるまい。肉体が未来の衰退へ向つて歩むとき、そのはうへはついて行かずに、肉体に比べればはるかに盲目で頑固な精神に黙つてついて行き、果てはそれにたぶらかされる人々と同じ道を、私は歩きたいとは思はなかつた。

何とか私の精神に再び「終り」を認識させねばならぬ。そこからすべてがはじまるのだ。そこにしか私の真の自由の根拠がありえぬことは明らかだつた。言葉の誤用によつてことさら全知を避けてゐた少年時代の、あの夏のさはやかな水浴を思ひ出させる全知の水にふたたび涵つて、今度は水ごと表現してみせなくてはならぬ。

復帰が不可能だといふことは、人に言はれるまでもなく、わかりきつてゐる。しかしその不可能は私の認識の退屈を刺戟し、もはや不可能にしかよびさまされぬ認識の活力は、自由へ向つて夢みてゐたのである。

文学による自由、言葉による自由といふものの究極の形態を、すでに私は肉体の演ずる逆説の中に見てゐたのだつた。とまれ、私の逸したのは死ではなかつた。私のかつて逸したのは悲劇だつた。

……それにしても、私の逸したのは集団の悲劇であり、あるひは集団の一員としての悲劇だつた。私がもし、集団への同一化を成就してゐたならば、悲劇への参加ははるかに容易な筈であつたが、言葉ははじめから私を集団から遠ざけるやうに遠ざけるやうにと働らいたのである。しかも集団に融け込むだけの肉体的な能力に欠け、そのおかげでいつも集団から拒否されるやうに感じてゐた私の、自分を何とか正当化しようといふ欲求が、言葉の習練を積ませたのであるから、そのやうな言葉が集団の意味するものを、たえず忌避しようとしたのは当然である。いや、むしろ、私の存在が兆にとどまつてゐた間に、あたかも暁の光りの前から降りはじめてゐる雨のやうに、私の内部に降りつづけてゐた言葉の雨は、それ自体が私の集団への不適応を予言してゐたのかもしれない。人生で最初に私がやつたことは、その雨のなかで自分を築くことであつた。

さて、私の幼時の直感、集団といふものは肉体の原理にちがひないといふ直感は正しかつた。今にいたるまで、この直感を革《あらた》める必要を私は感じたことがない。後年、私が「肉体のあけぼの」と呼んでゐるところの、肉体の激しい行使と死なんばかりの疲労の果てに訪れるあの淡紅色の眩暈《めまひ》を知るにいたつてから、はじめて私は集団の意味を覚えるやうになつたからである。

集団は、言葉がどうしても分泌せぬもろもろのもの、あの汗や涙や叫喚に関はってゐた。さらに踏み込めば、言葉がつひに流すことがなく流させることもない血に関はつてゐた。いはゆる血涙の文字といふものが、ふしぎに個性的表現を離れて、類型的表現によつて人の心を搏つのは、それが肉体の言葉だからであらう。

力の行使、その疲労、その汗、その涙、その血が、神輿担ぎの等しく仰ぐ、動揺常なき神聖な青空を私の目に見せ、「私は皆と同じだ」といふ栄光の源をなすことに気づいたとき、すでに私は、言葉があのやうに私を押し込めてゐた個性の閾を踏み越えて、集団の意味に目ざめる日の来ることを、はるかに予見してゐたのかもしれない。

もちろん、集団のための言葉といふものもある。しかしそれらは決して自立した言葉ではない。すなはち、演説は演説者の、スローガンは煽動者の、戯曲の台詞は俳優の、それぞれの肉体によりかかつてゐる。紙に書かれようと、叫ばれようと、集団の言葉は終局的に肉体的表現にその帰結を見出す。それは密室の孤独から、遠い別の密室の孤独への、秘められた伝播のための言葉ではなかつた。集団こそは、言葉といふ媒体を終局的に拒否するところの、いふにいはれぬ「同苦」の概念にちがひなかつた。

なぜなら「同苦」こそ、言語表現の最後の敵である筈だからである。一著作家の心の中で、サーカスの巨大な天幕のやうに、星空へ向つてふくらまされた世界苦《ヴェルト・シュメルツ》も、つひに同苦の共同体を創ることはできぬ。言語表現は快楽や悲哀を伝達しても、苦痛を伝達することはできないからであり、快楽は観念によつて容易に点火されるが、苦痛は、同一条件下に置かれた肉体だけが頒ちうるものだからである。

肉体は集団により、その同苦によつて、はじめて個人によつては達しえない或る肉の高い水位に達する筈であつた。そこで神聖が垣間見られる水位にまで溢れるためには、個性の液化が必要だつた。のみならず、たえず安逸と放埒と怠惰へ沈みがちな集団を引き上げて、ますます募る同苦と、苦痛の極限の死へみちびくところの、集団の悲劇性が必要だつた。集団は死へ向つて拓かれてゐなければならなかつた。私がここで戦士共同体を意味してゐることは云ふまでもあるまい。

早春の朝まだき、集団の一人になつて、額には日の丸を染めなした鉢巻を締め、身も凍る半裸の姿で、駈けつづけてゐた私は、その同苦、その同じ懸声、その同じ歩調、その合唱を貫ぬいて、自分の肌に次第ににじんで来る汗のやうに、同一性の確認に他ならぬあの「悲劇的なもの」が君臨してくるのをひしひしと感じた。それは凛烈な朝風の底からかすかに芽生えてくる肉の炎であり、さう云つてよければ、崇高さのかすかな萌芽だつた。「身を挺してゐる」といふ感覚は、筋肉を躍らせてゐた。われわれは等しく栄光と死を望んでゐた。望んでゐるのは私一人ではなかつた。

心臓のざわめきは集団に通ひ合ひ、迅速な脈搏は頒たれてゐた。自意識はもはや、遠い都市の幻影のやうに遠くにあつた。私は彼らに属し、彼らは私に属し、疑ひやうのない「われら」を形成してゐた。属するとは、何といふ苛烈な存在の態様であつたらう。われらは小さな全体の輪を以て、巨きなおぼろげな輝く全体の輪をおもひみるよすがとした。そして、このやうな悲劇の模写が、私の小むつかしい幸福と等しく、いづれ雲散霧消して、ただ存在する筋肉に帰するほかはないのを予見しながらも、私一人では筋肉と言葉へ還元されざるをえない或るものが、集団の力によつてつなぎ止められ、二度と戻つて来ることのできない彼方へ、私を連れ去つてくれることを夢みてゐた。それはおそらく私が、「他」を恃んだはじめであつた。しかも他者はすでに「われら」に属し、われらの各員は、この不測の力に身を委ねることによつて、「われら」に属してゐたのである。

かくて集団は、私には、何ものかへの橋、そこを渡れば戻る由もない一つの橋と思はれたのだつた。

## エピロオグ——F104

私には地球を取り巻く巨きな巨きな蛇の環が見えはじめた。すべての対極性を、われとわが尾を嚥みつづけることによつて鎮める蛇。すべての相反性に対する嘲笑をひびかせてゐる最終の巨大な蛇。私にはその姿が見えはじめた。

相反するものはその極致において似通ひ、お互ひにもつとも遠く隔たつたものは、ますます遠ざかることによつて相近づく。蛇の環はこの秘義を説いてゐた。肉体と精神、感覚的なものと知的なもの、外側と内側とは、どこかで、この地球からやや離れ、白い雲の蛇の環が地球をめぐつてつながる、それよりもさらに高方においてつながるだらう。

私は肉体の縁《へり》と精神の縁、肉体の辺境と精神の辺境だけに、いつも興味を寄せてきた人間だ。深淵には興味がなかつた。深淵は他人に委せよう。なぜなら深淵は浅薄だからだ。深淵は凡庸だからだ。

縁《へり》の縁、そこには何があるのか。虚無へ向つて垂れた縁《ふち》飾りがあるだけなのか。

人は地上で重い重力に押しひしがれ、重い筋肉に身を鎧つて、汗を流し、走り、撃ち、辛うじて跳ぶ。それでも時として、目もくらむ疲労の暗黒のなかから、果然、私が「肉体のあけぼの」と呼んでゐるものが色めいてくるのを見た。

人は地上で、あたかも無限に飛翔するかのやうな知的冒険に憂身をやつし、じつと机に向つて、精神の縁《へり》へ、もつと縁へ、もつと縁へと、虚無への落下の危険を冒しながら、にじり寄らうとする。その時、(ごく稀にだが)、精神も亦、それ自身の黎明を垣間見るのだ。

しかしこの二つが、決して相和することはない。お互ひに似通つてしまふことはなかつた。

私は知的冒険に似た、冷え冷えとした怖ろしい満足を、かつて肉体的行為の裡に発見したことがなかつた。また、肉体的行為の無我の熱さを、あの熱い暗黒を、かつて知的冒険の裡に味はつたことがなかつた。

どこかでそれらはつながる筈だ。どこで？

運動の極みが静止であり、静止の極みが運動であるやうな領域が、どこかに必ずなくてはならぬ。

もし私が大ぶりに腕を動かす。そのとたんに私は知的な血液の幾分かを失ふのだ。もし私が打撃の寸前に少しでも考へる。そのとたんに私の一打は失敗に終るのだ。どこかでより高い原理があつて、この統括と調整を企ててゐなければならぬ筈だつた。

私はその原理を死だと考へた。

しかし私は死を神秘的に考へすぎてゐた。死の簡明な物理的な側面を忘れてゐた。地球は死に包まれてゐる。空気のない上空には、はるか地上に、物理的条件に縛《いまし》められて歩き回る人間を眺め下ろしながら、他ならぬその物理的条件によつてここまでは気楽に昇れず、したがつて物理的に人を死なすこときはめて稀な、純潔な死がひしめいてゐる。人が素面《すおもて》で宇宙に接すればそれは死だ。宇宙に接してなほ生きるためには、仮面をかぶらねばならない。酸素マスクといふあの仮面を。

精神や知性がすでに通ひ馴れてゐるあの息苦しい高空へ、肉体を率ゐて行けば、そこで会ふのは死かもしれない。精神や知性だけが昇つて行つても、死ははつきりした顔をあらはさない。そこで精神はいつも満ち足りぬ思ひで、しぶしぶと、地上の肉体の棲家へ舞ひ戻つて来る。彼だけが昇つて行つたのでは、つひに統一原理は顔をあらはさない。二人揃つて来なくては受け容れられぬ。


私はまだあの巨大な蛇に会つてゐなかつた。

それでゐて、私の知的冒険は、いかに高い高い空について知悉してゐたことであらう。私の精神はどんな鳥よりも高く飛び、どんな低酸素をも怖れなかつた。私の精神は本来、あの濃密な酸素を必要としなかつたのかもしれない。ああ、あいつらの精神。肉体が跳ぶ高さしか跳ぶことのできぬ飛蝗《ばった》どもの精神。私はあいつらの影を、はるか下方の草地の中に一瞥すると、腹を抱へて笑つたものだ。

しかし、飛蝗どもからさへ、何事かを学ばねばならなかつた。私は自分がその高空へつひぞ肉体を伴つて来たことがなく、つねに肉体を地上の重い筋肉の中に置きざりにしてきたことを悔いはじめた。

或る日、私は自分の肉体を引き連れて、気密室《プレシャー・チエンバー》の中へ入つた。十五分間の脱窒素。すなはち百パーセントの酸素の吸入。かうして私の肉体は、私の精神が毎夜入つてゐるのと同じ気密室へ入れられて、不動で、椅子に縛しめられ、肉体にとつては思ひもかけない作業を強ひられるのを知つて、ひたすらおどろいてゐた。手足も動かさずに坐つてゐることが自分の役割にならうとは、想像もつかなかつたのだ。

それは精神にとつてはいとも易々たる、高空耐性の訓練だつたが、肉体にとつてははじめての経験だつた。酸素マスクは呼吸につれて、鼻翼に貼りついたり離れたりしてゐた。精神は言ひきかせた。

「肉体よ。お前は今日は私と一緒に、少しも動かずに、精神のもつとも高い縁まで行くのだよ。」

肉体は、しかし、傲岸にかう答へた。

「いいえ、私も一緒に行く以上、どんなに高からうが、それも亦、肉体の縁《へり》に他なりません。書斎のあなたは一度も肉体を伴つてゐなかつたから、さういふことを言ふのです。」

そんなことはどうでもよい。私たちは一緒に出発したのだ。少しも動かずに！

天井の細穴からはすでに空気が残りなく吸ひ取られ、徐々に見えない減圧がはじまつてゐた。

不動の部屋は天空へ向つて上昇してゐた。一万フィート。二万フィート。見たところ、室内には何一つ起らないのに、部屋は怖ろしい勢ひで、地上の羈絆を脱しつつあつた。部屋には酸素の稀薄化と共に、あらゆる日常的なものの影が薄れはじめた。三万五千フィートをすぎるころから、何かの近づく影があらはれて、私の呼吸は次第に、水面へ出てせはしげに口を開閉する瀕死の魚の呼吸になつた。しかし私の爪の色は、チアノーゼの紫色にはなほ遠かつた。

酸素マスクは作動してゐるのだらうか。私は調節器のＦＬＯＷの窓をちらりと見て、大きく深く吸はうとする私の呼吸につれて、白い標示片が大きくゆるやかに動いてゐるのを見た。酸素は供給されてゐた。しかし体内の溶存ガスの気泡化につれて、窒息感《チヨーク》が起りつつあつたのだ。

ここで行はれてゐる肉体的冒険は、知的冒険と正確に似てゐたので、今まで私は安心してゐた。動かない肉体が何かに達することなど、想像もつかなかつたからである。

四万フィート。窒息感《チヨーク》はいよいよ高まつた。私の精神は仲よく肉体と手を携へて、どこかに自分のための空気が残されてはゐないかと、血眼で探し回つてゐた。ほんの一片でもいい。空気があれば、それをがつがつと食べたであらう。

私の精神はかつて恐慌を知つてゐる。不安を知つてゐる。しかし肉体が黙つて精神のために供給してゐるこの本質的な要素の欠乏をまだ知らなかつた。息を止めて思考しようとすると、思考は何ものかに忙殺される。思考の肉体的条件の形成に忙殺されるのだ。そこで彼は又息をしてしまふ、どうしてもものがれることのできないあやまちを犯すかのやうに。

　四万一千フィート。四万二千フィート。四万三千フィート。私は自分の口にぴたりと貼りついた死を感じた。柔らかな、温かい、蛸のやうな死。それは私の精神が夢みたいかなる死ともちがふ、暗い軟体動物のやうな死の影だつたが、私の頭脳は、訓練が決して私を殺しはしないことを忘れてゐなかつた。しかしこの無機的な戯れは、地球の外側にひしめいてゐる死が、どんな姿をしてゐるかをちらと見せてくれたのだ。……そこから突然のフリー・フォール。高度二万五千フィートの水平飛行のあひだ、酸素マスクを外して行はれる低酸素症《ハイポクシア》の体験。又、一瞬の轟音と共に室内が白い霧に包まれる急減圧の体験。……私はかうして訓練に合格した。そして一枚の、航空生理訓練を修習したことを証する小さな桃いろのカードをもらつた。私の内部で起つてゐることと、私の外部と、私の精神の縁《へり》と肉体の縁とが、どんな風にして一つの汀に融け合ふか、それを知る機会がもうすぐ来るだらう。

　十二月五日は美しく晴れてゐた。

　Ｈ基地で、私は飛行場に居並んだＦ１０４超音速ジェット戦闘機群の銀いろにかがやく姿を見る。整備員が、私が乗せてもらふ０１６号に手を入れてゐる。Ｆ１０４が、私こんなに物静かに休らうてゐるのを見るのははじめてだ。いつもその飛翔の姿に、私はあこがれの目を放つた。あの鋭角、あの神速、Ｆ１０４は、それを目にするや否や、たちまち青空をつんざいて消えるのだつた。あそこの一点に自分が存在する瞬間を、私は久しく夢みてゐた。あれは何といふ存在の態様だらう。何といふ輝やかしい放埒だらう。頑固に坐つてゐる精神に対する、あれほど光輝に充ちた侮蔑があるだらうか。あれはなぜ引裂くのか。あれはなぜ、一枚の青い巨大なカーテンを素速く一口《ふり》の匕首《あひくち》が切り裂くやうに切り裂くのか。その天空の鋭利な刃になつてみたいとは思はぬか。

私は茜色の飛行服を着、落下傘を身に着けた。生存装具《サヴァイヴァル・キット》の切り離し方を教へられ、酸素マスクを試された。白い重いヘルメットは、あとしばらくのあひだ、私のものだつた。そして靴の踵には、はね上つて折れる足をつなぎとめるための、銀色の拍車がつけられた。

　このとき午後二時すぎの飛行場には、雲間から撒水車のやうに光りがひろがつて落ちてゐた。雲のありさまも光りのさまも、古い戦争画の空の描写に用ひられる常套の手法だつた。それは雲の裏に隠された聖櫃から、扇なりに雲をつんざいて落ちてくる荘厳な光芒の構図である。何故空がこんな風に、巨大な、いかめしい、時代おくれの構図を描き、光りが又いかにも内的な重みを湛へ、遠い森や村落を神聖に見せてゐたのかわからない。それは今すぐにも切り裂かれる空の、告別の弥撒《ミサ》のやうだ。パイプ・オルガンの光りだ、あれは。

……私は複座の戦闘機の後部座席に乗り、靴の踵の拍車を固定し、酸素マスクを点検し、蒲鉾形の風防ガラスでおほはれた。操縦士との無線の対話は、しばしば英語の指令に妨げられた。私の膝の下には、すでにピンを抜いた脱出装置の黄いろい鐶が静まつてゐた。高度計、速度計、おびただしい計器類。操縦士が点検してゐる操縦桿は、もう一つ私の前にもあつて、それが点検に応じて、私の膝の間であばれてゐる。

二時二十八分。エンジン始動。金属的な雷霆の間に、操縦士のマスクの中の息の音が、大空の規模で、台風のやうにはためいてきこえる。二時半。016号機はゆるやかに滑走路へ入り、そこで止つてエンジンの全開のテストをした。私は幸福に充たされる。日常的なもの、地上的なものに、この瞬間から完全に訣別し、何らそれらに煩はされぬ世界へ出発するといふこの喜びは、市民生活を運搬するにすぎない旅客機の出発時とは比較にならぬ。

何と強く私はこれを求め、何と熱烈にこの瞬間を待つたことだらう。私のうしろには既知だけがあり、私の前には未知だけがある、ごく薄い剃刀の刃のやうなこの瞬間。さういふ瞬間が成就されることを、しかもできるだけ純粋厳密な条件下にさういふ瞬間を招来することを、私は何と待ちこがれたことだらう。そのためにこそ私は生きるのだ。それを手助けしてくれる親切な人たちを、どうして私が愛さずにゐられるだらう。

私は久しく出発といふ言葉を忘れてゐた。致命的な呪文を魔術師がわざと忘れようと努めるやうに、忘れてゐたのだ。

Ｆ１０４の離陸は徹底的な離陸だつた。零戦が十五分をかけて昇つた一万メートルの上空へ、それはたつた二分で昇るのだ。＋《プラス》Ｇが私の肉体にかかり、私の内臓はやがて鉄の手で押し下げられ、血は砂金のやうに重くなる筈だ。私の肉体の錬金術がはじまる筈だ。

Ｆ１０４、この銀いろの鋭利な男根は、勃起の角度で大空をつきやぶる。その中に一疋の精虫のやうに私は仕込まれてゐる。私は射精の瞬間に精虫がどう感じるかを知るだらう。

われわれの生きてゐる時代の一等縁《へり》の、一等端《はし》の、一等外《はづ》れの感覚が、宇宙旅行に必須なＧにつながつてゐることは、多分疑ひがない。われわれの時代の日常感覚の末端が、Ｇに融け込んでゐることは、多分まちがひがない。われわれがかつて心理と呼んでゐたものの究極が、Ｇに帰着するやうな時代にわれわれは生きてゐる。Ｇを彼方に予想してゐないやうな愛憎は無効なのだ。

Ｇは神的なものの物理的な強制力であり、しかも陶酔の正反対に位する陶酔、知的極限の反対側に位置する知的極限なのにちがひない。

Ｆ１０４は離陸した。機首は上つた。さらに上つた。思ふ間《ま》に手近な雲を貫ぬいてゐた。

一万五千フィート、二万フィート。高度計と速度計の針が白い小さな高麗鼠のやうに回つてゐる。準音速のマッハ０・９。

つひにＧがやつてきた。が、それは優しいＧだつたから、苦痛ではなくて、快楽だつた。胸が、瀧が落ちるやうに、その落ちた瀧のあとに何もないかのやうに、一瞬空《から》になつた。私の視界はやや灰色の青空に占められてゐた。それは青空の一角をいきなり翳り、青空の塊りを嚥下する感覚だ。清澄なままに理性は保たれてゐた。すべては静かで、壮大で、青空のおもてには白い雲の精液が点々と迸つてゐた。眠つてゐなかつたから醒めることもなかつた。しかし醒めてゐる状態から、もう一皮、荒々しく剝ぎ取られたやうな覚醒があつて、精神はまだ何一つ触れたもののないやうに無垢だつた。風防ガラスのあらはな光りの中で、私は晒された歓喜を嚙んでゐた。苦痛に襲はれたやうに、多分歯をむき出して。

私はかつて空に見たあのＦ１０４と一体になり、私は正に、かつて私がこの目に見た遠いものの中へ存在を移してゐた。つい数分前までは私もその一人であつた地上の人間にとつて、私は一瞬にして「遠ざかりゆく者」になり、かれらの刹那の記憶に他ならない一点に、今正に存在してゐた。

風防ガラスをつらぬいて容赦なくそそぐ太陽光線、この思ふさま裸かになつた光りの中に、栄光の観念がひそんでゐると考へるのは、いかにも自然である。栄光とはこのやうな無機的な光り、超人間的な光り、危険な宇宙線に充ちたこの裸かの光輝に、与へられた呼名にちがひない。

三万フィート。三万五千フィート。

雲海ははるか下方に、目に立つほどの凹凸もなく、純白な苔庭のやうにひろがつてゐた。Ｆ１０４は、地上に及ぼす衝撃波を避けるために、はるか海上へ出て、南下しながら、音速を超えようとするのである。

午後二時四十三分。三万五千フィートで、それはマッハ０・９の準音速《サブ・ソニック》から、かすかな震動を伴つて、音速を超え、マッハ１・１５、マッハ１・２、マッハ１・３に至つて、四万五千フィートの高度へ昇つた。沈みゆく太陽は下にあつた。

何も起らない。

あらはな光りの中に、ただ銀いろの機体が浮び、機はみごとな平衡を保つてゐる。それは再び、閉ざされた不動の部屋になつた。機は全く動いてゐないかのやうだ。それはただ、高空に浮んでゐる静止した奇妙な金属製の小部屋になつた。

あの地上の気密室は、かくて宇宙船の正確なモデルになる筈だ。動かないものが、もつとも迅速に動くものの、精密な原型になるのだ。

窒息感《チョーク》も来ない。私の心はのびやかで、いきいきと思考してゐた。閉ざされた部屋と、ひらかれた部屋との、かくも対極的な室内が、同じ人間の、同じ精神の棲み家になるのだ。行動の果てにあるもの、運動の果てにあるものがこのやうな静止だとすると、まはりの大空も、はるか下方の雲も、その雲間にかがやく海も、沈む太陽でさへ、私の内的な出来事であり、私の内的な事物であつてふしぎはない。私の知的冒険と肉体的冒険とは、ここまで地球を遠ざかれば、やすやすと手を握ることができるのだ。この地点こそ私の求めてやまぬものであつた。

天空に浮んでゐる銀いろのこの筒は、いはば私の脳髄であり、その不動は私の精神の態様だつた。脳髄は頑なな骨で守られてはゐず、水に浮んだ海綿のやうに、浸透可能なものになつてゐた。内的世界と外的世界とは相互に浸透し合ひ、完全に交換可能になつた。雲と海と落日だけの簡素な世界は、私の内的世界の、いまだかつて見たこともない壮大な展望だつた。と同時に、私の内部に起るあらゆる出来事は、もはや心理や感情の羈絆を脱して、天空に自由に描かれる大まかな文字になつた。

そのとき私は蛇を見たのだ。

地球を取り巻いてゐる白い雲の、つながりつながつて自らの尾を嚥んでゐる、巨大といふもおろかな蛇の姿を。

ほんのつかのまでも、われわれの脳裡に浮んだことは存在する。現に存在しなくても、かつてどこかに存在したか、あるひはいつか存在するであらう。それこそ気密室と宇宙船との相似なのだ。私の深夜の書斎と、四万五千フィート上空のＦ１０４の機体内との相似なのだ。肉体は精神の予見に充たされて光り、精神は肉体の予見に溢れて輝やく筈だ。そしてその一部始終を見張る者こそ、意識なのだ。今、私の意識はジェラルミンのやうに澄明だつた。

あらゆる対極性を一つのものにしてしまふ巨大な蛇の環は、もしそれが私の脳裡に泛んだとすれば、すでに存在してゐてふしぎはなかつた。蛇は永遠に自分の尾を嚥んでゐた。それは死よりも大きな環、かつて気密室で私がほのかに匂ひをかいだ死よりももつと芳香に充ちた蛇、それこそはかがやく天空の彼方にあつて、われわれを瞰下ろしてゐる統一原理の蛇だつた。

操縦士の声が私の耳朶を搏つた。

「これから高度を下げて、富士へ向つて、富士の鉢の上を旋回したのち、横転やＬＡＺＹ８《エイト》を多少やります。それから中禅寺湖方面を廻つて帰還します」

富士は機首のやや右に、雲をしどけなく身に纏つて、黒い影絵の肩を聳やかせてゐた。左方には、夕日にかがやく海に、白い噴煙をヨーグルトのやうに凝固させた大島があつた。

すでに高度は、二万八千フィートを割つてゐた。

眼下の雲海のところどころの綻びから、赤い百合が咲き出てゐる。夕映えに染められた真紅の海面の反映が、雲のほんのかすかな綻びを狙つて、匂ひ出てゐるのである。

その紅が厚い雲の内側を染めて映発するから、それがあたかも赤い百合があちこちに、点々と咲いてゐるやうに見えるのだ。

〈イカロス〉

私はそもそも天に属するのか？
さうでなければ何故天は
かくも絶えざる青の注視を私へ投げ
私をいざなひ心もそらに
もつと高くもつと高く
人間的なものよりもはるか高みへ
たえず私をおびき寄せる？
均衡は厳密に考究され
飛翔は合理的に計算され
何一つ狂ほしいものはない筈なのに
何故かくも昇天の欲望は
それ自体が狂気に似てゐるのか？
私を満ち足らはせるものは何一つなく

地上のいかなる新も忽ち倦かれ
より高くより高くより不安定に
より太陽の光輝に近くおびき寄せられ
何故その理性の光源は私を灼き
何故その理性の光源は私を滅ぼす？
眼下はるか村落や川の迂回は
近くにあるよりもずっと耐へやすく
かくも遠くからならば
人間的なものを愛することもできようと
何故それは弁疏し是認し誘惑したのか？
その愛が目的であつた筈もないのに？
もしさうならば私が
そもそも天に属する筈もない道理なのに？
鳥の自由はかつてねがはず
自然の安逸はかつて思はず
ただ上昇と接近への
不可解な胸苦しさにのみ駆られて来て

空の青のなかに身をひたすのが
有機的な喜びにかくも反し
優越のたのしみからもかくも遠いのに
もつと高くもつと高く
翼の蠟の眩暈《めまひ》と灼熱におもねつたのか？

されば
そもそも私は地に属するのか？
さうでなければ何故地は
かくも急速に私の下降を促し
思考も感情もその暇を与へられず
何故かくもあの柔らかなものうい地は
鉄板の一打で私に応へたのか？
私の柔らかさを思ひ知らせるためにのみ
柔らかな大地は鉄と化したのか？
墜落は飛翔よりもはるかに自然で
あの不可解な情熱よりもはるかに自然だと

自然が私に思ひ知らせるために？
空の青は一つの仮想であり
すべてははじめから翼の蠟の
つかのまの灼熱の陶酔のために
私の属する地が仕組み
かつは天がひそかにその企図を助け
私に懲罰を下したのか？
私が私といふものを信ぜず
あるひは私が私といふものを信じすぎ
自分が何に属するかを性急に知りたがり
あるひはすべてを知つたと傲り
未知へ
あるひは既知へ
いづれも一点の青い表象へ
私が飛び翔たうとした罪の懲罰に？

# 文化防衛論

## 文化主義と逆文化主義

昭和元禄などというけれども、文化的成果については甚だ心もとない元禄時代である。

近松も西鶴も芭蕉もいない昭和元禄には、華美な風俗だけが跋扈している。情念は涸れ、強靱なリアリズムは地を払い、詩の深化は顧みられない。すなわち、近松も西鶴も芭蕉もいない。われわれの生きている時代がどういう時代であるかは、本来謎に充ちた透徹である筈にもかかわらず、謎のない透明さとでもいうべきもので透視されている。

どうしてこういうことが起ったか、ということが私の久しい疑問であった。外延から説明する、工業化や都市化現象から説明する、人間関係の断絶や疎外から説明する、あらゆる社会心理学的方法や、一方、精神分析的方法にわれわれは飽きている。それは殺人が起ったあとで、殺人者の生い立ちを研究するようなものだ。

何かが絶たれている。豊かな音色が溢れないのは、どこかで断弦の時があったからだ。そして、このような創造力の涸渇に対応して、一種の文化主義は世論を形成する重要な因子になった。正に文化主義は世をおおうている。それは、ベトベトした手で、あらゆる文化現象の裏側にはりついている。文化主義とは一言を以てこれを覆えば、文化をその血みどろの母胎の生命や生殖行為から切り離して、何か喜ばしい人間主義的成果によって判断しようとする一傾向である。そこでは、文化とは何か無害で美しい、人類の共有財産であり、プラザの噴水の如きものである。

フラグメントと化した人間をそのまま表現するあらゆる芸術は、いかに陰惨な題材を扱おうとも、その断片化自体によって救われて、プラザの噴水になってしまう。全体的人間の悲惨は、フラグメントの加算からは証明されないからである。われわれは単なるフラグメントだと思ってわれわれ自身に安心する。

悲惨も、いかなる悲惨であろうとも、断片の範囲を出ないからであり、脱出はわれわれの能力外のところにではあるが、立派にのこされているからであり、われわれの不能に酔うことと脱出に酔うこととは一致しているからである。

日本文化とは何かという問題に対しては、終戦後は外務官僚や文化官僚の手によってまことに的確な答えが与えられた。それは占領政策に従って、「菊と刀」の永遠の連環を絶つことだった。平和愛好国民の、華道や茶道の心やさしい文化は、威嚇的でない、しかし大胆な模様化を敢えてする建築文化は、日本文化を代表するものになった。

　そこには次のような、文化の水利政策がとられていた。すなわち、文化を生む生命の源泉とその連続性を、種々の法律や政策でダムに押し込め、これを発電や灌漑にだけ有効なものとし、その氾濫を封じることだった。すなわち「菊と刀」の連環を絶ち切って、市民道徳の形成に有効な部分だけを活用し、有害な部分を抑圧することだった。占領政策初期にとられた歌舞伎の復讐のドラマの禁止や、チャンバラ映画の禁止は、この政策のもっともプリミティヴな、直接的なあらわれである。

　そのうちに占領政策はこれほどプリミティヴなものではなくなった。禁止は解かれ、文化は尊重されたのである。それは種々の政治的社会的変革の成功と時期を一にしており、文化の源泉へ退行する傾向は絶たれたと考えられたからであろう。文化主義はこのときにはじまった。すなわち、何ものも有害でありえなくなったのである。

　それは文化を主として作品としてものとして鑑賞するような寛大な享受者の芸術至上主義である。そこにはもちろん、政治思想の趣味的な関与ははばまれていない。文化は、ものとして、安全に管理され、「人類共有の文化財」となるべき方向へ平和的に推進された。

その成果が甚だ貧しかったことは前述のとおりであるが、文化主義は依然として自らに満足し、大衆社会の進行に伴って、その最大の表看板になったのである。しかしこれはもともと、大正時代の教養主義に培われたものの帰結であった。日本文化は外国に対しては日本の免罪符になり、国内に対しては平和的福祉価値と結合した。福祉価値と文化を短絡する思考は、大衆のヒューマニズムに基づく、見せかけの文化尊重主義の基盤になった。

われわれが「文化を守る」というときに想像するものは、博物館的な死んだ文化と、天下泰平の死んだ生活との二つである。その二つは融合され、安全に化合している。その化合物がわれわれを悩ますが、しかし、文化に対する、ものとしての、文化財としての、文化的遺産としての尊敬は、民主主義国、社会主義国（中共のような極端な例外を除いて）を問わないのである。

昨年社会党が発表した政権獲得後の文化政策は、次のごときものである。
(3) 国民文化の創造
(イ) 働くものが文化をつくる
社会党政権の文化政策の目標は、働く国民が文化を理解し、享受し、楽しみながら、みずからが文化をつくる主体となるようにみちびくことにある。社会党政権は、専門的文化人が文化をつくり、大衆はそれを受動的に見たり、聞いたりするだけの文化のあり方を改め、文化人と働く国民がともに文化を発展させる。労働者、農民は職場や田畑で働きながらその趣味に応じて音楽、演劇、小説、詩を創作し、すぐれた作品は全社会的に評価されひろめられる。働く国民のなかから、文化的能力のある人はどんどん抜擢されて専門文化人になる。ラジオ、テレビ、新聞は働く国民の創造した文化を紹介し普及する舞台となる。国立、公立の劇場、公会堂、青年婦人の文化会館、少年の公園や殿堂が数多く建設され、働くもののサークルがこれを自由に利用できる。

(ロ) 民族文化の発展

社会党政権は、日本民族の父祖伝来の文化芸術を尊重し、保存し、発展させる。能、歌舞伎、文楽などはもとより、民謡、郷土舞踊、踊り、郷土芸術、民芸工作などを尊重し、無形文化財を優遇し、後継者の養成を助成する。これらの伝統的文化芸術の形式を保存しながら新しい生命と内容を与えて発展させる。奈良、京都、鎌倉などの古都を保存し、また美術工芸品、絵画、彫刻、建造物など有形文化財、民族資料や記念物(名所、史跡、天然記念物)の保存と公開につとめる。さらに日本の文化財の海外流出を防止し、国立、公立の美術館、博物館を充実する。その半面、以上の民族文化の保護、尊重と同時に、積極的に外国の文化芸術との交流を進める。

（一九六七年十一月五日発行、日本社会党中央本部教宣局及び政策審議会編集、学習テキストNO7、『明日への期待』第十章「新しい人間と新しい文化」より引用。傍点筆者）

一読してわかるように、この(イ)と(ロ)の分け方は、いかにも社会主義的文化政策の本質をあらわしており、文化主義の両面性を呈示している。すなわち(イ)は「いじることのできる文化はいじり」、(ロ)は「いじる必要のないものはそっとしておく」ことを意味し、(ロ)の中でも、傍点の個所に明らかなように、文化の形式と内容は分離可能なものと考えられており、形式自体は無害であるから、これに有用な内容を盛ることができるとされ、極端な場合は江青女史の京劇改革のごときものも可能になるところの理論的根拠がほの見えている。

しかし、単にものとして残された安全な文化財については、レニングラード・バレエがソヴィエトにとって有害でないように、歌舞伎も、能も、あらゆる伝統的日本文化も、一応有害ではないのである。それはむしろ有益な観光資源であり、芸術院会員の歌舞伎俳優は、一転して、忽ち人民芸術家の称号を与えられるであろう。

(イ)の種類の文化は、一方、新たな育成栽培の対象であり、これがあくまで政策の枠内で行われることは自明であろう。アマチュアの創造する文化は、既成職業人の創造する文化よりも、はるかに規制しやすいという認識がここには含まれており、社会主義国家が発表機関を独占すれば、ことさらな言論統制を強行しなくても、一般アマチュアの発表欲と虚栄心に訴えかけて、それと引きかえに、内容を規制することが容易なのである。

しかし、社会主義が厳重に管理し、厳格に見張るのは、現に創造されつつある文化についてであるのは言うまでもない。これについては決して容赦しないことは、歴史が証明している。ソヴィエト革命政権がドストエフスキーを容認するには五十年かかってなお未だしの観があるが、その自由化の花々しい風聞と相表裏して、再び抑圧は進行し、エフトシェンコは軟禁の噂があり、三人の作家（ウラジミール・ブコフスキー、エフゲーニィ・クチエフ、ワジー・テローネイ）は裁判に付せられ、ポーランドでは、ロシアとツァーを批判した悲劇「父祖の祭り」が、反ソ的の理由を以て上演禁止され、学生運動を激発させた。

何らかの政治的規制が文化の衰弱を防ぐという口実をゆるすところが、文化自体の包含する矛盾であり、文化と自由との間の永遠の矛盾である。現代日本文化の衰弱が、何によるかの診断には問題があるが、これを、文化の連続性の復活によって癒すか、文化の積極的断絶（革命）によって癒すか、については、尽きない議論が闘わされるであろう。

が、いわゆる自由陣営の文化主義と、社会主義国の安全な文化財に対する尊重とは、いずれも一見、伝統の擁護と保持の外見をとるがゆえに、もっとも握手しやすい部分であると思われる。

いずれの立場からも文化は形成されたものとして見られている。その結果何が起るかについては、中世以来の建築的精華に充ちたパリの破壊を免れるために、これを敵の手に渡したペタンの行為によくあらわれている。パリは一フランスの文化であるのみではなく、人類全体の文化的遺産であるから、これを破壊から護ることについては敵味方は一致するが、政治的局面においては、一方が他方に降伏したのである。そして国民精神を代償として、パリの保存を購ったのである。このことは明らかに国民精神に荒廃をもたらしたが、それは目に見えぬ破壊であり、目に見える破壊に比べたら、はるかに恕しうるものだった！

このような文化主義は、一度引っくりかえせば、中共文化大革命のような目に見えぬ革命精神の形成のために、目に見える一切の文化を破壊する「逆の文化主義」「裏返しの文化主義」に通じるのであり、それは、ほとんど一枚の銅貨の裏表である。私はテレヴィジョンでごく若い人たちと話した際、非武装平和を主張するその一人が、日本は非武装平和に徹して、侵入する外敵に対しては一切抵抗せずに皆殺しにされてもよく、それによって世界史に平和憲法の理想が生かされればよいと主張するのをきいて、これがそのまま、戦時中の一億玉砕思想に直結することに興味を抱いた。一億玉砕思想は、目に見えぬ文化、国の魂、その精神的価値を守るためなら、保持者自身が全滅し、又、目に見える文化のすべてが破壊されてもよい、という思想である。
戦時中の現象は、あたかも陰画と陽画のように、戦後思想へ伝承されている。このような逆文化主義は、前にも言ったように、戦後の文化主義と表裏一体であり、文化というもののパラドックスを交互に証明しているのである。

## 日本文化の国民的特色

そもそも世界文化や人類の文化という発想の抽象性はかなり疑わしい。殊に日本のような特殊な国柄と歴史と地理的位置と風土を持つ国においては、文化における国民的特色の把握が重要である。

第一に、文化は、ものとしての帰結を持つにしても、その生きた態様においては、ものではなく、又、発現以前の無形の国民精神でもなく、一つの形（フォルム）であり、国民精神が透かし見られる一種透明な結晶体であり、いかに混濁した形をとろうとも、それがすでに「形」において魂を透かす程度の透明度を得たものであると考えられ、従って、いわゆる芸術作品のみでなく、行動及び行動様式をも包含する。文化とは、能の一つの型から、月明の夜ニューギニアの海上に浮上した人間魚雷から日本刀をふりかざして躍り出て戦死した一海軍士官の行動をも包括し、又、特攻隊の幾多の遺書をも包含する。源氏物語から現代小説まで、万葉集から前衛短歌まで、中尊寺の仏像から現代彫刻まで、華道、茶道から、剣道、柔道まで、のみならず、歌舞伎からヤクザのチャンバラ映画まで、禅から軍隊の作法まで、すべて「菊と刀」の双方を包摂する、日本的なものの透かし見られるフォルムを斥《さ》す。文学は、日本語の使用において、フォルムとしての日本文化を形成する重要な部分である。

日本文化から、その静態のみを引き出して、動態を無視することは適切ではない。日本文化は、行動様式自体を芸術作品化する特殊な伝統を持っている。武道その他のマーシャル・アートが茶道や華道の、短い時間のあいだ生起し継続し消失する作品形態と同様のジャンルに属していることは日本の特色である。武士道は、このような、倫理の美化、あるいは美の倫理化の体系であり、生活と芸術の一致である。能や歌舞伎に発する芸能の型の重視は、伝承のための手がかりをはじめから用意しているが、その手がかり自体が、自由な創造主体を刺戟するフォルムなのである。フォルムがフォルムを呼び、フォルムがたえず自由を喚起するのが、日本の芸能の特色であり、一見もっとも自由なジャンルの如く見える近代小説においても、自然主義以来、そのときどきの、小説的フォルムの形成に払われた努力は、無意識ながら、思想形成に払われた努力に数倍している。

第二に、日本文化は、本来オリジナルとコピーの弁別を持たぬことである。西欧ではものとしての文化は主として石で作られているが、日本のそれは木で作られている。オリジナルの破壊は二度とよみがえらぬ最終的破壊であり、ものとしての文化はここに廃絶するから、パリはそのようにして敵に明け渡された。

しかしものとしての文化が、近代の文化主義によって積極的保存が企てられるまでは、おそるべき放恣に委ねられていたことは、西欧も日本も同じであって、過去の戦乱と火災を考えると、ものとしての文化の現存は、単に偶然によるものという他はなく、歴史の手によって精選された良質のもののみが残されたということはできない。ギリシアのプラクシテレスの最上の彫刻は、今なお地中海の海底に眠っているかもしれないのである。木と紙の文化に拠った日本の造形美術が、過去に蒙った運命は、これに比べれば更に徹底している。応仁の大乱によって失われた文化財は数知れず、京都の寺社は、焼け残ったことがすでに稀な僥倖であった。

ものとしての文化への固執が比較的稀薄であり、消失を本質とする行動様式への文化形式の移管が特色的であるのは、こうした材質の関係も一つの理由であろう。そこではオリジナルの廃滅が絶対的廃滅でないばかりか、オリジナルとコピーの間の決定的な価値の落差が生じないのである。

このもっとも端的な例を伊勢神宮の造営に見ることが出来る。持統帝以来五十九回に亙る二十年毎の式年造営は、いつも新たに建てられた伊勢神宮がオリジナルなのであって、オリジナルはその時点においてコピーにオリジナルの生命を託して滅びてゆき、コピー自体がオリジナルになるのである。大半をローマ時代のコピーにたよらざるをえぬギリシア古典期の彫刻の負うているハンディキャップと比べれば、伊勢神宮の式年造営の文化概念のユニークさは明らかであろう。歌道における「本歌取り」の法則その他、この種の基本的文化概念は今日なおわれわれの心の深所を占めている。

このような文化概念の特質は、各代の天皇が、正に天皇その方であって、天照大神とオリジナルとコピーの関係にはないところの天皇制の特質と見合っているが、これについては後に詳述する。

第三に、かくして創り出される日本文化は、創り出す主体の側からいえば、自由な創造的主体であって、型の伝承自体、この源泉的な創造的主体の活動を振起するものである。これが、作品だけではなく、行為と生命を包含した文化概念の根底にあるものので、国民的な自由な創造的主体という源泉との間がどこかで絶たれれば、文化的な涸渇が起るのは当然であって、文化の生命の連続性（その全的な容認）という本質は、弁証法的発展乃至進歩の概念とは矛盾する。なぜならその創造主体は、歴史的条件の制約をのりこえて、時に身をひそめ、時に激発して（偶然にのこされた作品の羅列による文化史ではなくて）、国民精神の一貫した統一的な文化史を形成する筈だからである。

### 国民文化の三特質

以上を要約すると、日本人にとっての日本文化は次のような三つの特質を有することになるが、これはフランス人にとってのフランス文化も、同種の特質を有すると考えてよかろう。すなわち国民文化の**再帰性**と**全体性**と**主体性**である。

真のギリシア人のいないギリシアに残された廃墟は、ギリシア人にとっては、そこから自己の主体へ再帰する何ものもない美の完結したものであって、ギリシアの廃墟からの文化の生命の連続性を感じうるのは、むしろヨーロッパ人の特権になっている。しかし日本人にとっての日本文化とは、源氏物語が何度でも現代のわれわれの主体に再帰して、その連続性を確認させ、新しい創造の母胎となりうるように、ものとしてのそれ自体の美学的評価をのりこえて、連続性と再帰性を喚起する。これこそが伝統と人の呼ぶところのものであり、私はこの意味で、明治以来の近代文学史を古典文学史から遮断する文学史観に大きな疑問を抱くものである。文化の再帰性とは、文化がただ「見られる」ものではなくて、「見る」者として見返してくる、という認識に他ならない。

又、「菊と刀」のまるごとの容認、倫理的に美を判断するのではなく、倫理を美的に判断して、文化をまるごと容認することが、文化の全体性の認識にとって不可欠であって、これがあらゆる文化主義、あらゆる政体の文化政策的理念に抗するところのものである。文化はまるごとみとめ、これをまるごと保持せねばならぬ。文化には改良も進歩も不可能であって、そもそも文化に修正ということはありえない。これがありうるという妄信は戦後しばらくの日本を執拗に支配していた。

又、文化は、ぎりぎりの形態においては、創造し保持し破壊するブラフマン・ヴィシュヌ・シヴァのヒンズー三神の三位一体のような主体性においてのみ発現するものである。これについて、かつて戦時中、丹羽文雄氏の『海戦』を批判して、海戦の最中これを記録するためにメモをとりつづけるよりも、むしろ弾丸運びを手つだったほうが真の文学者のとるべき態度だと言った蓮田善明氏の一見矯激な考えには、深く再考すべきものが含まれている。それが証拠に、戦後ただちに海軍の暴露的小説『篠竹』を書いた丹羽氏は当時の氏の本質は精巧なカメラであって、主体なき客観性に依拠していたことを自ら証明したからである。文学の主体性とは、文化的創造の主体の自由の延長上に、あるいは作品、あるいは行動様式による、その時、その時の、最上の成果へ身を挺することであるべきだからである。そして日本文化は、そのためのあらゆる文化的可能性をのこしているからである。

以上三つの再帰性、全体性、主体性による文化概念の定義は、おのずから文化を防衛するにはいかにあるべきか、文化の真の敵は何かという考察を促すであろう。

体を通してきて、行動様式を学んで、そこではじめて自分のオリジナルをつかむという日本人の文化概念、というよりも、文化と行動を一致させる思考形式は、あらゆる政治形態の下で、多少の危険性を孕むものと見られている。政治体制の掣肘の甚だしい例は戦時中の言論統制であるが、源氏を誨淫の書とする儒学者の思想は、江戸幕府からずっとつづいていた。それはいつも文化の全体性と連続性をどこかで絶って工作しようという政策であった。しかし文化自体を日本人の行動様式の集大成と考えれば、それをどこかで絶って、ここから先はいけない、と言うことには無理がある。努力はむしろつねに、全体性と連続性の全的な容認と復活による、文化の回生に向けられるべきなのであるが、現代では、「菊と刀」の「刀」が絶たれた結果、日本文化の特質の一つでもある、際限もないエモーショナルなだらしなさが現われており、戦時中は、「菊」が絶たれた結果、別の方向に欺瞞と偽善が生じたのであった。つねに抑圧者の側がヒステリカルな偽善の役割を演ずることは、戦時中も現在も変りがない。

　ものとしての文化の保持は、中共文化大革命のような極端な例を除いては、いかなる政体の文化主義に委ねておいても大して心配はない。文化主義はあらゆる偽善をゆるし、岩波文庫は「葉隠」を復刻するからである。しかし、創造的主体の自由と、その生命の連続性を守るには政体を選ばなければならない。ここに何を守るのか、いかに守るのか、という行動の問題がはじまるのである。

守るとは何か？　文化が文化を守ることはできず、言論で言論を守ろうという企図は必ず失敗するか、単に目こぼしをしてもらうかにすぎない。「守る」とはつねに剣の原理である。

守るという行為には、かくて必ず危険がつきまとい、自己を守るのにすら自己放棄が必須になる。平和を守るにはつねに暴力の用意が必要であり、守る対象と守る行為との間には、永遠のパラドックスが存在するのである。文化主義はこのパラドックスを回避して、自らの目をおおう者だといえよう。

すなわち、文化主義は、守られる対象に重点を置いて、守られる対象の特性に従って、守る行為を規定しようとし、そこに合法性の根拠を求める。平和を守るにはこれを平和的に守り、文化を守るにはこれを文化的に守り、言論を守るには言論を以て守るほかはないとするところに、合法性を見出すのであるから、暴力を以て守るものは暴力に他ならないことになり、暴力の効用を観念的に限定し、ついには暴力の無効性を主張することになるのは論理的必然である。力が倫理的に否定されると、次には力そのものの無効性を証明する必要にかられるのは、実は恐怖の演ずる一連の心理的プロセスに他ならない。文化主義が暴力否定から国家権力の最終的否定に陥るのは（エンツェンスベルガーは、その『政治と犯罪』の中で、国家権力を暴力独占権と規定し、犯罪者をその独占権をおびやかす競争相手と見ている)、こうした経路を辿ってであり、そこでは「文化」と「自己保全」とが、同じ心理的メカニズムの中で動いている。すなわち、文化と人文主義的福祉価値とは同義語になるのである。

かくて、文化主義の裡にひそむ根底的エゴイズムと恐怖の心理機構は、自己の無力を守るために、他者の力を見ないですまそうとするヒステリックな夢想に帰結する。冷厳な事実は、文化を守るには、他のあらゆるものを守ると同様に力が要り、その力は文化の創造者保持者自身にこそ属さなければならぬ、ということである。これと同時に、「平和を守る」という行為と方法が、すべて平和的でなければならぬという考えは、一般的な文化主義的妄信であり、戦後の日本を風靡している女性的没論理の一種である。

しかも、守るべき対象の本質と、その対象の現状とは、必ずしも一致しない。「平和を守れ」「議会制度を守れ」「民族を守れ」という、双方の立場からそれぞれの世界観の理想像に基づく対象の提示が、お互いに同じ言葉を使っているように、「文化を守れ」も敵味方の存在する行為の本質から、相対化せざるをえないが、同時に、相対的価値の絶対化を死によって成就するのが行動の本質に他ならない。いずれにしても共通しているのは、守るという行為の価値が、現状維持に存在しない点である。

守るべき対象の価値がおびやかされており、従って現状変革の内発性をそのうちに含み、この変革の方向に向って、守るという行為を発動するというのが、その一般的態様でなければならない。もし守るべき対象の現状が完璧であり、博物館の何百カラットのダイヤのように、守られるだけの受動的存在であるならば、すなわち守るべき対象に生命の発展の可能性と主体が存在しないならば、このようなものを守る行為は、パリ開城のように、最終的には敗北主義か、あるいは、守られるべきものの破壊に終るであろう。従って「守る」という行為にも亦、文化と同様の再帰性がなければならない。すなわち守る側の理想像と守られる側のあるべき姿に、同一化の機縁がなければならない。さらに一歩進んで、守る側の守られる側に対する同一化が、最終的に成就される可能性がなければならない。博物館のダイヤと護衛との間にはこのような同一化の可能性はありえず、この種の可能性にこそ守るという行為の栄光の根拠があると考えられる。国家の与えうる栄光の根拠も、この心理機構に基づく。かくて「文化を守る」という行為には、文化自体の再帰性と全体性と主体性への、守る側の内部の創造的主体の自由の同一化が予定されており、ここに、文化の本質的な性格があらわれている。すなわち、文化はその本質上、「守る行為」を、文化の主体（というよりは、源泉の主体に流れを汲むところの創造的個体）に要求しているのであり、われわれが守る対象は、思想でも政治体制でもなくて、結局このような意味の「文化」に帰着するのである。文化自体が自己放棄を要求することによって、自己の超越的契機になるのはこの地点である。

従って、文化は自己の安全を守るというエゴイズムからの脱却を必然的に示唆する。現在、平和憲法を守ることが、一方では、階級闘争の錦の御旗になり、闘争とは縁のない、感情的平和主義者、日和見主義者、あらゆる戦いの放棄による自己保全を夢みるマイ・ホーム主義者、戦争に対する生理的嫌悪に固執する婦人層などの、自己保全派の支持層に広汎に支えられているという事情は、イデオロギッシュな自己放棄派が、心情的自己保全派に支持されているという矛盾を犯している。そしてこの種の自己保全派が、時には一種の良心の呵責から、三派全学連の行動に喝采したりするのである。都市化に伴ってますます増える中間層の無関心派が、多少のほのかな政治的関心を、見場のよい平和主義や社会革命への夢に寄せて、良心のバランスを保とうとする傾向は、ますます顕著になるであろう。

## 創造することと守ることの一致

これに反して、文化における生命の自覚は、生命の法則に従って、生命の連続性を守るための自己放棄という衝動へ人を促す。自我分析と自我への埋没という孤立から、文化が不毛に陥るときに、これからの脱却のみが、文化の蘇生を成就すると考えられ、蘇生は同時に、自己の滅却を要求するのである。このような献身的契機を含まぬ文化の、不毛の自己完結性が、「近代性」と呼ばれたところのものであった。そして自我滅却の栄光の根拠が、守られるものの死んだ光輝にあるのではなくて、活きた根源的な力（見返す力）に存しなければならぬ、ということが、文化の生命の連続性のうちに求められるのであれば、われわれの守るべきものはおのずから明らかである。かくて、創造することが守ることだという、主体と客体の合一が目睹されることは自然であろう。文武両道とはそのような思想である。現状肯定と現状維持ではなくて、守ること自体が革新することであり、同時に、「生み」「成る」ことなのであった。

さて、守るとは行動であるから、一定の訓練による肉体的能力を具えねばならぬ。台湾政府の要人が、多く少林寺拳法の達人であると私はきいたが、日本の近代文化人の肉体鍛練の不足と、病気と薬品のみを通じて肉体に関心を持つ傾向は、日本文学を瘦せさせ、その題材と視野を限定した。私は、明治以来のいわゆる純文学に、剣道の場面が一つもあらわれないことを奇異に感じる。いかに多くの蒼ざめた不健全な肉体の登場人物が、あたかも餓鬼草紙のように、近代文学に跋扈していることであろう。肺結核の登場人物は減少したが、依然として、そこは不眠症患者、ノイローゼ患者、不能者、皮下脂肪の沈積したぶざまな肉体、癌患者、胃弱体質、感傷家、半狂人、などの群がり集まった天国なのである。戦うことのできる人間は極めて稀である。病気及び肉体的不健康が形而上学的意味を賦与されたロマンティスムから世紀末にいたる古い固定観念は、一向癒されていないのみならず、こんな西欧的観念は、時には時世に媚びて、民俗学的仮装であらわれたりする。このことが行動を不当に蔑視させたり、危険視させたり、あるいは逆に過大評価させたりする弱者の生理的理由にさえなっているのである。

## 戦後民族主義の四段階

さて、「菊と刀」を連続させ、もっとも崇高なものから卑近なものにまで及び、文化主義者のいわゆる「危険性」を避けないところの文化概念の母胎は、何らかの共同体でなければならないが、日本の共同体原理は戦後バラバラにされてしまった。血族共同体と国家との類縁関係はむざんに絶たれた。しかしなお共同体原理は、そこかしこで、エモーショナルな政治反応をひきおこす最大の情動的要素になっている。それが今日、民族主義と呼ばれるところのものである。よかれあしかれ、新しい共同体原理がこれを通して呼び求められていることは明らかであろう。

戦後の民族主義はほぼ四段階の経過を辿ったというのが、私の大まかな観察である。

戦後しばらく、占領下の民族主義は国家観念の明らかな崩壊の状況下に社会革命なるものと癒着しているような外見を呈した。しかし、それは大人しい、優等生の、命じられた通りに歩む民族主義であった。もっとシニカルな民族主義は戦時中の言論抑圧時代のコソコソ話と、酒場のひそひそ語りを脱していなかった。吉田内閣は、国民総体の欺瞞へのよろこびを代表していた。占領に対する欺瞞的抵抗が、民族主義のひそかな、語られざる満足になり、一方、大声の、公然たる民族主義は、革命の空想と癒着した。それは占領政策の右傾化がはじまった時点からますます募った。平和条約から朝鮮動乱後の不況を経て、新安保条約の締結における安保闘争を最大のフィナーレとして、この種の第一次民族主義は終焉を迎えたと思われる。

自民党政府は、徐々に国家権力による民族主義の収奪を考えた。これは必ずしも計画的にではなかったが、池田内閣のあのようなふしだらな消費政策がはからざる逆効果をもたらし、オリンピックにおいて、平和憲法と民族主義との戦後最大の握手が国家の司祭によって成功した。これは一つの国家による、そして国民による、民族主義的達成のピークであった。しかし安保条約下における民族主義という制約は、民族主義そのものの質の変化を正にこのときひそかに要求していた。佐藤内閣は、いろんな面で、「正直な内閣」たらざるをえぬ宿命を担っていた。国会の防衛論争が正に破綻に瀕せんとする寸前に、オリンピック選手円谷の自刃が起ったことは象徴的である。国家権力は、再び、民族主義に、それのみが国家が民族主義に寄与することのできる贈物であるところの国家的栄冠を与えることに失敗しつつある。

第三次の民族主義は、エンタープライズ事件を一つの曲り角として、再び「ナショナリズムの糖衣をかぶったインターナショナリズム」の登場を許したと思われる。エンタープライズ事件における三派全学連の行動は、日本におけるナショナリズムとインターナショナリズムの「見る者」と「見られる者」の分離を明確にした注目すべきモメントを形成した。すなわち、米軍基地の存在が過去の自民党政府の民族主義の昂揚によって却って、自立の感情を刺戟し、国民心理に無形の負担を感ぜしめ、又、国会の防衛論争において、「自主防衛」の具体的方策を執拗に問われた佐藤首相が、「自主防衛とはすなわち三次防を行うことだ」（十二月九日国会答弁）と答えた瞬間に、論争はその論理的発展を失って単なる政争の場面へ顚落し、国民の自主防衛意識は精神的支柱を失って政治的プラグマティズムへ直結され、却って米軍基地の柵をのりこえた日本青年という象徴的事件が、国民のエモーショナルな欲求の一斑を満足させて、民族主義を一つの曲り角へ導いたのである。このようなターニング・ポイントは、実はヴェトナム戦争によって長期間に養成されたものであった。すなわち、ヴェトナム戦争への感傷的人道主義的同情は、民族主義とインターナショナリズムの癒着を無意識のうちに醸成し、反政府的感情とこれが結合して、一つの類推を成立させた。類推とは、他民族の自立感情に対する感情移入を以て、自民族の自立感情のフラストレーションの解決をはかるという代償行為である。そこでは厳密に言って、近代国家の形成を経ぬヴェトナムの民族主義とわが民族主義との歴史的諸条件の差異、民族主義にとっての本質的な差異は看過されており、又、インターナショナリズムの連帯と同情や感傷による連帯との本質的な弁別は、無視されるか、あるいはカヴァーされている。このような民族主義とインターナショナリズムの野合は主に、見物人としての安全な立場から、見る者の立場から徐々に達成されつつあった。こういう状況の進行と、ヴェトナム戦処理の困難が相乗作用をなしつつある時点で、多くの伏線（首相の南ヴェトナム訪問、ジョンソン大統領会見）を含みつつ、エンタープライズの寄港と全学連の基地侵入という一連の象徴的行為は、「見る者」としての民族主義に、「見られる者」となった危機感と満足感をもたらしたのである。

しかし同時に、このモメントほど「見る者」と「見られる者」の分離を明確にした事件もない。三派全学連自体にとってすら、「見られる者」としての民族主義を、米軍基地の柵内で演じることは、未だ十分「見る者」としての役割を払拭することにはならなかった。彼らは上陸した米軍兵士を殺すわけでもなく、基地内の米軍兵士に射たれたわけでもなかった。ただ強引に「見られる民族主義」を演じるというその象徴行為は、彼らの「作られた民族主義」の側面を露呈した。インターナショナリズムによって国家を否定し、ナショナリズムによって民族を肯定しようというその政治目的は、その否定と肯定が同意義になるような決定的モメント、すなわち革命を暗示するには足りず、却って、その分離の様相を明確にしたのである。成田事件はかかる分離の極端な現象形態である。ナショナリズムの利用されるべき危険で盲目的な要素は、ここに、そのもっとも利用されるべき側面と、もっとも無関心層に不安を与える危険な側面とを同時に提示したと言えよう。

文化にとってはこのような状況は何を意味するであろうか？「かれら」の文化は、民族主義とインターナショナリズムの国家超克との結合点としてとらえられるであろう。これは文化主義のもっとも尖鋭な政治的利用の方式であり、文化主義そのものが内包している「人類の文化」概念の、民族主義的下部構造からの再編成である。この種の動きは、小規模ではあるが、日本の新劇運動に深く浸潤している。その依って立つ共同体理念である民族主義自体が、共同体の意味の移管を暗示するように「作られて」いるのである。

しかし、何はともあれ、共産主義にとってもファシズムにとっても、もっとも利用しやすい民族主義が、目下のところ、国家に代って共同体意識の基本単位と目されているだけに、民族主義のみに依拠する危険は日ましに募っている。

民族主義とは、本来、一民族一国家、一個の文化伝統・言語伝統による政治的統一の熱情に他ならない。近代的国家としての統一を未だ知らないヴェトナムの民族主義はそのようなものであるし、又、アメリカの黒人問題は、終局的には「黒いアメリカ」

黒人共和国を目睹しており、この逆アパルトヘイトからは白人は駆逐さるべく、かれら黒人は決して、現在の全アメリカ国民を統合する国家を目ざしているのではない。

では、日本にとっての民族主義とは何であろうか？ 自主独立へのエモーショナルな熱望は、必ずしも民族主義と完全に符合するわけではない。日本は世界にも稀な単一民族単一言語の国であり、言語と文化伝統を共有するわが民族は、太古から政治的統一をなしとげており、われわれの文化の連続性は、民族と国との非分離にかかっている。そして皮肉なことには、敗戦によって現有領土に押しこめられた日本は、国内に於ける異民族問題をほとんど持たなくなり、アメリカのように一部民族と国家との相反関係や、民族主義に対して国家が受身に立たざるをえぬ状況というものを持たないのである。従って異民族問題をことさら政治的に追求するような戦術は、作られた緊張の匂いがするのみならず、国を現実の政治権力の権力機構と同一化し、ひたすら現政府を「国民を外国へ売り渡す」買弁政権と規定することに熱意を傾け、民族主義をこの方向へ利用しようと力めるのである。しかし前にも言ったように、日本には、現在、シリアスな異民族問題はなく、又、一民族一文化伝統による政治的統一への悲願もありえない。それは日本の歴史において、すでに成しとげられているものだからである。もしそれがあるとすれば、現在の日本を一民族一文化伝統の政治的統一を成就せぬところの、民族と国との分離状況としてとらえているのであり、民族主義の強調自体が、この分離状況の強調であり、終局的には、国を否定して民族を肯定しようとする戦術的意図に他ならない。すなわち、それは非分離へ導こうとするための「手段としての民族主義」なのである。

かくてジョンソン声明以後、キング師暗殺に端を発した黒人暴動と共に、民族主義は第四段階に入ったと考えられる。

前述したように、第三次の民族主義は、ヴェトナム戦争によって、論理的な継目をぼかされながら育成され、最後に分離の様相を明らかにしたが、ポスト・ヴェトナムの時代は、この分離を、沖縄問題と朝鮮人問題によって、さらに明確にするであろう。

社会的な事件というものは、古代の童謡のように、次に来るべき時代を寓意的に象徴することがままあるが、金嬉老事件は、ジョンソン声明に先立って、或る時代を予言するようなすこぶる寓意的な起り方をした。それは三つの主題を持っている。すなわち、「人質にされた日本人」という主題と、「抑圧されて激発する異民族」という主題と「日本人を平和的にしか救出しえない国家権力」という主題と、この三つである。第一の問題は、沖縄や新島の島民を、第二の問題は朝鮮人問題そのものを、第三の問題は、現下の国家権力の平和憲法と世論による足カセ手カセを、露骨に表象していた。そしてここでは、正に、政治的イデオロギーの望むがままに変容させられる日本民族の相反する二つのイメージ——外国の武力によって人質にされ抑圧された平和的な日本民族というイメージと、異民族圧迫の歴史の罪障感によって権力行使を制約される日本民族というイメージ——が二つながら典型的に表現されたのである。前者の被害者イメージは、朝鮮民族と同一化され、後者の加害者イメージは、ヴェトナム戦争を遂行するアメリカのイメージにだぶらされた。

しかし戦後の日本にとっては、真の異民族問題はありえず、在日朝鮮人問題は、国際問題でありリフュジーの問題であっても、日本国民内部の問題ではありえない。これを内部の問題であるかの如く扱う一部の扱いには、明らかに政治的意図があって、先進工業国における革命主体としての異民族の利用価値を認めたものに他ならない。そこには、しかし、日本の民族主義との矛盾が論理的に存在するにもかかわらず、ヴェトナム戦争とアメリカの黒人暴動とが、かかる「手段としての民族主義」を、ヒューマニズムの仮面の下に、正当化したのである。

手段としての民族主義はこれを自由に使い分けながら、沖縄問題や新島問題では、「人質にされた日本人」のイメージを以て訴えかけ、一方、起りうべき朝鮮半島の危機に際しては、民族主義の国際的連帯感という論理矛盾を、再び心情的に前面に押し出すであろう。被害者日本と加害者日本のイメージを使い分けて、民族主義を領略しようと企てるであろう。しかしながら、第三次の民族主義における分離の様相はますます顕在化し、同時に、ポスト・ヴェトナムの情勢は、保守的民族主義の勃興を促し、これによって民族主義の左右からの奪い合いは、ますます尖鋭化するであろう。

## 文化の全体性と全体主義

叙上の如く、日本では戦後真の異民族問題はなく、左右いずれの側にとっても、同民族の合意の形成が目標であることはいうまでもないが、同民族の合意とは、少なくとも日本においては、日本がその本来の姿に目ざめ、民族目的と国家目的が文化概念に包まれて一致することにある。その鍵は文化にだけあるのである。又、その文化の母胎としての共同体原理も、このような一致にしかない。

そもそも文化の全体性とは、左右あらゆる形態の全体主義との完全な対立概念であるが、ここには詩と政治とのもっとも古い対立がひそんでいる。文化を全体的に容認する政体は可能かという問題は、ほとんど、エロティシズムを全体的に容認する政体は可能かという問題に接近している。

左右の全体主義の文化政策は、文化主義と民族主義の仮面を巧みにかぶりながら、文化それ自体の全体性を敵視し、つねに全体性の削減へ向うのである。言論自由の弾圧の心理的根拠は、あらゆる全体性に対する全体主義の嫉妬に他ならない。全体主義は「全体」の独占を本質とするからである。

文化の全体性には、時間的連続性と空間的連続性が不可欠であろう。前者は伝統と美と趣味を保障し、後者は生の多様性を保障するのである。言論の自由は、前者については ともかく、後者については、間然するところのない保護者である。

もちろん言論の自由は絶対的価値ではなく、それ自体が時には文化を腐敗させることは現下の日本に見るとおりであり、ともすると言論の自由が文化の創造的伝統的性格とヒエラルヒーを失わせ、文化の全体性の平面のみを支持して、全体性の立体性を失わせる欠点があるけれども、相対的にはこれ以上よいものは見当らず、これ以上、相手方に対する思想的寛容という精神的優越性を保たせるものはない。かくて言論の自由は文化の全体性を支える技術的要件であると共に、政治的要件である。言論の自由を保障する政体の選択が、プラクティカルな選択として最善のものとなるのはこの理由からである。文化の第一の敵は、言論の自由を最終的に保障しない政治体制に他ならない。

しかし、言論の自由は本質的に無倫理的であり、それ自体が相対主義の上に成立った政治技術的概念であるから、いわゆる自由陣営に属することとの相対的選択を、国是と同一視する安保条約の思想は、薄弱な倫理的根拠をしか持ちえぬのは当然であり、それは今後ますますその力を失うであろう。

言論の自由と代議制民主主義とが折れ合うのは、正にこの相対主義的理念に於てであり、いかなる汚ない言葉も一度は言われねばならない、というところから精神の尊卑をおのずから弁別せしめるのであるが、その最終的勝利にはいつも時間がかかり、過程においては、趣味の低下、美の平価切下げを免れない。それは言論の自由が本質的に、文化の全体性のうち、その垂直面、すなわち時間的連続性には関わらないからである。しかも自由の非自由に対する優位は、非自由の速効性と外面的権威に対してハンディキャップを負う一方、自由そのものが、政治宣伝技術上イデオロギー化のきわめて困難な政治概念であるため、危機に臨んでは、無理なイデオロギー化によって足をとられやすい。そこで自由諸国といえども、内部から全体主義に蝕まれる惧れをなしとしないのは、幾多の実例に見るとおりである。「民主政治の信者は……共産主義者よりも、自分の考えがちなことすべてについて無意識である」とパーキンソンはその『政治法則』の中で言っている。「たとえば、彼らの宗教はかならずしも一冊の聖なる書物による宗教ではない。彼らは、あいまいな歴史知識にもとづいて議論しがちだ。(中略) 政治の理論と実際を討議するどんな場合にも君主政治もしくは寡頭政治にまったく長所がないと否定するのは、バカげたことであろう。」

かくて言論の自由が本来保障すべき、精神の絶対的優位の見地からは、文化共同体理念の確立が必要とされ、これのみがイデオロギーに対抗しうるのであるが、文化共同体理念は、その絶対的倫理的価値と同時に、文化の無差別包括性を併せ持たねばならぬ。ここに文化概念としての天皇が登場するのである。

## 文化概念としての天皇

現行憲法の象徴天皇制について、明治憲法下の「国体」が根本的に変更されたものとする佐々木惣一博士の所論に対して、かつて和辻哲郎氏は執拗な反論を試みた。和辻氏は国体概念を導入することの論理的あいまいさを衝き、佐々木氏が「政治の様式より見た国体の概念」と「精神的観念より見た国体の概念」とを峻別すべき必要を説いている論点をとらえて、それなればこそ却って、前者は「政体」概念で十分であり、後者の意味の「国体」は、何ら変更されていないと主張したのである。これは昭和二十二年という時点で、旺んな憲法論議が、天皇問題を今日よりもはるかに真剣に取扱わせたことの興味ある資料であるが、和辻説の当否はさておき、民主主義と天皇との間の矛盾を除去しようとする理論構成上、氏が「文化共同体」としての国民の概念を力説していることは注目される。さらに氏は、天皇概念を国家とすら分離しようとしているのである。

「ところでわたくしが前に天皇の本質的意義としてあげたのは、『日本国民統合の象徴』という点であって、必ずしも国家とはかかわらないのである。もし『国民』という概念がすでに国家を予想しているといわれるならば、人民とか民衆とかの語に代えてもよい。とにかく日本のピープルの統一の象徴なのである。それは日本の国家が分裂解体していたときにも厳然として存したのであるから、国家とは次序の異なるものと見られなくてはならない。従ってその統一は政治的な統一ではなくして文化的な統一なのである。日本のピープルは言語や歴史や風習やその他一切の文化活動において一つの文化共同体を形成して来た。このような文化共同体としての国民あるいは民衆の統一、それを天皇が象徴するのである。日本の歴史の貫ぬいて存する尊皇の伝統は、このような統一の自覚にほかならない。」（「国体変更論について佐々木博士の教えを乞う」昭和二十二年一月――『国民統合の象徴』）

ここで氏が、天皇概念を国家概念と分離するとき、そこまで氏自身が意図したかどうかは定かでないが、「国家が分裂しても国民の統一は失われなかった」歴史事実における統合の象徴としての天皇が、文化共同体の象徴概念であるがゆえにこそ、変革の理念たりえたという消息がおのずから語られているのは示唆的である。さらに、同論文の前のほうで、氏は象徴概念を理論化する。

「かく考えれば天皇が日本国民の統一の象徴であるということは、日本の歴史を貫ぬいて存する事実である。天皇は原始集団の生ける全体性の表現者であり、また政治的には無数の国に分裂していた日本のピープルの『一全体としての統一』の表現者であった。かかる集団あるいはピープルの全体性は、主体的な全体性であって、対象的に把捉することのできないものである。だからこそそれは『象徴』によって表現するほかはない」

かくて和辻氏は、天皇を国民の一員と規定し、しかも民主主義の主権保持者は日本国民の全体意志であって、個々の国民ではないのであるから、天皇が主権的意志の象徴になり、室町や江戸時代の天皇よりも、はるかに「統治権の総攬ということに近づけられている」と説くのである。

しかし、当時の情勢論政策論的匂いのないでもないこの一連の論文では、当時正に和辻氏がナンセンスと考えたような逆論理が、今日では「何の摩擦もなしに」言えるようになっていることに、愕然とするのである。「憲法は変った。憲法によって定められた国体は、もはや一、二年前の国体ではない。かつては天皇制護持が国体護持の立場であったが、今はそれが国体を変更せんと意図する立場になる。国体護持とは民主制を守ることである。というふうなことが、何の摩擦もなしにいえるであろうか。(中略)わたくしにはどうもそうは考えられない」(「佐々木博士の教示について」昭和二十三年七月――『国民統合の象徴』)

和辻氏ほどポレミッシュな形をとらぬが、史家の良識的な立言として、津田左右吉氏は次のように説いた。

「いま一つの重要なことがらは、皇室の文化上の地位とそのはたらきとである。上代においての皇室が文化の中心でもあり指導者でもあられたことは、いうまでもないが、これは日本の地理的位置と、農業本位である日本人の生活状態とから、民衆が異民族と接触しなかったために、シナの文物を受け入れるには朝廷の力によらねばならなかったところに主因があり、武力を用いられることの無い皇室が、おのずから平和の事業に意を注がれたことも、それを助ける事情となったであろう。後世になって文化の中心が武士に移り更に民衆に移った後には、上代文化の遺風を伝えていられる点において、皇室は特殊の尊崇を受けられた。歴代の天皇が殆ど例外なく学問と文芸とを好まれたこと、またそれに長じていられた方の多いことは、いうまでもないので、それが皇室の伝統となっていた。これもまた世界のどの君主の家にも類の無いことである。政治的手腕をふるい軍事的功業を立てられた天皇は無いが、学者・文人・芸術家、としてそれぞれの時代の第一位を占められた天皇は少なくない。国民の皇室尊崇にはこのことが大きなはたらきをしているが、文事にみこころを注がれたのもまた、政治の局に当らず煩雑な政務に累せられなかったところに、一つの理由があったろう。日本の皇室を政治的観点からのみ見るのは誤りである」(「日本の皇室」昭和二十七年七月――『中央公論』)

その津田氏自身は、「文化」を次のように定義することを好む人である。

「文化というのは生活のしかたのことである。個人として国民としてまた世界人としての、日常の生活の精神とそのはたらきを正しくし美しくし真実にすることが、文化を高めることである」(「講和後の日本文化」昭和二十六年九月二日――『北国新聞』)

国論分裂が、ほとんど、一国内に二つの国家があるような様相を呈せしめている現時の日本でも、「国民の間の社会党支持者のなかに五〇パーセント以上の天皇制支持者があり、積極的批判は、わずか五パーセント以下である。民社党はほとんど天皇制支持におおわれている。共産党支持者の間においては、さすがに最近、天皇制支持は減少しているが、なお一二パーセントを占め、批判のない無関心層は三九パーセントを占める」(針生誠吉氏――昭和四十三年五月六日『日本読書新聞』)という事実、および、四月三十日『毎日新聞』夕刊の「総理府世論調査」によれば、天皇は象徴でよいとする者が七三パーセントを占めるという事実は、前述の和辻哲郎氏の所説を裏書するものといえよう。

しかし一方、天皇制国家へのルサンチマンに充ちたかのごとき、有名な「超国家主義の論理と心理」(昭和二十一年)で、丸山真男氏が、

「天皇を中心とし、それからのさまざまの距離に於て万民が翼賛するという事態を一つの同心円で表現するならば、その中心は点ではなくして実はこれを垂直に貫く一つの縦軸にほかならぬ。そうして中心からの価値の無限の流出は、縦軸の無限性(天壌無窮の皇運)によって担保されているのである」と書いたとき、氏が否定精神によって

かくも透徹的に描破した無類の機構は、敗戦による政治的変革下に完全に破壊されたように見えたのであった。

だが、氏が天皇制国家構造そのものに内在するイデオロギーとして、「我が国では私的なものが端的に私的なものとして承認されたことが未だ嘗てない」と誇張を犯して言い、「従って私的なものは、即ち悪であるか、もしくは悪に近いものとして、何程かのうしろめたさを絶えず伴っていた。営利とか恋愛とかの場合、特にそうである」(超国家主義の論理と心理)と述べるにいたって、かつての天皇制支配機構の変質過程そのものをも跳び超えた論理の飛躍を犯している。私見によれば、言論の自由の見地からも、天皇統治の「無私」の本来的性格からも、もっとも怖るべき理論的変質がはじまったのは、大正十四年の「治安維持法」以来だと考えるからである。すなわち、その第一条の、

「国体ヲ変革シ又ハ私有財産制度ヲ否認スルコトヲ目的トシテ……」

という並列的な規定は、正にこの瞬間、天皇の国家の国体を、私有財産制度ならびに資本主義そのものと同義語にしてしまったからである。この条文に不審を抱かない人間は、経済外要因としての天皇制機能をみとめないところの、唯物論者だけであった筈であるが、その実、多くの敵対的な政治理念が敵の理念にしらずしらず犯されるように、この条文の「不敬」に気づいた者はなかった。

正に、それに気づいた者がなかった、というところに、「君臣水魚の交わり」と決定的に絶縁された天皇制支配機構が呱々の声をあげるのである。国と民族の非分離の象徴であり、その時間的連続性と空間的連続性の座標軸であるところの天皇は、日本の近代史においては、一度もその本質である「文化概念」としての形姿を如実に示されたことはなかった。

　このことは明治憲法国家の本質が、文化の全体性の侵蝕の上に成立ち、儒教道徳の残滓をとどめた官僚文化によって代表されていたことと関わりがある。私は先ごろ仙洞御所を拝観して、このののびやかな帝王の苑池に架せられた明治官僚補綴の石橋の醜悪さに目をおおうた。

　すなわち、文化の全体性、再帰性、主体性が、一見雑然たる包括的なその文化概念に、見合うだけの価値自体《ヴェルト・アン・ジッヒ》を見出すためには、その価値自体からの演繹によって、日本文化のあらゆる末端の特殊事実までが推論されなければならないが、明治憲法下の天皇制機構は、ますます西欧的な立憲君主政体へと押しこめられて行き、政治的機構の醇化によって文化的機能を捨象して行ったがために、ついにかかる演繹能力を持たなくなっていたのである。雑多な、広汎な、包括的な文化の全体性に、正に見合うだけの唯一の価値自体として、われわれは天皇の真姿である文化概念としての天皇に到達しなければならない。

かつて建武中興が後醍醐天皇によって実現したとき、それは政権の移動のみならず、王朝文化の復活を意味していた。帝の御帰洛に先立つ隠岐の配宮で、父帝のおん姿を夢見られるありさまは、源氏物語明石の巻の、光源氏が須磨で父帝を夢みる条になぞらえられて、その文化的連続性の証として、次のように『増鏡』の作者によって描かれた。

「かの島には、春来ても、猶浦風さえて波あらく、渚の氷も解けがたき世の気色に、いとど思し結ぼるる事つきせず。（中略）心ならずまどろませ給へるあか月がた、夢うつつともわかぬ程に、後宇多院、ありしながらの御面影さやかに見え給て、きこえ知らせ給事多かりけり。（中略）源氏の大将、須磨の浦にて、父御門見奉りけん夢の心ちし給も、いとあはれに頼もしう……」（第十七月草の花）

このような文化概念としての天皇制は、文化の全体性の二要件を充たし、時間的連続性が祭祀につながると共に、空間的連続性は時には政治的無秩序をさえ容認するにいたることは、あたかも最深のエロティシズムが、一方では古来の神権政治に、他方ではアナーキズムに接着するのと照応している。「みやび」は、宮廷の文化的精華であり、それへのあこがれであったが、非常の時には、「みやび」はテロリズムの形態をさえとった。すなわち、文化概念としての天皇は、国家権力と秩序の側だけにあるのみではなく、無秩序の側へも手をさしのべていたのである。もし国家権力や秩序が、国と民族を分離の状態に置いているときは、「国と民族との非分離」を回復せしめようとする変革の原理として、文化概念たる天皇が作用した。孝明天皇の大御心に応《こた》えて起《た》った桜田門の変の義士たちは、「一筋のみやび」を実行したのであって、天皇のための蹶起は、文化様式に背反せぬ限り、容認されるべきであったが、西欧的立憲君主政体に固執した昭和の天皇制は、二・二六事件の「みやび」を理解する力を喪っていた。

明治憲法による天皇制は、祭政一致を標榜することによって（明治元年十月「氷川神社を武蔵国の鎮守に為し給へる詔」には、祭政一致の文字が歴然と見える。——西角井正慶氏著『古代祭祠と文学』）、時間的連続性を充たしたが、政治的無秩序を招来する危険のある空間的連続性には関わらなかった。すなわち言論の自由には関わりなかったのである。政治概念としての天皇は、より自由でより包括的な文化概念としての天皇を、多分に犠牲に供せざるをえなかった。そして戦後のいわゆる「文化国家」日本が、米占領下に辛うじて維持した天皇制は、その二つの側面をいずれも無力化して、俗流官僚や俗流文化人の大正的教養主義の帰結として、大衆社会化に追随せしめられ、いわゆる「週刊誌天皇制」の域にまでそのディグニティーを失墜せしめられたのである。天皇と文化とは相関わらなくなり、左右の全体主義に対抗する唯一の理念としての「文化概念たる天皇」「文化の全体性の統括者としての天皇」のイメージの復活と定立は、ついに試みられることなくして終った。かくて文化の尊貴が喪われた一方、復古主義者は単に政治概念たる天皇の復活のみを望んで来たのであった。

とはいえ、保存された賢所《けんしょ》の祭祀と御歌所の儀式の裡に、祭司かつ詩人である天皇のお姿は活きている。御歌所の伝承は、詩が帝王によって主宰され、しかも帝王の個人的才能や教養とほとんどかかわりなく、民衆詩を「みやび」を以て統括するという、万葉集以来の文化共同体の存在証明であり、独創は周辺へ追いやられ、月並は核心に輝いている。民衆詩はみやびに参与することにより、帝王の御製の山頂から一トつづきの裾野につらなることにより、国の文化伝統をただ「見る」だけではなく、創ることによって参加し、且つその文化的連続性から「見返」されるという栄光を与えられる。その主宰者たる現天皇は、あたかも伊勢神宮の式年造営のように、今上であらせられると共に原初の天皇なのであった。大嘗会と新嘗祭の秘儀は、このことをよく伝えている。

文化の現存在と源泉、創造と伝承とが、このような形で関わり合っている文化共同体としての天皇制は、近代文化の担い手の意識からは一切払拭されているように見えるけれど、われわれは宮廷風の優雅のほかには、真に典例的な優雅の規範を持たず、文化の全体性は、自由と責任という平面的な対立概念の裡にではなく、自由と優雅という立体的構造の裡にしかないのである。今もなおわれわれは、「菊と刀」をのこりなく内包する詩形としては、和歌以外のものを持たない。かつて物語が歌の詞書から発展して生れたように、歌は日本文学の元素のごときものであり、爾余のジャンルはその敷衍であって、ひびき合う言語の影像の聯想作用にもとづく流動的構成は、今にいたるも日本文学の、ほとんど無意識の普遍的手法をなしている。宮廷詩の「みやび」と、民衆詩の「みやびのまねび」との間にはさまれて、あらゆる日本近代文化は、その細い根無し草の営為をつづけてきたのであった。伝統との断絶は一見月並風なみやびとの断絶に他ならず、しかも日本の近代は、「幽玄」「花」「わび」「さび」のような、時代を真に表象する美的原理を何一つ生まなかった。天皇という絶対的媒体なしには、詩と政治とは、完全な対立状態に陥るか、政治による詩的領土の併呑に終るかしかなかった。

みやびの源流が天皇であるということは、美的価値の最高度を「みやび」に求める伝統を物語り、左翼の民衆文化論の示唆するところとことなって、日本の民衆文化は概ね「みやびのまねび」に発している。そして時代時代の日本文化は、みやびを中心とした衛星的な美的原理、「幽玄」「花」「わび」「さび」などを成立せしめたが、この独創的な新生の文化を生む母胎こそ、高貴で月並なみやびの文化であり、文化の反独創性の極、古典主義の極致の秘庫が天皇なのであった。しかもオーソドックスの美的円満性と倫理的起源が、美的激発と倫理的激発をたえずインスパイヤするところに天皇の意義があり、この「没我の王制」が、時代時代のエゴイズムの掣肘力であると同時に包擁概念であった。天照大神はかくて、岩戸隠れによって、美的倫理的批判を行うが、権力によって行うのではない。速須佐之男の命の美的倫理的逸脱は、このようにして、天照大神の悲しみの自己否定の形で批判されるが、ついに神の宴の、嗚滸業《おこわざ》を演ずる天宇受売命《あめのうずめのみこと》に対する、文化の哄笑（もっとも卑俗なるもの）によって融和せしめられる。ここに日本文化の基本的な現象形態が語られている。しかも、速須佐之男の命は、かつては黄泉の母を慕うて、「青山を枯山なす泣き枯す」男神であった。菊の笑いと刀の悲しみはすでにこれらの神話に包摂されていた。

　速須佐之男の命は、己れの罪によって放逐されてのち、英雄となるのであるが、日本における反逆や革命の最終の倫理的根源が、正にその反逆や革命の対象たる日神にあることを、文化は教えられるのである。これこそは八咫鏡《やたのかがみ》の秘義に他ならない。文化上のいかなる反逆もいかなる卑俗も、ついに「みやび」の中に包括され、そこに文化の全体性がのこりなく示現し、文化概念としての天皇が成立する、というのが、日本の文化史の大綱である。それは永久に、卑俗をも包含しつつ霞み渡る、高貴と優雅と月並の故郷であった。

　菊と刀の栄誉が最終的に帰一する根源が天皇なのであるから、軍事上の栄誉も亦、文化概念としての天皇から与えられなければならない。現行憲法下法理的に可能な方法だと思われるが、天皇に栄誉大権の実質を回復し、軍の儀仗を受けられることはもちろん、聯隊旗も直接下賜されなければならない。

　私がこういうことを言うのは、東南アジア旅行で、タイの共産系愛国戦線が集会のあとで国王讃歌を歌って団結を固め、また、ラオス国土の三分の二を占拠する共産勢力の代表者パテト・ラオが国王へ渝らぬ敬愛の念を捧げるなど、共産主義の分極化と土着化の甚だしい実例を見聞しているからである。時運の赴くところ、象徴天皇制を圧倒的多数を以て支持する国民が、同時に、容共政権の成立を容認するかもしれない。そのときは、代議制民主主義を通じて平和裡に、「天皇制下の共産政体」さえ成立しかねないのである。およそ言論の自由の反対概念である共産政権乃至容共政権が、文化の連続性を破壊し、全体性を毀損することは、今さら言うまでもないが、文化概念としての天皇はこれと共に崩壊して、もっとも狡猾な政治的象徴として利用されるか、あるいは利用されたのちに捨て去られるか、その運命は決っている。このような事態を防ぐためには、天皇と軍隊を栄誉の絆でつないでおくことが急務なのであり、又、そのほかに確実な防止策はない。もちろん、こうした栄誉大権的内容の復活は、政治概念としての天皇をではなく、文化概念としての天皇の復活を促すものでなくてはならぬ。文化の全体性を代表するこのような天皇のみが窮極の価値自体《ヴエルト・アン・ジッヒ》だからであり、天皇が否定され、あるいは全体主義の政治概念に包括されるときこそ、日本の又、日

本文化の真の危機だからである。（昭和四十三年七月）

## 橋川文三氏への公開状

『中央公論』九月号の「美の論理と政治の論理」（三島由紀夫「文化防衛論」に触れて）を拝読しました。いつもながら、貴兄の頭のよさには呆れます。それから、社会科学の領域で現下おそらくみごとな「文体」の保持者として唯一の人である貴兄の文章に、かわらぬ敬意を捧げます。このエッセイで、貴兄は私に「愚直」の勲章を下さり、賑やかすぎる尊攘の志士としての、何だか胡散くさい人物の戯画を巧みに焙り出し、つまらぬ洒落だが、私を完全な「守《もり》の石松」に仕立ててしまわれました。それについては、私は感謝こそすれ、いささかも怨みに思う筋はありません。

ただ、いつも思うことですが、貴兄の文体の冴えや頭脳の犀利には、どこか、悪魔的なものがある。悪魔的というより、どこか、悪魔に身を売った趣があって、はなはだ失礼な比喩かもしれないが、もっとも誠実な二重スパイの論理というものは、こういうものではないかと思われることがある。なぜなら、貴兄は、いつも敵の心臓をギュッと甘美に握ることを忘れず、そうして敵に甘美感を与えている瞬間だけ、貴兄の完全な自由と安全性を確保しておられるように思われるからです。もっともそれは、学問の客観性というものの当然の要請かもしれませんから、単なる無頼の言とお聴き捨て下さい。

このエッセイで、私がもっともギャフンと参ったのは、第五章の二ページに亙る部分でした。貴兄はみごとに私のゴマカシと論理的欠陥を衝かれ、それを手づかみで読者の前にさし出されました。

「三島よ。第一に、お前の反共あるいは恐共の根拠が、文化概念としての天皇の保持する『文化の全体性』の防衛にあるなら、その論理はおかしいではないか。文化の全体性はすでに明治憲法体制の下で侵されていたではないか。いや、共産体制といわず、およそ近代国家の論理と、美の総攬者としての天皇は、根本的に相容れないものを含んでいるではないか。第二に、天皇と軍隊の直結を求めることは、単に共産革命防止のための政策論としてなら有効だが、直結の瞬間に、文化概念としての天皇は、政治概念としての天皇にすりかわり、これが忽ち文化の全体性の反措定になることは、すでに実験ずみではないか」

なるほど、こういう論法の前には、私の弱点は明らかであります。しかし刑事は、犯人がごまかしを言ったり、論理の撞着を犯したりするとき、正にそのとき、犯人が本音を吐いていることを、職業的によく知っています。同時に又、その瞬間に、訊問者も亦、何ほどかの本音を供与せねばならぬことも。

結論を先に言ってしまえば、貴兄のこの二点の設問に、私はたしかにギャフンと参ったけれども、私自身が参ったという「責任」を感じなかったことも事実なのです。なぜなら、正にこの二点こそ、私ではなくて、天皇その御方が、不断に問われてきた論理的矛盾ではなかったでしょうか。この二点を問いつめることこそ、現下の、又、将来の天皇制のあり方についての、根本的な問題提起ではないでしょうか。

それというのも、現在、「文化国家」の首長としての天皇は、平和憲法下、世界にも稀な無階級国家の象徴の地位を保持され「統治なき一君万民」を実現されているように思われるからです。この日本が一体、本質的に、「近代国家の論理」などというものに忠実な国家形態を持っていると貴兄はお考えでしょうか。近代国家の論理に忠実だったのは、むしろ、あの破産した明治憲法体制ではなかったでしょうか。そういうと、あたかも私が、あのベレー帽をかぶった糖尿病の護憲論者の一人だと思われそうですが、私が現下日本の呪い手であることは、貴兄が夙に御明察のとおりです。

しかし私が、天皇なる伝統のエッセンスを衍用しつつ、文化の空間的連続性をその全体性の一要件としてかかげて、その内容を「言論の自由」だと規定したたくらみに御留意ねがいたい。なぜなら、私はここで故意にアナクロニズムを犯しているからです。過去二千年に一度も実現されなかったほどの、民主主義日本の「言論の自由」という、このもっとも尖端的な現象から、これに耐えて存立している天皇というものを逆証明し、そればかりでなく、現下の言論の自由が惹起している無秩序を、むしろ天皇の本質として逆規定しようとしているのです。こういう現象は実は一度も起きなかったことですから、私の証明方法は非歴史的あるいは超歴史的といえるでしょう。国学者のユートピア的天皇像といえども、このような「言論の自由」を夢みることさえなかったと思われるからです。

ところが、私は、文化概念としての天皇、日本文化の一般意志なるものは、これを先験的に内包していたと考える者であり、しかもその兆候を、美的テロリズムの系譜の中に発見しようというのです。すなわち、言論の自由の至りつく文化的無秩序と、美的テロリズムの内包するアナーキズムとの接点を、天皇において見出そうというのです。そして、文化と政治との接点が、こんな妙なところでおそらく瞬間的に結びつこうとするところに、天皇というものの、比類のない性質を発見しようというわけです。

では、現在はそれが結びついているかというと、不幸にして、あるいは幸いにして、まだ結びつく兆候は見えません。誰もこのような「言論の自由」の招来した無秩序の底に天皇の御顔を見ようとする者はないからです。政治家や官僚は、一見天皇主義者を装えば装うほど、言論統制の上に立った国家権力機構の再建をしか夢みることはないでしょう。こういう非歴史的な手続で、私は言論の自由を通じて、文化概念としての天皇を再構成し、かつ歴史的に規定しようと試み、それが天皇制の創造機能であるとさえ考えますが、しかし、天皇及び天皇制の、おそらくもっとも危険な性質は、そのスタビリティーにではなく、フレキシビリティーに在ることは、貴兄もあるいは同感して下さるかもしれません。

貴兄が指摘された私の論理的欠陥の第一は、このフレキシビリティーにどこかで歯止めをかけたい、という私の欲求から生れたわけであります。この欲求の中にこそ、文化の意志が働いていると私は信ずる者です。その歯止め、その辷り止め、そのケジメの最終地点が、「容共政権の成立時点」だ、と私は規定するわけです。つまり、幕末の国学以来、天皇を追いかけて追いかけて行って、又スルリと逃げられて、なお追いかけて行って、「もうこれ以上は」という地点をそこに設定するわけであります。そして第二点は、もとよりこのための技術的処置であり、予防策でありますが、私は必ずしも栄誉大権の復活によって「政治的天皇」が復活するとは信じません。問題は実に簡単なことで、現在の天皇も保持しておられる文官への栄誉授与権を武官へも横辷りさせるだけのことであり、又、自衛隊法の細則に規定されているとおり、天皇は儀仗を受けられるのが当然でありながら、一部宮内官僚の配慮によって、それすら忌避されているのを正道に戻すだけのことではありませんか。
いわゆるシヴィリアン・コントロールとは政府が軍事に対して財布の紐を締めるというだけの本旨にすぎないが、私は日本本来の姿は、文化（天皇）を以て軍事に栄誉を与えつつこれをコントロールすることであると考えます。以上お答えにはならぬかもしれませんが、冗く卑見を述べました。更に御批判をいただければ倖せに存じます。

（昭和四十三年九月）

三島由紀夫（みしま　ゆきお）

大正十四年、東京に生れる。すでに学習院中等科のときに「花ざかりの森」を発表し、日本浪曼派の影響下に戦争の日を生きた早成の才は、東京帝大を卒業して官吏になったのを間なく辞め、昭和二十四年「仮面の告白」で新進として認められると、「愛の渇き」に次いで「潮騒」そして「金閣寺」と、戦後の平和に背を向けるようにして、ニヒリズムを根柢にしつつ、古典主義を基調とする理智的な美の小説世界を次々に展開し、早く海外にも知られる。古典主義的な様式への志向は、他方で戯曲の筆を執らせて「近代能楽集」「サド侯爵夫人」他の佳作を生み、また反戦後的な姿勢は、二・二六事件への共感を短篇「憂国」に露わにしては「林房雄論」「文化防衛論」等の評論に直截に示されたが、その最大の表現は、畢生の大作「豊饒の海」を書き進めるのと併行させた行動面に見られてよく、学生たちと「楯の会」を結成後の同四十五年、自衛隊の決起を促す挙に出た果に自決。

近代浪漫派文庫　42　三島由紀夫

二〇〇七年七月十一日　第一刷発行
二〇二〇年十二月一日　第二刷発行

著者　三島由紀夫／発行者　中川栄次／発行所　株式会社新学社　〒六〇七―八五〇一　京都市山科区東野中井ノ上町一一―三九　TEL〇七五―五八一―六一六三
印刷・製本＝天理時報社／編集協力＝風日舎

ISBN 978-4-7868-0100-6

落丁本、乱丁本は小社近代浪漫派文庫係までお送り下さい。送料小社負担でお取り替えいたします。

## ◉近代浪漫派文庫刊行のことば

文芸の変質と近年の文芸書出版の不振は、出版界のみならず、多くの人たちの夙に認めるところであろう。そうした状況にもかかわらず、先に『保田與重郎文庫』(全三十二冊)を送り出した小社は、日本の文芸に敬意と愛情を懐き、その系譜を信じる確かな読書人の存在を確認することができた。

その結果に励まされて、専ら時代に追従し、徒らに新奇を追うごとき文芸ジャーナリズムから一歩距離をおいた新しい文芸書シリーズの刊行を小社は思い立った。即ち、狭義の文学史や文壇に捉われることなく、浪漫的心性に富んだ近代の文学者・芸術家を選んで四十二冊とし、小説、詩歌、エッセイなど、それぞれの作家精神を窺うにたる作品を文庫本という小宇宙に収めるものである。

以って近代日本が生んだ文芸精神の一系譜を伝え得る、類例のない出版活動と信じる。

新学社

## 新学社近代浪漫派文庫（全42冊）

①維新草莽詩文集
②富岡鉄斎／大田垣蓮月
③西郷隆盛／乃木希典
④内村鑑三／岡倉天心
⑤徳富蘇峰／黒岩涙香
⑥幸田露伴
⑦正岡子規／高浜虚子
⑧北村透谷／高山樗牛
⑨宮崎滔天
⑩樋口一葉／一宮操子
⑪島崎藤村
⑫土井晩翠／上田敏
⑬与謝野鉄幹／与謝野晶子
⑭登張竹風／生田長江
⑮蒲原有明／薄田泣菫
⑯柳田国男
⑰伊藤左千夫／佐佐木信綱
⑱山田孝雄／新村出
⑲島木赤彦／斎藤茂吉
⑳北原白秋／吉井勇
㉑萩原朔太郎
㉒前田普羅／原石鼎
㉓大手拓次／佐藤惣之助
㉔折口信夫
㉕宮沢賢治／早川孝太郎
㉖岡本かの子／上村松園
㉗佐藤春夫
㉘河井寛次郎／棟方志功
㉙大木惇夫／蔵原伸二郎
㉚中河与一／横光利一
㉛尾崎士郎／中谷孝雄
㉜川端康成
㉝「日本浪曼派」集
㉞立原道造／津村信夫
㉟蓮田善明／伊東静雄
㊱大東亜戦争詩文集
㊲岡潔／胡蘭成
㊳小林秀雄
㊴前川佐美雄／清水比庵
㊵太宰治／檀一雄
㊶今東光／五味康祐
㊷三島由紀夫